ノーラ・ロバーツ/著
香山 栞/訳

愛と精霊の館（下）
Inheritance

扶桑社ロマンス
1668

愛と精霊の館（下）

登場人物

ソニア・マクタヴィッシュ――――――グラフィックデザイナー

オリヴァー・ドイル三世(トレイ)――――弁護士

クレオパトラ(クレオ)・ファバレー―――ソニアの親友。イラストレーター

ウィンター・マクタヴィッシュ―――――ソニアの母

オリヴァー・ドイル二世(デュース)―――トレイの父。弁護士

アンナ・ドイル―――――――――――トレイの妹。陶芸家

アンドリュー(ドリュー)・マクタヴィッシュ―ソニアの父。画家。故人

コリン・プール――――――――――――ソニアのおじ。故人

オーウェン・プール――――――――――ソニアのいとこ

16

かろうじて合法的に店で飲酒できる年齢に達しているように見える接客係は、媚《こび》を含んだ笑みをちらりと浮かべてトレイを迎えた。

「いらっしゃるって聞いてたわ」悔しさ半分、うらやましさ半分の目をソニアへさっと向ける。「ご友人と」

「ソニア、彼女はハレーだ」

「ソニア・プール？」

「マクタヴィッシュよ」ソニアは訂正した。

「そうでしたね。お屋敷にいる人って言いたかったの。本当にすごいわ。〈ロブスター・ケージ〉へようこそ。テーブルを用意してあるわ」メニュー表を二冊とワインリストを取ったハレーが、ダイニング・エリアを通り抜けて、角にあるふたりがけのテーブルまで案内してくれる。「今夜はイアンがおふたりを担当します」ハレーは続け、トレイはコートを脱ぐソニアに手を貸した。「どうぞお楽しみください。そうそう、トレイ、父があなたにすごく感謝してたわ、その……あの件で力になってくれて」

「お父さんによろしく伝えてくれ」

「ええ。すぐにイアンを呼びます」

「彼女、あなたにお熱なのね」

「ハレーは二十歳だ」

「でも、あなたにお熱よ。すごくかわいい子だわ。それなのにあなたは変に気を持たせようとはしない。そこはポイントを入れてあげる」

「ハレーは二十歳だ」トレイは繰り返した。

テーブルの接客担当は細身で背は低く、オレンジ色のハイライトが入ったダークブラウンの髪を頭の上でねじってまとめ、陽気な笑みをたたえてやってきた。「ハイ、トレイ。ようこそ、ミズ・マクタヴィッシュ。ぼくはイアン、今夜こちらでおふたりの食にまつわる希望と夢をすべてお世話させていただきます」

「調子はどうだい、イアン？」

「上々です」イアンはにっこりし、指で宙にチェックマークを描いた。「ばっちりでした」

「そうなると思っていたよ」

「ぼくは真逆の考えでした。まずはお飲み物からうかがいましょうか？　テーブルにお水のボトルをご用意しますか？」

「ワインにする？」トレイはソニアに問いかけた。

「返事はイエスよ」

トレイはワインリストに目を走らせた。「ソーヴィニヨン・ブランをボトルでもらおう。それでいいかい？」

「いいわね」

トレイはイアンが立ち去る前に、水のボトルもつけ加えた。

「あなたはみんなと知り合いなのね。イアンは何がばっちりだったの？」

「手短に話すと、二年前にイアンのお父さんが病気になり、イアンは看病をするために大学を中退して戻ってきた。それからオンラインで学位を取得し、いまは修士課程を受講している」

「専攻は？」

「環境工学。イアンは聡明《そうめい》で努力家だ」

「地球のために喜ばしいことね。彼のお父さんは？」

「まだ通院はしているが、症状は改善している」

「よかった」

給仕助手が水を持ってきてトレイと短く言葉を交わしたあと、イアンがワインを手にやってきた。

「テイスティングは彼女がする」

「トレイから聞いたわ、環境工学の修士課程で学んでいるそうね」

「ええ、そうです」

「以前ボストンの〈グリーン・エンジニアリング・アンド・エンヴァイロメンタル〉のためにグラフィックデザインを手がけたことがあるわ」

イアンはコルクを抜きながら顔を輝かせた。「本当にすごい会社のひとつじゃないですか。ぼくも履歴書を送る準備ができたら、真っ先にそこへ送るつもりです」

「準備ができたときはわたしに知らせて。あなたを推薦するわ」

イアンはあんぐりと口を開け、顎がまるまる三センチほどさがった。「いいんですか？」

「お役に立てるかどうかは約束できないけど、害はないでしょう」

「ぼくは――ワオ。そうしていただけたら光栄です」

彼が注《つ》いだワインをソニアは味見した。「申し分ないわ」

イアンは今夜のお勧めメニューを説明したあと、選ぶ時間を与えるためにさがった。

「まず、きみは今夜イアンを幸せにした。今夜どころか、今月いっぱい幸せにしたかもしれない。次に、会ったばかりの接客係を推薦するのかい？」

「彼は聡明で努力家だって、あなたがそう言うなら間違いないでしょう。それに家族のことを第一にできるのは、忠誠心と優しさの表れよ。地球を救うには聡明な努力家で、忠誠心とあふれる優しさを持った人材が必要だわ」

「それにはぼくも同感だ」

「さあ、目の前の優先事項に取りかかるわよ。あなたはここの常連なのよね。わたしは何を注文すべき？」

「ぼくはロブスター・ラビオリにしようと考えている」

「わたしもそれにしようかしら」

「いいや、きみはだめだ。同じ料理じゃきみの皿からこっそりもらう楽しみがないだろう。きみだってそうだ」

「それもそうね」ソニアはメニューをじっくりと眺めながら思案した。「ロブスターテイルのカニ詰めに惹《ひ》かれてるわ」

「屈することだ。後悔はしないよ。つけ合わせにマッシュポテトパフは欠かせない。前菜がほしいなら――」

「前菜を頼んだら、メインディッシュとポテトパフ、それにレモンをのせたアスパラガスのグリル焼きまで入らなくなるでしょう？」

「たしかに。だけど、ハラペーニョ・ハッシュパピーはぜひ食べてくれ。そこは譲れない」

「決まりね」ソニアはメニュー表を閉じた。「わたしの予定では——予定というほどでもないけど——缶詰のトマトスープを開けてグリルドチーズサンドイッチを作ることになっていたのよ」

「ぼくの定番料理のひとつだ。グリルドチーズならぼくは名人だよ」

「そうなの？ グリルドチーズの名人に会うのは初めてね」

ソニアは身を乗りだした。「詳しく教えて」

「必要なのはコショウ入り《ペッパージャック》チーズ、サワーブレッド、それに唐辛子オイルだ。のちのち、きみはぼくに感謝することになるだろう」

イアンに注文を伝えたあと、ソニアは椅子の背に寄りかかり、ワイングラスを手に取った。「あなたは弁護士で、グリルドチーズの名人で、ティーンエイジャーのころはロックミュージシャン。ほかに何を知っておくべきかしら？ 法律の勉強はどこでしたの？」

「ケンブリッジ」

彼女は笑い声とともにふたたび身を乗りだした。「マサチューセッツ州のケンブリッジ？ ハーバード・ロースクールの出身なの？」

「ご名答」

「あそこの学生と五分だけデートしたことがあるわ。あれはあなたじゃなかったわよね？」

「もしもぼくなら必ず覚えている」

「やっぱり違うみたい、彼はうぬぼれ屋だったから。五分だけのおつき合いになったのもそれが理由なの。もしあなたがうぬぼれ屋だったら、最初に会ったときに自分はハーバード出身だと自己紹介していたはずよね」

「ぼくはアーティストと一度デートしたことがあるな。それも十分くらいだったが。説明しようのない抽象芸術とヴァージニア・ウルフへの異様な執着に閉口した」

「それは絶対にわたしではないわ。わたしが好きなのはスリラーやファンタジー、あと悪人が報いを受けて世界が救われ、最後に愛が勝つロマンスね。ホラーも好きだけど、いまはパスしてる。現状を考えて」

「そうするに越したことはないだろうな。ゆうべは本を読んでいて眠ってしまったと言ったね。何を読んでいたんだい？」

「寝落ちしたのは本のせいじゃないわ。一日中仕事に専念したのと〈黄金の間〉のせいよ。初めて読む作家さんの作品で『ラビット・ホール』という本を読み始めたところなんだけど、すごくおもしろいの」

「それなら先週読み終わったばかりだ。その先はさらにおもしろくなる」

本の話をして、ロブスターを食べ、映画の話題に移行し、ソニアはハラペーニョ・ハッシュパピーの熱烈なファンになった。

食事をしながらこんなふうに幅広い話題について男性と気楽におしゃべりしたのはいつ以来か、ソニアは思いだせなかった。

「すばらしい料理だったわ。こんなに食べたら、明日は運動をしなきゃ。全部あなたのせいよ」

「ジムにおりていくのは平気なのか？」

「わたしの家ですもの。ドブスに部屋をひとつ占領されているけど、あくまで一時的なこと。断固としてあそこはわたしの家よ。クレオに、彼女のおばあちゃんに魔除け《ジュジュ》だか呪術《モジョ》だか、そういうものについてきいてみてって頼むつもり」

「それって本格的なやつかい？」

「クレオのおばあちゃんはそう考えてる。ニューオーリンズですばらしい春休みを過ごしたときに会ったことがあるの。おもしろくて不気味な人よ。と言っても、興味をそそられる不気味さで、おっかない不気味さじゃないわ。わたしの手相を見て、タロットカードで占ってくれたの」

「きみの未来はなんて出たのかな？」

「占いはときに、自分は何者で、何を求めているかを読み取る場合もあるでしょう。

すごく当たっていたけど、あれは人物眼でしょうね、それにクレオからわたしのことを聞いていたんだと思う。そのあとは、背の高い黒髪の男性と出会うとか、長い船旅に出るとか。それから……」

イアンがデザートのメニューを持って戻ってくると、ソニアの語尾は小さくなって消えた。

思い出から現実に戻り、彼女はイアンに微笑《ほほえ》みかけた。「わたしのおなかにスペースがあると思う?」

イアンは、カプチーノと店の名物のパンプディングをぜひ食べてほしいと、トレイとふたりで彼女を説き伏せた。

「それから?」トレイはうながした。「さっき、何か言いかけていただろう」

「不思議な話で、もう何年も思い返すことがなかったんだけど、裏切りに遭うと言われたの。傷つくけれど、それは幸運な逃げ道を与え、チャンスをもたらすと。その両方をつかむのは賢明なことであり、わたしは歴史と秘密を持つ、海を望む家を自分の住まいにするって」

水のグラスを手に取った。「そこの部分もぴったり当たっていたみたい。不気味でしょう」もうひと口、水を飲んだ。「何ひとつ信じていなかったわ。ここへ来るまでは、不気味な部分は何ひとつ」

「きみはどう感じてる？」

「まだ答えは出ていないわ」ソニアは肩をすくめた。「すべての答えはね。あの屋敷のことは愛しているのよ、トレイ。ヨーダのときと同じでひと目惚《ぼ》れだった。あの屋敷とヨーダに出会うまで、ひと目惚れも信じていなかったわ」

「現実的だから、それともひねくれた性格だから？」

「両方を少しずつかしら。どちらも、少なくともいくらかは持つようにしていたいの」

「そのふたつときみの立ち直りの早さが、あの屋敷にいるものに対処する助けになっているんだな」

彼に純粋に惹きつけられて、ソニアはかぶりを振った。「あなたはあの屋敷に関してほんの少しもひねくれた考え方を――言うなればよ――しないで、ありのままに受けとめるのね」

「生まれたときからあの屋敷が身近にあったし、ある程度はあそこで育っている。きみはまだ一カ月かそこらしか住んでいないだろう」

テーブルへまっすぐ向かってくる派手な赤毛のショートヘアの女性にトレイは目を向けた。白のコックコートでそれが誰だかわかった。

「お邪魔するわね。いい？」ソニアに体をくっつけるようにして隣に座る。「ブリー・マーシャルよ」

「ソニア・マクタヴィッシュよ。トレイからあなたはすばらしい料理人だと聞いていたわ。でも厨房《ちゅうぼう》の女神だとは聞いていなかった」

「あなた、気に入ったわ。彼女、気に入った」ブリーがトレイに向かって言った。

イアンがコーヒーとデザートを運んできた。

「何かお持ちしましょうか、シェフ？」

「いいの、ちょっと休憩してるだけだから。ありがたいことに、ようやくピークを越えたところなの。それに、トレイに一瞬だけ用があって。でも、彼がどうこうって話じゃないから。食べて食べて」そう言い足してデザートの皿へ手を振る。「マニーのことなんだけど」ブリーはトレイに言った。

「マニー？　彼がどうしたんだ？　一週間くらい前に一緒にビールを飲んだけど。別に変わりはないだろう？」

「もちろん。元気よ。そうじゃなくて、マニーとあたしのこと」

「マニーときみがどうしたんだ？　ああ」トレイは椅子の背に寄りかかった。「いつの間にそうなったんだい？」

「まだよ。まだ全然。そうなるかなってところ。あなたならあたしのことも、彼のことも知ってるでしょう」ブリーはソニアに向き直った。「あたしたち、昔からの知り合いなの。高校からの。高校のときにつきあったこともあるけど、いまは心配無用よ」

「心配はしてないわ」

「いいわね。自信たっぷり。ますます彼女が気に入ったわ。あたしたち——トレイとあたしは——数年後にもちょっとあったけど、あれはつきあったとさえ言えないから。そこも心配ご無用ね」

「心配しないわ」

「ブリー」トレイはそのひと言に深いいらだちと、軽いばつの悪さ、そして無限の愛情をこめるのに成功した。

「はいはい、話を戻すわ。マニーとあたしのことね。友だちに誘われて——マーリーは知ってるわね——二週間前にオガンキットへ行ってきたの。ロック・ハードのライブがあって。ロック・ハードっていうのはマニーのバンドよ。彼はドラマーなの。あのバンド名ってメイン州の海岸が岩《ロック》だらけなことに由来してるのか、ロック音楽を指してるのか、あそこがかちかち《ロック・ハード》って意味なのかわからないのよね。ほら、男ばっかりのバンドだし」

「いいかげんにしろ、ブリー」

「ごめんなさい」顔をこするトレイをよそに、ブリーはまたソニアのほうを向いた。

「下ネタは苦手？」

「平気よ。わたしは三つすべてを指しているんだと思うわ」

ブリーはソニアを指でつついた。「やっぱりそうよね。とにかく、マニーはその昔トレイのバンドでドラムをやってたの。ヘッド・ケースっていう」

「いかれたやつ《ヘッド・ケース》？」ソニアは大笑いし、カプチーノに手を伸ばした。「いい名前ね」

「音楽も悪くなかった。で、あたしはマニーのライブへ行ったわけ――それがよかったのよ、トレイ、あなたも聞いてるでしょ。それでマニーとあたしはちょっとふたりでいたんだけど、そのときにバチンとなったの。そういうんじゃないわよ。あたしをなんだと思ってるの？」

「ぼくは何も言ってない」

「思ったでしょ。そのあと夜に彼が店へ来て閉店まで残っていたら、またまたバチンよ。これもまだそういうんじゃないから。でも、うん。あなたはどう思う？　イエス、ノー？」

「イエスと言ってうまくいかなかったら、きみは怒る。ノーと言って、それがきみの望みと違ったら、やっぱりきみは怒る。だから、きみたちはふたりともぼくの友人で、一緒に大人になったんだから、誰の許しもいらないと言っておくよ……バチンとなるのに」

「あたしは前に大失敗してる」

「ブリー、そうじゃない。きみは失敗なんかしてない。悪い関係から抜けだしただけだ。なぜなら、きみは愚か者じゃないからね」

「別れた夫は、あたしのお店の副料理長《スーシェフ》と浮気するようなろくでなしだったのよ」

「わたしは、結婚式の二カ月前に元婚約者がわたしたちのベッドでわたしのいとこ相手に腰を振っている現場に遭遇したわ」

「オーケー、あなたの勝ち。マニーのことは好きよ。昔から好きだった。彼とは失敗したくないの」

「だったら失敗しないことだ」トレイは言った。

「だったら失敗しないことね」ブリーはうなずき、席から体を押しだした。「あたしは戦争に戻らなきゃ。またソニアを連れてきて。彼女、気に入ったわ」

ブリーは来たときと同様にまっすぐ飛び去り、ソニアはパンプディングをスプーンですくった。「なぜあなたが彼女とつきあったのかわかるわ。二回も」

「二回目はつきあっていたとは言えない」

「それもわかる。それで、秘密にすると誓ったら教えてくれる？　料理人のブリーとドラマーのマニーのことを、あなたがどう思っているのかを」

「マニーはなぜこんなに時間をかけたんだと思っているよ。もう何年も前から彼女のことが好きだったんだ」

「すてきね。あなたがそのことを彼女に教えなかったのも、いいことだわ。それでふたりのあいだのバランスが保てるもの。ところで」パンプディングをもうひと口食べた。「ヘッド・ケース？」


トレイがソニアの車の隣に駐車したのは、屋敷を出発してから三時間近く経《た》ったあとのことだった。

「自分がどれだけこういう機会を必要としていたか、わかってなかった。あなたはわかってくれていたのね」

「誰にでもひと休みは必要だ」

「わたしの寝室のランプがついてる」車からおりて気がついた。

「ぼくが行って見てこよう」

「いいのよ、本当に。わたしの……寝室係のメイド？　なんと呼ぶのか知らないけど、彼女でしょう。毎晩ああやって、ベッドの掛け布団をめくって、暖炉に火を入れておいてくれるの。それにこの吠《ほ》え声《ごえ》からすると、犬たちがちゃんと番をしているわ」

玄関ドアを開けるなり、吠え声はぴたりとやんだ。二匹とも何カ月も留守番していたかのようにふたりを歓迎した。

「ぼくが散歩に連れていこう」

「わたしも歩きたいわ」ソニアはリードを取りに行く代わりに、ヨーダを指さした。

「あなたはお利口さんにしてくれると信じてるわよ」

ヨーダがお利口さんにしているだけでなく、新たな親友、ムーキーにぴったりくっついているのにソニアが気づくのに時間はかからなかった。

「ありがとう、何もかも」ソニアは玄関ドアへと引き返して口を開いた。「金曜のお料理に同じレベルを期待しないでちょうだいね」

「楽しみにしているよ。家族全員ね。電話してくれ」トレイはきっぱりと言った。

「いつでもかまわない。本当に遠慮はなしだ、ソニア」

「了解」男性がキスをしようとしているときはわかる。そしてトレイはキスをしようとはしていなかった。だからソニアはヨーダを抱えあげて玄関ドアを開けた。「もう一度お礼を言うわ。それじゃあ、金曜日に。おやすみなさい」

中へ入ると、ヨーダに頬を寄せてドアに寄りかかった。

今夜の音楽のチョイスはピーター・ゲイブリエルの《イン・ユア・アイズ》だった。

「デートじゃなかったから」

翌日の午後、ソニアはヨーダを車に乗せた。母が送ってくれた買い物リストを持って、いまでは三階の部屋より恐ろしく思えるディナーパーティーに必要なものを買いに市場へ車を走らせた。

ヨーダを連れて花屋へ行くと、店員に大喜びされた。

里親だったルーシーとその家族宛に、ヨーダから花を贈った。

そして〈プラクティカル・アート〉のために手がけた仕事のおかげで得た新たなクライアント獲得の可能性と花を持って店を出た。

続いて向かった書店で追加のキャンドルと、ディナーのときにトレイが勧めてくれた本を買った。

明日は料理を――たくさん――するのだからと、最後にもう一軒寄ってテイクアウトのピザを買った。

花と書店で購入したもの、それにピザを家に運びこんだあと、ヨーダを車から出して散歩させてやり、それから食料品を抱えていった。

最後に玄関ドアを閉めると、専属DJがムーディー・ブルースの《うれしき友《ラブリー・トゥ・シー・ユー》》で彼女を迎えた。

「わたしは同じことを言えないわ。だって、あなたの姿は見えないもの」

食料をキッチンへ運ぶと、花とピザは消え、書店の袋はきちんと畳まれて、買った本がその上に置かれていた。

「どういうことよ」

食料をどさりと置いたとき、オーブンの保温ランプが点灯しているのに気がついた。なかにはピザが入っている。ソニアはニットキャップを頭から引っ張りながら振り返った。あった、大きなダイニングテーブルの上で、買ってきた花が低い楕円《だえんけい》形の皿からあふれだすように芸術的に生けられている。新しいキャンドルは――これまた芸術的に――マントルピースの上に並んでいた。

「たぶんわたしがやるより見栄えがいいことに感謝すべきかしら、それともちょっぴりむっとすべき？」

その両方ねと結論づけ、先まわりされる前に食料品を片づけに行った。

「清掃業者を雇うつもりでいたけど」新しい骨ガムをかじるのに忙しいヨーダに向かって話しかける。「ほかの誰かがその前にいつも掃除して磨いてくれるのよね」

夜は仕事に専念することにし、自分はつけていない火がぱちぱち燃えるなか、デスクでピザを食べた。〈ドイル法律事務所〉に提出する企画書を完成させ、花屋向けの企画書に着手した。

その夜の仕事を終えたときは、試しに皿と空のグラスをわざと置きっぱなしにした。

犬を散歩させているうち、雪がちらつきだした。ヨーダは雪に飛びかかってはうれしそうにくるくるまわり、ソニアを楽しませた。散歩から戻ってきたとき、ランプが彼女の寝室の窓を照らしているのに気がついた。

きっと暖炉には火が入り、ベッドの掛け布団はめくられているのだろう。三階のあの部屋に明かりは見えないが、心なしかほかの窓より暗かった。

なかへ戻って階段をあがり、まずは図書室へ向かった。

デスクには皿もグラスもない。

そして寝室では掛け布団はめくられ、ちろちろと火が躍り、静かな明かりが彼女を導いていた。

ディナーパーティーの日、ソニアは戦闘に備える将軍というよりも、なぜか戦場へと駆りだされた一介の新兵のように計画を立てた。

第一段階、巨大な牛肉の塊を漬けこみ、失敗していませんようにと必死の祈りを捧《ささ》げよ。

第二段階、昼まで仕事し、ほかにやることはないふりをせよ。

第三段階、エプロンを着用、すべての材料を並べ、音楽に耳を傾けよ。タブレットがリル・ウェインの《何も心配してない《ノー・ウォーリーズ》》をかけたのには、本当にいらいらした。

「あなたがそう言うのは簡単よね」

二十分後、フェイスタイムでクレオに連絡した。

「ハイ、どうしたの！」

「少し時間あるかしら？」

「もちろん。何も問題ない？」

「わたしが料理をしているわ。びくびくしてる。こんがり焼き色をつけるよう母に言われたから、そうしたの。これでいいと思う？」

大皿にのせた肉が見えるよう画面の向きを変えた。

「いいんじゃないかな。作ったことがないからわからないけど、よさそうに見えるよ。それで完成？　ずいぶん早い時間から作ったのね」

「まさか、まだまだよ。あとじゃがいもとにんじんの皮をむいて、セロリとたまねぎも準備しないと。心の支えが必要なの」

「そのためにあたしがいるんでしょう」

「じゃあ、話をして。不用品の処分と荷造りは進んでる？」

「不用品の処分は思っていたより難しいわ。大物はいいんだけど、問題はたくさんあるかわいい小物たちよ。かわいい小物たちを手放したくない」

「だったら手放さないで。部屋はあるんだもの」

「来週ウィンターに持っていってもらうものを箱に入れているところ。それに大物は、あなたのお母さんが庭《ヤード》を使わせてくれるから、ヤード・セールを開くわ。ねえ、顔がこわばってるわよ」

「料理中なんだもの！」ヘビだらけの騒々しいジャングルをかき分けて突き進んでいるかのような声で言った。

「野菜を全部切って、そのあと肉を煮たスープに加えてかき混ぜる、みたいなことをしなきゃいけないのよ。　ハーブ！　ハーブを忘れてたわ。茶色いものを全部こそげ落とすらしいの。それってどういう意味？　この鍋のサイズを見てよ」

ふたたび画面の向きを変えたあと、木べらで鍋に挑みかかる。「あっ！　茶色いものがあるわ。ほら、見て！」

「まるで魔法ね。聞いて、こっちは何もかも順調で、アパートメントにはジェスが入ることになったわ」

「ジェスとライアン？　あなたのアパートメントは彼らの部屋よりずっと狭いじゃない」

「あのふたりは別れたの。どろどろに揉《も》めて、それで彼女が部屋を出るのよ」

ジェスとライアン、それにボストンについてのすべてが別世界の出来事に思えた。

「それっていつのこと？」

「三週間くらい前かな。彼はもう別の人とつきあってるわ。ジェスはもともと彼が住んでいたところに同居してたから、彼女が出ていくの。荷物の一部はもうこっちに持ってきてある。ほんと、あたしも出ていく用意ができたわ。ヤード・セールのためにエネルギーを送って。うまくいけば残りは二日か三日で荷造りできる。そうしたらメイン州へ出発よ。ところで、あたしたちのワンコはどこ？」

ソニアは料理の手をとめ、携帯電話をつかんで下へ向けた。クレオに優しい声でしゃべりかけられ、ヨーダは右へ左へと首をかしげている。

「三階の部屋のことをあなたに話しておかなきゃ。〈黄金の間〉のことなんだけど。あなたがヤード・セールをやって残りの荷物をまとめる前に聞いて」

「どうしたの？」

じゃがいもを四つ切りにし、ハーブを刻みながらソニアは最初から話し始めた。

「ソニア、なんであたしに電話しなかったのよ？」

「その口ぶり、トレイみたい」

「彼に電話すればよかったじゃない。あたしよりずっと近くにいるんだし。とにかく……その部屋には近づいちゃだめよ」

「信用して、近づかないわ。でも、あそこには何かいるってことをわかっておいてちょうだい、クレオ。ほかとは違う。邪悪なものだと思う。自分が言っているのを聞いても、ばからしいって天井を仰ぎたくなるけど、それでも言うわ。あそこにいるのは邪悪なものよ」

「だったら追い払うまでよ。方法を見つけましょう。トレイがその場にいて、なんていうか、体験しているのは勇気づけられるわね。あたしたちのほうが人数が多いわ、ソニア」

「トレイも同じようなことを言ってた。ドブスは数で負けてるって。彼はあきれるほど落ち着いているの。そのあと夕食に連れだしてくれたわ」

「なんですって？」画面のなかで、クレオが両手を放りあげた。「それって数日前の話でしょう、それをいま聞かされてるの？　セクシーな弁護士とのデート話を！」

「別にデートじゃないわ」

「それはあたしが判断する。全部話して」

「待って。この鍋に全部入れて、混ぜ、数分間炒《いた》めなきゃいけないわ」

「料理しながら話して」

「ちょっと待ってて。いやだ、多すぎ！　多すぎるんじゃない？　こんなものかしら。とにかく炒めるわ。〈ロブスター・ケージ〉に行ったの。そこで、彼の元恋人に会った」

「気まずいわね」

「それが全然。むしろ彼女を好きになったわ。あなたも好きになるわよ。彼女は〈ロブスター・ケージ〉で料理長をしているの。話が先走ってるわね。それに、赤いドレスのことを話すのを忘れてたわ」

「あの赤いドレスを着たんだ！　あれはデート用のドレスでしょ」

「着てないわ。でも……住人のひとりがミーティングの前にベッドの上に置いていて。わたしが着たのはグリーンのミディ丈」

「あれもあなたにすごく似合う。それで、夕食に行ったのね」

ソニアは話し、バンド名に笑い転げるクレオを見て緊張感が消えるのを感じた。

「その料理長のこと、もう好きになっちゃった――あなたのことを気に入るくらい賢いんだからなおさらね」

「いま彼女がここにいてくれたらいいんだけど。これで間違ってないはず。このでっかいお肉の塊を、炒めた野菜にのせるんですって。そのあと赤ワインをボトル一本注ぐ」

「ボトル一本？　あたしもいますぐそこに行きたい、絶対おいしいのができるわ。それに、あなたに会ってあたしの判断をじきじきに聞かせたいな。いい、ソニア、あなたはセクシーな弁護士とデートしたの」

そうであってほしいと願っているのを認めて、ソニアは肩をすくめた。「トレイはアプローチしてこなかったわ」

「あなたは？」

「してない。でも彼はクライアントになるかもしれないし、わたしはすでにクライアントみたいなものだもの。それに、本当にいい友だちになってくれている。その関係をだいなしにしたくない。しかも、ああもう、クレオ、彼ってすごく優しくて、すごく魅力的で、すごくすてきなの。彼を失恋で穴の開いた心を埋めるためだけのつなぎ《リバウンド・ガイ》にはしたくない。彼がリバウンド・ガイなんてもったいなさすぎるわ」

「ソニア、あなたがあのろくでなしの浮気者と別れたのは半年以上前よ。もう七カ月以上経つわ。揺り戻し《リバウンド》する時期はとっくに過ぎてる」

「そう思う？」

「もちろん。それにあなたはあのろくでなしの浮気者を愛していなかった」

「自分では愛していると思っていたわ。わたしはろくでなしの浮気者と結婚しようとしていた」

「大きな過ちを犯すところだったわね。相手はろくでなしの浮気者で、あなたは彼を愛していなかったんだから。彼がずたずたにしたのはあなたの心じゃない。人を信頼する気持ちをずたずたにして踏みにじり、あなたを侮辱した。それはまったくもって別の話でしょう。クライアントだからって心配？　お互い相手の仕事を左右できる立場にはないんだから、それは忘れていい。アプローチしたいなら即実行よ。彼に積極的になってほしいなら、自分も気があることを示さなきゃ。やり方はわかるでしょ」

「たぶんね。でも、まずは今夜を乗りきらないと。これですべてなかに入れたわ。すべて宇宙一でっかい鍋のなかよ」

「次はどうするの?」

「蓋をして、オーブンに入れるわ。そしてウィンター・マクタヴィッシュ曰《いわ》く、そのあとは鍋のことは忘れる。何時間も。放置しておく。何時間も」

「それならあなたの仕事は終わりね」

「ほぼね。母はクィックブレッドのレシピもくれたけど、それは辞退してロールパンを買ってきたわ」

「お店で買ったロールパンを恥ずかしがることはないわよ」

「ありがとう、クィックブレッドまで焼くなんてわたしの心臓がもたないもの。それに今週の初めにアンナが連絡をくれたの。デザートを持ってきてくれるって。神様に感謝よ。それにあなたにもね、料理をするあいだわたしの手を、ヴァーチャルで握っていてくれてありがとう」

「次はじかにその手を握ってあげる」

「わっ、すごい重さ。プールズ・ベイの住民ほぼ全員に配れるんじゃないかしら。さあ、オーブンに入れたわ。これでおしまい。のぞくのは禁止。何時間も」

「かわいいヨーダとお散歩に行ってきなさい」

「名案ね。ヤード・セールが成功するようエネルギーを送ったわ」

「あとでメッセージをちょうだい、今夜の首尾を知らせて。二週間以内に会えるわね。クレオ、通信終了《アウト》！」

通話を切ったあと、ソニアは気づくとオーブンの扉に手を伸ばしていた。

「だめ、一分も経ってないのにのぞくなんてことはしないの。この散らかり放題のキッチンを片づけて散歩へ行きましょう、ヨーダ」

これ以上なく散らかしたキッチンを片づけようとしたとき、ぶーんとかすかな機械音がした。

「何？　あなたにも聞こえた？」

ヨーダを引き連れて音をたどり、配膳室へ入った。

「配膳用エレベーターから音がしてる？　嘘《うそ》でしょう、やっぱり配膳用エレベーターからよ。こっちに……いまこっちに戻ってきてる。地下からあがってくるわ」

ソニアは両手を合わせて握りしめ、ヨーダはキャビネットをくんくんかいだ。

かすかな音がして、機械音がとまったときもヨーダはうならなかった。

「見なきゃいけないわよね？　ここはわたしの家だもの、ああ、もう、わたしが見なきゃ。そして立ち向かわないと……何に対してかは見ないとわからないわ」

足を踏みだし、長々と息を吸いこんでから、キャビネットの扉を引き開けた。

なかには彩色された銅の取っ手と縁つきの大きな盛り皿が一枚入っていた。星形の十二個の花がその周囲を囲み、中央にも一輪。

触れると爆発するかのように、ソニアはそろりそろりと持ちあげて外へ出した。

「とてもきれいね。どこか青みがかった光沢がある、そうじゃない？　古そうだわ、それに……」ひっくり返してみた。「えっ、これはリモージュ磁器よ。手描きなんだわ。ほら、ここを見て、結婚祝いだったのよ。裏に描いてある。〝リスベスへ、結婚式の日に。一九一六年六月十二日〟。花嫁のひとりね」ソニアはつぶやいた。「家族史で名前を見た覚えがあるわ。デュースが作った家系図に載っていたはずよ。わたしはこれを使うべきだと誰かが思っているのね」

取りだしたときと同じくらいそろりと配膳室のカウンターに置いた。「使ってもいいと思う。こんなにきれいなお皿を地下に眠らせておくことはないわ」

タブレットから、デヴィッド・ボウイの《正しい《ライト》》が流れた。

ソニアは指で目を押さえた。「不気味なのには目をつぶりましょう。どうやれば目をつぶれるのかはわからないけど、そうしなきゃ。さあ、キッチンを片づけてお散歩。静かな長いお散歩よ。そして、あのポットロースが救いようのない失敗作に終わらなかったら、リスベスの大皿を使いましょう」

17

キッチンを片づけ、ヨーダと長い散歩で気持ちを落ち着けたあと、ソニアはオーブンを二度のぞいた。けれども彼女を驚かせたのはにおいだった。家のなかにはすばらしいにおいが広がっていた。

おかげで自信を持って新たな段階へ進めた。次はディナーへ向けて着替えよう。服は首元にドレープのある紺色のカウルネック・ワンピースにタイツとブーツを合わせた。そのあと髪を編みこみ《フレンチ・ブレイド》にするのには時間を取られすぎた。それで、美容室をどうするかを早く決めなければいけないのを思いだした。

三階のドアが大きな音をたてて叩《たた》き閉められ、ソニアは飛びあがり、ヨーダは吠えたてた。

「わたしたちを動揺させようとしているだけ。その手には乗らないわ。階下《した》へ行きましょう。いまからとってもすてきなシャルキュトリー・ボード（チーズや生ハムなどを華やかに盛りあわせた前菜）を作るわよ。これは得意なの」

ヨーダを抱えあげ、歩きながら頰ずりした。「テーブルセッティングもとびきりすてきにしましょう。そういうのも得意よ」

踊り場にたどり着くと、ドアを閉める音がドアを叩く音に変わった。彼女の鼓動も早鐘を打ったが、そのまま階段をおりた。

「癇癪《かんしゃく》を起こしたのね、ただそれだけよ。騒々しいだけ」

外では海鳴りが大きくなり、唐突に激しい強風が窓に雨粒とみぞれを叩きつけた。

彼女の腕のなかで、ヨーダがくうんと鳴いて震えている。

ソニアは犬をきつく抱きしめた。鼓動が乱れているせいで、少しきつく抱きしめすぎているかもしれない。

「現実じゃないわ。猛吹雪の幻覚を見た夜と同じよ」それでも両腕に鳥肌が立った。

現実じゃない、現実じゃないと、頭のなかで繰り返す。

何かが玄関ドアにものすごい勢いで叩きつけられ、一瞬、木製のドアがしなったように見えた。

「腹を立てているのね、わたしがこの屋敷に大勢の人を招き入れることに腹を立てているんだわ。でもここはわたしの家よ！」大声で言い、つかつかとキッチンへ入った。

カウンターに置いていたｉＰａｄからザ・ビーチ・ボーイズの《心配しないで《ドント・ウォーリー》、ベイビー》が流れている。

ぬくもりが部屋に満ち、何か……存在のような気配を感じた。

誰かが後ろにいる気がしてソニアは振り返った。ヨーダの震えはとまり、キャンと吠えると、体をよじって彼女の腕から飛びおりた。うれしそうにその場で飛び跳ねてくるりとまわり、おすわりしてお手をする。

ソニアには見えない何かに。

「ほっとすべきなのよね。もう安心だって。わたしが呼吸できるようになったら、安心できるのかも。テーブルの用意をしましょう」

テーブルセッティングを始めると、玄関を叩く音もとまった。

とりあえずあきらめたのかしら？　ソニアは考えた。いずれにしても、静かになってほっとする。

シャルキュトリーの盛り方には自信があり、ボードを冷蔵庫へ入れたあと、母の最後の指示に取りかかった。

うん、においはとってもおいしそう。そう考えながらリスベスの大皿に肉を移すと、見た目もとてもおいしそうだった。でも安心するのはまだ早い。

慎重に肉を半分に切り、もう一度ちょっとだけ薄くスライスする。

「味見をするわよ」期待して足元に座っているヨーダに告げる。「ふたりで半分こね」

ぺろぺろと口のまわりなめているヨーダを見てソニアは笑い声をあげ、肉を半分あげた。ヨーダはぺろりとのみこみ、また口のまわりをなめたが、彼女は慎重に咀嚼《そしゃく》した。

「わあ、おいしい！　おいしいと思う。だめよ、もうおしまい」くうんとおねだりをするヨーダをたしなめる。「いまはね」

肉のまわりに野菜を盛りつけ、新鮮なローズマリーを上から少し振りかけた。タブレットを手に取り、写真を撮る。その場で飛び跳ねるようにしながら母とクレオにテキストメッセージを送り、そのあと二番目のオーブンに大皿を入れて保温に設定した。

「肉汁を煮詰めて、なめらかでさらりとしたグレイビーソースにするんですって。面倒よね。でもうまくいかなかったら、これはなし。言わなければ誰にもわからないもの」

そう言いながらも、どうにか完成したようだった。

赤ワインのボトルを開けて空気に触れさせ、ミネラルウォーターのピッチャーも添える。キッチンで出す前菜用には、かわいい小皿とナプキンを用意する。

打ち解けた雰囲気を出すこと。

キャンドルに火を灯《とも》そうとダイニングルームへ行くと、誰かに先まわりされていた。

彼《he》であれ、彼女《she》であれ、ノンバイナリー《they》であれ、手伝おうとしてくれているだけよ、と自分に言い聞かせた。それに手伝ってくれるほうがドアをどんどん叩かれるより何万倍もいい。

七時になり、シャルキュトリーをテーブルに出してタブレットの音量をさげた。

「音楽は問題ないわ」誰であれ聞いている相手に話しかけた。「でも感じのいい曲を静かに流すだけにしましょう。ＢＧＭよ」

エプロンを脱いでフックにかけ、じっくりと眺めまわす。

「きっとうまくいく」

そう自分に言い聞かせたものの、ヨーダが吠えて玄関へ走った直後にドアベルが鳴ると、ソニアは飛びあがった。

「ショータイムね」

玄関へ行き、ヨーダを指さす。「みんな友人よ」それからドアを開け、アンナと、彼女より頭ひとつ背が高く、ケーキの容器を抱えた男性を迎えた。

アンナはまっすぐ進んでソニアを抱きしめた。「昨日は、市場でちょうどあなたと入れ違いになったみたい。この子がヨーダね。こんにちは、ハンサムさん。こっちのハンサムはわたしの独占品のセスよ。セス、こちらがソニア」

オークブラウンの髪に彫刻のような面立ち、はしばみ色の目のセスは、ハン、ハンサムと呼ばれるだけあった。

「ようやく会えてうれしいよ。アンナが長時間働くようになったのはきみのせいでもあるとはいえね」

「売上げは絶好調よ！」アンナが言った。

「それは作品とアーティストのせいだと思うわ。コートを預かるわね」

「少なくともうちの家族のひとりがすぐに来るわ。ヘッドライトが見えたから。あら、ドイル家が団体で到着ね。わが家は夕食には決して遅刻しないの」

上階でドアが叩き閉められる。

「うるさくてごめんなさい」

セスは上を見あげ、アンナはおなかへ手をやった。

「アンナと一緒に何度かコリンを訪問したことはあるが、こんなことは一度も……」

「無視してもらえるとうれしいわ。みなさんに来てもらえてよかった」

次にやってきたのはエースとポーラで、花を抱えていた。色男らしい笑みを浮かべるエースと、さりげない上品さを漂わせて艶やかな白髪をショートボブにしているポーラは、魅力的なカップルだ。デュースとコリーンがそのあとに続き、ワインのボトルを差しだしてくれた。

スチールブルーの瞳で、黒髪にシルバーのハイライトを入れているコリーンは、夫とほぼ同じ身長だった。

その後ろからトレイが――さらに花を持って――現れ、誰か同伴するよう伝えるべきだったことにソニアは気づいた。

けれど、そうしなかったことを悔やんでいない自分がいた。

それに彼はムーキーを連れていて、ヨーダを大喜びさせた。

数分のうちに、キッチンは客と話し声、花、ワインでいっぱいになった。

上階で何かが勢いよく叩きつけられた。

「誰かさんがまたやっているみたいね」コリーンは気にする様子もなく言った。「心配?」

「どうやったら一緒にうまく暮らせるか、学んでいるところです」

コリーンはうなずき、オリーブを口へ放りこんだ。「言っていいかしら――いいえ、言わせてもらうわね――あなたが住むようになってこの屋敷は感じが変わったわ。ひとりでいることの多い、妻を失った男の屋敷から、若々しく新鮮な雰囲気になった。性差別的な発言かもしれないけれど、ほんの少し女性らしくなったわ。だから、あなたに乾杯させて。屋敷の女主人に」

「ありがとうございます」みながグラスをかかげると、ソニアは言った。「わたしはここがとっても気に入ってます。わたしの友人が引っ越してきたら、さらに大好きになると思うわ」

「イラストレーターの方ね」ポーラがうなずいて微笑む。「ここではなんでも耳に入ってくるのよ」

「そして、なんでも知ってる」エースは眉を上下させた。「わたしも知っているぞ、このにおいは何かおいしいものだ」

「おいしくできているよう祈ってください。料理はあまり得意じゃないんです」ソニアはダイニングルームを示した。「エース、どうぞ上座に座ってください。トレイ、手を貸してくれる？　大皿があるの」

ソニアがオーブンを開くと、トレイはひょいっとのぞきこみ、それからまじまじと彼女を見つめた。「きみが作ったのかい？」

「ええ、恐怖を乗り越えて。ワインをもっと開けるわね。それにグレイビーソースを用意するわ。あとロールパンよ。パンを忘れるところだった。骨ガムで誘って犬たちを居間へ移そうとも思っていたんだわ」

「それならぼくがもうやった。二匹ともおとなしくしているよ」

見まわすと、足元でうろうろしていた犬たちはもういなかった。

トレイが大皿を運んでいき、エースが声をあげるのが聞こえた。「おお、これぞポットローストだ！」

ソニアは残りを運んだ。

「見事なポットローストね」ポーラが言う。

「お口に合うといいんですけど。大きな盛り皿だから、わたしがみなさんに取り分けますね」

ソニアはまずポーラのところへ行った。「ちょっとずつ全部お願いするわ、ありがとう」

「わたしにはケチケチする必要はない。たっぷり頼むよ」エースが言う。

「きみもここで暮らしてしばらく経つ」テーブルをまわって給仕するソニアにデュースが問いかけた。「プールズ・ベイを好きになったかな？　この屋敷だけでなく、村や、この地域を」

「とても好きになりました。自分が都会の外に出るとか、都会から遠く離れるなんて、本気で考えたことはなかったんです。大きな変化ですけど、わたしには合っている気がします。何もかも好きです」

席に着き、またばたんという音がしたので顔をあげる。「ほぼ何もかも、かしら」

セスも顔をあげた。「ぼくは、あれに慣れることができるか自信がないな」

「わたしが慣れたときは教えるわ。いまは来週末にここへ来る母の反応を心配しているところです」食べながら〝うっ〟と声をあげる者はいなかったので、料理はまずまずだったらしいとソニアは結論づけた。

「お母様はあなたの顔を見て喜ぶに決まっているわ」コリーンはグラスから水を飲ん

だ。「それに、あなたがわが家を築いている場所にも。お母様はこの屋敷の歴史はご存じなの？」

「多少は話してあります。わたしもまだ読んでいる最中なんです」ソニアはデュースに向かって言った。「プール一族の家族史を。それに自分でも……現象を記録しています」

「それは現実的な性格の表れね」コリーンはそう述べて、牛肉をもうひと口食べた。「こういう引っ越しでは助けになる資質だわ。プールズ・ベイとこの屋敷は、ボストンとは別世界ですもの。自分でビジネスを立ちあげようとしている女性には、もってこいの資質でしょうね。誠実さも、もうひとつの鍵じゃないかしら？」

「誠実でなければクライアントを失います」

コリーンは食べながらうなずいた。「ビジネスにおいて、そして人づきあいにおいて、誠実さは関係を築くのに欠かせないわ。それなのに、あなたはわたしたちに誠実ではなかった」

「えっ、わたしがですか？」

「料理はあまり得意じゃないと言ったでしょう。わたし、ちょっといらついているところよ、あなたのポットローストはわたしが作るのよりおいしいわ。そう思わない、デュース？」

「わたしは黙秘権を行使しよう」

「それがどういう意味かはみんなわかるわね」そこでコリーンはワインを手に取り、スチールブルーの瞳がソニアへ向けられた。「遠慮して何も言わないのは、決定的な褒め言葉も同然じゃないかしら」

「つまり、褒めていただけたということですね」ソニアは言い、アンナは笑いをこらえようともしなかった。「わたしが初めて挑戦したポットローストに」

「これで初めて？　そしてわたしがあなたを好きになりかけているなんて。ええ、あなたのレシピがほしいわ」

「実際は母のレシピです、とはいえ――」

「お母様に確認して。家族以外には教えたくないかもしれないから。でも、教えていいと言ってくれたら、わたしのパウンドケーキのレシピと交換しましょう。そう簡単には教えないやつよ」

「それは本当だよ」デュースが請けあう。

「味はデザートのときにわかるはずよ、食事のあとでもおなかに余裕があるなら。アンナが今夜作ったやつがそうなの。あなた、普段からオーブン料理は作る？」

「わたしのオーブン料理は冷蔵ピザを入れて焼く程度です。待って、このロールパンは焦がさずに温められたわ」

コリーンはにこりとした。「ここに住んでいれば、それなりに料理を覚えるでしょう」

「そこは友人のクレオががんばってくれると期待しています」

「イラストレーターね」ポーラが言った。「地域にアーティストが増えるのは喜ばしいわ」

みんなで芸術と料理、地域のイベントと印象について語りあった。おしゃべりに、ぱちぱち燃える暖炉の火、料理のおかわり、それに新たに開けられたワインボトルと、ソニアは屋敷での最初のディナーパーティーを成功と見なすことにした。

「コーヒーとデザートは音楽室で出そうかと考えていたんです」

「なんてすてきなアイデアかしら。わたしの大好きな部屋のひとつよ」ポーラがソニアに言った。

「ピアノを弾いてくれる、おばあちゃん？」

ポーラはアンナに向かって微笑んだ。「わたしを口説き落としてごらんなさい」

「デザートの用意は若い世代にまかせましょう」コリーンが立ちあがった。「口説くのはわたしが始めておくから。場所は知っているわ」ソニアに向かって言う。

ソニアはばたばたとコーヒーを準備した。「今夜はいろいろと心配したけど、すべて取り越し苦労だったみたい。あなたのご家族はすばらしい人たちね」

「料理がすばらしいから、みんな笑顔だったんだよ。母が作ったのよりおいしかった。もしぼくがそう言ったことを母に告げ口したら——」トレイは言い添えた。「きみを名誉毀損で訴えるからな」

「言わないわ。まあ、アンナ、食べるのがもったいないようなケーキね」

「食べなきゃもったいないよ」セスがソニアに言った。「先に皿を洗おうか？　経験ならある」

「おひらきになる前にお願いするかも。でも、それも全部あとにしていまはパーティーを楽しみましょう」

ピアノの音色が流れてきたので、ソニアは戸口へ目をやった。「玄人はだしね。ちゃんと弾いている人がいる状態であのピアノの音を聞くのはこれが初めてだわ」

「人がいないのにピアノが聞こえるってことかい？」

ソニアはセスに向かって肩をすくめてみせた。「たまに、夜中にね」

豊かなバリトンがピアノに加わった。

「あれはエースよ」勝手を知っているアンナは、キッチンと配膳室からケーキ皿とコーヒーカップ、ソーサーを出した。「わたしの自慢のおじいちゃんとおばあちゃん」

デザートワゴンは食器でいっぱいになった——ソニアがワゴンを使うのはこれが初めてだ。

音楽室まで押していくと、デュースの足元で犬たちが一緒になって寝転がっているのが見えた。エースは妻の肩に手をのせて、フランク・シナトラが歌って有名になった《ワン・フォー・マイ・ベイビー》を歌っている。

曲が終わるとソニアは拍手した。「ブラボー！」

「あなたはピアノが弾ける、ソニア？」

ポーラがポロロンと鍵盤を鳴らしたとき、ソニアは首を横に振った。「母は弾きます――演奏とは言えない程度だけど、少しだけ。わたしにも教えようとしたものの、わたしの才能は別の分野にあるとお互いに納得しました」

「デザートの前にもう一曲お願い」アンナがねだった。「《エンブレイサブル・ユー》がいいわ」

「デュエットはどうだい、スウィーティー？」

ポーラはエースへと首をめぐらせた。「わたしを口説き落としてごらんなさい」

「わたしの結婚式でふたりに歌ってもらったの。わたしたちのファーストダンスに」

「ステップをまだ覚えてるよ」セスはアンナをくるりとまわしてダンスを始めた。

「アンナの結婚式で歌うのはふたりの夢だったわ」コリーンがささやいた。

「おふたりの声、息がぴったり合ってますね」

「ええ。デュースは音楽好きな家庭で育ったの。彼も楽器を演奏できるし、張りのある声をしてる。一方、わたしは音楽の才能はからっきしよ」

「あなたの才能は別の分野にあるんでしょう。写真を撮ること、すばらしい家庭を築くことに」

「そうね。ジョアンナはピアノを弾いたわ」

肖像画を見つめるコリーンに向かって、ソニアは言った。「ご友人だったんですね」

「ええ。あなたがジョアンナの肖像画を見つけたと聞いたわ。こうして見ると、時間が静止したみたい。あなたが彼女をここに飾ってくれて、ふたりも喜んでいるでしょうね。ここはジョアンナが大好きな部屋でもあったから」

「この場所がいいような気がしたんです」

「そのとおりだからよ」コリーンはつかの間、ソニアの手を握って彼女を驚かせた。

「彼女はあなたを傷つけるようなことは決してしない」

「彼女が……ジョアンナがここにいると思うんですか？」

「いつか話をしましょう。コーヒーの用意を手伝うわ。わたしはみんなの好みを知っているから」

話はここまでにすべきだと感じ取り、ソニアはケーキを切り分けた。

そしてアンナがピアノの前に腰かけ、明らかに気の進まない様子のトレイを歌わせたとき、食後に音楽室へ移動したのは完璧な選択だったとソニアは思った。

アンナはいきなりピアノをとめ、大きく目を見張っておなかへ手をやった。

アンナが太陽のように顔を輝かせたとき、セスはすでに椅子から立ちあがっていた。

「動いたわ！　赤ちゃんが動くのがわかった！」彼女はセスの両手を握りながらも、顔は母親に向けていた。「お母さん」

「大丈夫なのかい？」セスは妻の手の上に自分の手を重ねた。「ぼくは何も感じないよ」

「あなたが感じるにはまだ早いわ」コリーンはスチールブルーの目をうるませて娘婿に言った。「アンナはちょうど胎動を感じられるころね」

「それは普通なのか？」トレイが空いているほうの妹の手を取った。「いいことなのかい？」

「普通で、すばらしいことよ」

「おなかの上からでも感じられるようになるのはいつごろかな？」

「もう数週間先でしょうね、お父さん」

一家水入らずのひとときに見えたので、ソニアはそっと抜けだした。しばらくそっとして、片づけを始めておこう。

キッチンに入ると、そこには汚れひとつなかった。食洗機からは稼働音が聞こえ、シンクはぴかぴかで、冷蔵庫を開けると、残り物は――ソニアが恐れていた予想量の数分の一だ――きちんと保存容器に入れられていた。

「ええと、あの――ありがとう。全部してくれなくてもよかったのに」

トレイが入ってきたときも、ソニアはまだあっけに取られて立ちつくしていた。

「まさか、もう片づけ終わったのかい？」

「わたしがしたんじゃないわ」

「ああ、そういうことか。みんな、そろそろ帰るようだ。ぼくは残ってきみに手を貸すつもりだったが、その必要はなさそうだな」

その言葉を合図に、タブレットがザ・キッド・ラロイとジャスティン・ビーバーの《行かないで《ステイ》》をかける。

自分の笑い声がうわずっているのがわかった。「誰かさんはあなたにいてほしいみたい」

ヨーダが入ってきて跳ねまわり、くうんと鳴いた。

「ああ、外に出たいのね。そうよね。ちょっと待ってて」

「ぼくが連れていこう。ムーキーも一緒に行きたがるだろうから。それに、うちの家族はそろそろ帰りそうになっても、実際に帰るまではしばらくかかる」

その言葉に偽りはなかった。

「セス、ソニアを手伝ってワゴンをキッチンへ戻してもらえるかしら。エースとわたしは老骨をわが家まで運ぶとしましょう。コリーンが言ったように、片づけの手伝いは若い世代にまかせますね」

「片づけは、はるか昔の世代の誰かがもうすませてくれたみたいです」

「本気で言ってるのかい？」

アンナはセスの腰をぽんと叩いた。「もう、びくびくしないで。わたしが一緒に行くわ。あなたを守ってあげるから、ケーキの容器を回収しましょう」

「おばけなんか怖くないさ」ワゴンを押して歩み去りながらセスが言った。

「わたし自身は姿の見えないメイドがいようといまいと気にしないけど」コリーンがつけ加えた。「落ち着かないでしょうね」

「時間とエネルギーの節約にはなります。それに、ええ、落ち着かないとも言えますね。いまのところ、ここにはメイドと専属ディスクジョッキー、薪《まき》を運ぶ暖炉係、ドアを叩き閉める人、ピアノを弾く人がいるわ。そして、少なくともそのうちのひとりは犬好きで、ヨーダにお手を教えています。これもすべて書き留めておかないと」

「記録したら見せてもらってもいいかな？　わたしが知っている家族と屋敷の歴史から……」デュースはソニアに言った。「住人のなかで特定できる者がいるかもしれない」

「もちろんです。まとめたらお送りしますね」

「あなたはしっかりしたお嬢さんだわ」ポーラは片手を差しだし、握手をするソニアの手をもう一方の手で包みこんだ。「それに、とってもすばらしい夜でした。本当にありがとう」

ソニアがみんなのコートを出していると、トレイがヨーダを連れて戻ってきた。

「ムークは車に乗せてきた。二匹とも遊び疲れてくたくただ」

家族が帰ったあとも、トレイはしばらく残っていた。「大丈夫かい？」

「ええ」

「大丈夫じゃないときは？」

「電話をする」

「今夜は楽しかった。それにきみは、まさにこの家が必要としているものだと思うよ。この家も、きみにとって必要なものであるよう願ってる」

目の前にたたずむ彼にまっすぐ見つめられ、胸の鼓動がほんの少し高鳴った。

「そう感じるわ」

「よかった。じゃあ、また」

トレイが帰ったあと、ソニアは玄関ドアを閉めた。

「彼は考えていたわ。わたしの思い過ごしじゃない。彼は自分から行動を起こすことを考えていた」ヨーダを見おろす。「わたしのほうから行動を起こすべきだったのかしら？　わたし、実は奥手みたい。それを克服しなきゃね。でも今夜はわたしも疲れてへとへとよ。ベッドへ行きましょう、ヨーダ」

誰かがピアノを弾いている夢を見た。けれど、場所は音楽室ではない。屋敷正面の応接間で、アストリッドが何かテンポの速い陽気な曲を弾いていた。暖炉の前には年配の女性が座り、刺繡《ししゅう》枠に針を刺しながら足で拍子を取っている。

火格子の奥で薪が崩れ、火の粉が舞った。

コリン・プールはアストリッドのかたわらに立ち、楽譜をめくった。

家具は部屋の隅に押しやられ、三組の男女が二列に並んでパートナーを替えながらダンスをしている。

コリンの双子の弟、コナーはあの人に違いないとわかった。それに、ダンスをしている相手に向けるまなざしから、彼の妻となるアラベルもわかった。二番目の花嫁となる運命のキャサリンの母だ。

とはいえいまはみんな若く、例外は暖炉前の女性と、そのそばに座り、笑みを浮かべてウイスキーをすりながらダンスを眺めている男性だけ。

アストリッドの両親だと思った。なぜそんな確信があるのかはわからなかった。ソニアは部屋のなかを歩いた。まさに亡霊たちのなかを歩く亡霊だ。

花の香りがした――温室の薔薇《ばら》だ。蠟燭《ろうそく》は村に暮らす家族の手作りで、煙をあげる薪はジョンという名の使用人が割って補充した。時期は四月の頭――なぜかソニアにはそうだとわかった――で、アストリッド・グランドヴィルがコリン・プールと結婚するまであとほんの数週間。この屋敷で結婚する最初の花嫁。

この屋敷で一番目に死ぬ。

ダンスが終わると、コリンはアストリッドの手を取って自分の唇に押し当てた。

そこですべてが静止した。

アストリッドが首をめぐらせてソニアを見る。

「この夜、わたしたちは本当に幸せだった。これからわたしたちが友人たち、家族を招いて開くすべてのパーティーの前奏曲《プレリュード》だとコリンは言ったわ。わたしたちにはあらゆる未来があった」

「悔しかったでしょうね」

「指輪を見つけて。あなたはそれができる最後の人よ」

「でもわたしは――」

「ピアノを弾いてくれるかい、アストリッド？」

「もちろんよ」

六人の男女が二列に並ぶ。コリンはアストリッドの隣に立っている。彼女は同じ曲をまったく同じように弾いた。すべてが、さっきとまったく同じ動きをしていた。

年配の女性が針を刺して足で拍子を取る。そのかたわらの男性が笑みを浮かべてウイスキーをすする。コリンが楽譜をめくり、ダンスする男女がパートナーを替える。火格子の奥で薪が崩れ、火の粉が舞った。

そこでソニアは目を覚ました。彼女はベッドの横に立っていた。ヨーダは寝ているから、安眠を妨害されることはなかったらしい。ソニアは音をたてないようにして部屋から出ると、階段をおりて応接間へ行った。

家具はあるべき場所にきちんとあった。でも考えてみれば、夢、もしくは体験したことのなかでは、家具は同じものではなかった。

暖炉に火はなく、蠟燭の炎も揺れていない。赤く輝くオイルランプもなし。部屋のなかを歩いてみても、漂ってくるのは昨日買ったヤマユリの香りだけ。ソニアはピアノの前に立ち、鍵盤をそっと指で押した。

それから玄関ホールへ行き、アストリッドの肖像画を見あげた。

「あなたの声を聞いたわ。どういう意味かも、どうすればいいのかもわたしにはわからない。でも、あなたの声を聞いたわ」

だが屋敷は、そしてなんであれ屋敷のなかをさまよう存在は沈黙したままだった。
沈黙のなか、ソニアは引き返して階段をあがった。
ベッドのなかで目を閉じ、眠りが訪れるのを待った。

18

翌朝、思いだせる限りすべてを詳しく記録した。

そのあとは半日、仕事に集中した――平日の時間を自分の用事に使ったからその埋め合わせのようなものだ。

さらに一時間かけて姿の見えない同居人をリストアップした。ゆうべの体験を踏まえ、ソニアの姿が見えて、話しかけてきた花嫁のふたり目としてアストリッドを含めた。

それが終わると、姿の見えないハウスキーパーが彼女に残しておいた二、三の家事に取り組む時間ができた。陽光が燦々《さんさん》と降り注ぎ、今週分の洗濯物は乾燥機にかけられている最中なので、ヨーダと長い散歩に出かけた。薄くなりつつある雪のブランケットが、彼女と犬を森との境界までいざなった。

そこから二、三歩踏みこんでみた。

裸木の神秘、松の深い緑色を目にし、森に感嘆せずにはいられない。微風に松の針葉がかすかな音をたて、森の奥から鳥のさえずりが聞こえた。ヨーダも彼女と一緒に大気のにおいをかいでいるが、日ざしの届ききらない場所には雪がまだ分厚く積もっている。

それに、あそこに見えるのはたぶん鹿の蹄《ひづめ》か、何かの動物の足跡だろう。鹿とばったり会うのは——近くで見られるのは——歓迎するけれど、それより温和ではない生き物との遭遇を自分が喜ぶとは思えない。

いまはなんであれ森をうろつくものをそっとしておこう。

「やっぱりわたしはシティガールなのね、ヨーダ。それが現実よ」

ソニアは森の散策をやめ、引き返して防潮堤に立った。いまは風が彼女の髪を乱して頰に冷たく吹きつけている。風を浴びていると、さわやかで冒険心をそそる潮の香りがした。

そして澄み渡る空のもと、海は水平線まで力強いブルー一色だった。眼下では波が砕け、一面のブルーの彼方《かなた》を船がゆっくり進んでいる。

うれしいことにふたたびクジラを発見し、ソニアはヨーダを抱えあげてこの喜びを分かちあおうとした。

だがヨーダはしっぽを振って彼女の顎をぺろぺろとなめるばかりだ。

「これよ、ヨーダ」彼女はつぶやいた。「わたしにはこれがある。ゆうべのようなことがあると少し弱気になるけれど、この景色がわたしを支えてくれる。海と森、そしてクジラ。自分でも意外だわ」

ヨーダを連れて戻ったとき、ふっとオレンジオイルのにおいがした。

「彼女は忙しくしてるみたい」ソニアはつぶやいてコートをかけた。

自分の下着が洗濯室のポールにかけてあるのを見つけ、すごく忙しくしていたのねと思い直した。乾燥機をのぞくとからっぽで、なかへ放りこんだものは畳んでしまわれているのをあとで見つけることになるのだろう。

朝起きてチェックしたときに、食洗機に入っていたはずの食器がすべて片づけられているのを見つけたように。

他人の後片づけをして死後の人生を――これがそういうことなら――過ごすのはどんな気持ちだろう？ ばかげていると思いつつも、ソニアは長々と息を吸いこんだ。

「本当にありがとう。でも、どうかやらなきゃいけないとは思わないでちょうだい」

ｉＰａｄがキッド・ロックの《土曜日万歳《ゴッド・ブレス・サタデー》》を流す。

「わかった、わかった」月曜から金曜まで働きづめでも土曜の夜は楽しむ男の歌に、ソニアは笑いがとまらなかった。「言いたいことは理解したわ」

澄みきった空に取って代わった重苦しい分厚い雲は、夜のあいだに十五センチもの積雪をもたらした。それを口実に、ソニアはのんびりした午後を送った。コーヒーと分厚く切ったパウンドケーキをジョン・ディーに持っていったあとは、一日中ごろごろしていた。

犬と引っ張りっこをしてお互いに楽しんだ。図書室のソファでごろりと横になって、おもしろそうな番組を次々に観《み》た。

母とフェイスタイムでおしゃべりをしたあと、クレオとも話した。犬が新雪の上ではしゃぎまわるのを眺めた。

文句なしに普通の週末ね、とソニアは思った。その仕上げに、犬には骨ガムを与え、自分はトレイから勧められた本を持って図書室の暖炉の前でくつろいだ。

彼の推薦の言葉に間違いはなく、一気に半分読み進んでしまった。

淡いブルーの光を新雪に投げかける真っ白な真ん丸い月の下、犬を散歩させた。そして心から満たされ、ここそがわが家だと感じた。

一八九二年

わたしは女王様に見える。いいえ、成長したひとりの女性、王女様ね。わたしの愛《いと》しい人、わたしの花婿、わたしの夫は社会的地位のある男性だ。礼拝堂でみんなに見守られて結婚の約束を交わすわたしは、パリのオートクチュールメゾン、〈ハウス・オブ・ウォルト〉で作られたドレスをまとい、威厳をたたえて堂々と立っている。

今日という日には、最高のものしかふさわしくない。

わたしは砂時計のように腰のくびれた体つきに恵まれ、長く美しいトレーンのついた重たい白のサテンドレスがそれを余すところなく見せている。流れるようなドレープは、オーウェンが両手で抱えられるほど細い腰を強調していた。

彼が実際にそうした腰を。

レースをあしらった胴着《ボディス》は胸にぴったりと沿い、喉元まで覆われて一見控えめに見えるけれど、薄い布は透けている。羊の脚のようにふくらんだ流行《はや》りのジゴ袖は避け――わたしの美しさを存分に引きださない――フリルのついたほっそりした袖を選んだ。

ヴェール――長さはトレーンとぴったり同じ――の上にのせたダイヤモンドのティアラが礼拝堂の窓から差しこむ光を受けてきらきら輝いているのは計算どおりだ。

その下の、カラスの濡《ぬ》れ羽色《ばいろ》の髪は、高い位置で内側に巻きこんで結いあげ、艶やかなギブソンタックにまとめられている。この髪型はわたしの顔立ちにとてもよく似合うと褒めそやされた。頰と唇には――控えめに――紅を差した。

オーウェンがわたしの手を握り、ふたりで誓いを立てた。糊《のり》の利いたハイカラーにモーニングコートで正装した彼は誰よりもハンサムだ。

深いグリーンの瞳でわたしの目に微笑みかけつつ、彼はわたしの指に指輪を滑らせた。五粒のダイヤモンドをあしらった金の指輪は、彼がわたしのためにカルティエにデザインさせたものだ。

結婚の誓い、優しくて甘いキス――ふたりきりのときにはもっと情熱的なキスを交わしたこともあるけれど——これでわたしたちは晴れて夫婦となった。


わたしはアガサ・ウィンワード・プールになったのだ。ミセス・オーウェン・プール。わたしたちはプールズ・ベイのプール夫妻だ。

ふたりで礼拝堂から出て、人々の歓声とライスシャワーを浴びながら、わたしは自分たちが絵になる新郎新婦であることを心得ていた。

ふたりは社会において同じ階層に属し、それぞれ立派な家名と財産を持つ家の生まれだ。美男美女のカップルだから、ハンサムな息子たちと愛らしい娘たちに恵まれることだろう。

夫婦でたくさん旅行をしよう。この点は彼にも強くお願いしてある。海沿いの屋敷をわが家としても、そこに縛りつけられはしない。ニューヨークに別宅を持つことは、都会の社交界で地位を得てそれを維持するためには必須だ。

新婚旅行では、海を渡ってヨーロッパを訪ね、パリとローマ、そしてロンドンの最高級のホテルで三カ月過ごす予定だ。

わたしは彼に必要とされる妻になろう、オーウェンがわたしにふさわしい夫であるように。

馬車が通ると、村人たちは帽子を取って挨拶し、花を放ってくれる。オーウェンは寛大な男性だから、道に並んでいる者たちに硬貨を投げてやる。わたしも寛大になろう。わたしは手をあげ、海や畑、店やカフェであくせく働く人たちに向かってその手を振る。それにもちろん、わたしの夫や彼の家族のために働く人たちにも。

わたしたちの結婚を記念し、プールズ・ベイの学校に寛大な寄付をすることになっている。

けれど、今日はお祝いと祝宴の日だ。夫の双子の妹ジェーンは四番目の子どもがおなかにいるため（彼女はほんとに退屈で平凡だ）結婚式に出席できず、屋敷へ戻ったわたしは留守番をしていた彼女を抱きしめた。いまや義理の姉妹になったのだから。

言うまでもなく、使用人たちは準備万端で客にシャンパンを振る舞っている。ほどなく舞踏室ではダンスが始まるだろう。これから音楽とワイン、それにわたしが考えたメニューから料理が供されるのだ。

屋敷はわたしが選んで認めた花でいっぱいだ。

大好きな母を抱きしめ、大好きな父にキスをするわたしの胸は喜びにあふれている。

何もかもまぶしくてぼんやりとかすんで見えた。

わたしは夫の腕を取り、大階段をあがっていく。

ダンスで小腹が減った人のために、ダイニングルームでは美しく盛りつけた料理が出されている。舞踏室のそばにも小さなビュッフェをふたつ用意させていた。

それにワイン、シャンパン、音楽だ。

わたしは夫と踊った。それからわたしの父、義父、わたしの兄弟と。いとこや友だちとも。

今日は誰もが陽気で、わたしはシャンパンを口にした。

夫に頼まれ、わたしは従順な妻として、退屈なジェーンとしばらく一緒に座る。彼女が話すのはもちろん、自分の子どもたちのことだ。このわたしの晴れの日にも、彼女の子どもたちを中心に地球がまわっているかのように。

誰かがわたしに皿を持ってきてくれた――なんていう心配りかしら。ちょっとだけ口にすると、料理人と厨房の手伝いたちがいつにも増してがんばってくれたのがわかった。

ワルツを眺めるわたしはまぶしいばかりに輝いていることだろう。オーウェンの姿が見えた。優しい彼は、まだ七歳にもならない姪《めい》っ子と踊っていた。

何かが喉に詰まり、わたしはグラスへ手を伸ばす。突然息が切れ、めまいがする。シャンパンを飲みすぎたかしら。そう考えるものの、いまや喉はふさがり、息が吸えない。

心臓が、わたしの心臓がどくどくと鳴る。息ができない！

皿が床に滑り落ち、わたしも崩れ落ちる。顔がかっと熱くなり、わたしは呼吸をしようともがき、世界はぐるぐる回転する。

いくつもの声がする。誰？　この人たちは誰なの？

オーウェンの姿が見える。わたしは彼の腕のなかにいるの？　言葉が出ない。彼に手を伸ばしたくても、腕にまったく力が入らない。

〈ハウス・オブ・ウォルト〉のドレスをまとった体を舞踏室の床に横たえ、虫の息のわたしは恐怖を、底知れぬ恐怖を思い知る。

わたしの手を握るオーウェンを、幽体離脱したわたしが恐怖に包まれながらすぐそばで傍観しているような気分だった。黒いドレスの女が入ってくるのが見えた。なぜみんな彼女を見ないの？　大声で教えたくても声が出ない。

女がわたしの指から指輪を抜く。わたしのためだけにデザインされた、美しい結婚指輪を。

女は、指輪を三つはめている指にそれをはめた。

女がこちらを見た。わたしは恐怖に駆られる。彼女がわたしを見て恐ろしい笑みを浮かべると、わたしの恐怖はいっそう増した。

それから彼女はいなくなり、わたしも消えた。


ソニアは週明けの数日を、たまに聞こえるどすん、ばたんという物音や、ホームジムまでおりたときに鳴らされる呼び鈴を無視して過ごした。〈ドイル法律事務所〉と花屋に企画書を送信し、ケータリング会社のプロジェクトは順調に進んでいると自己評価した。

週の半ば、かつての上司から電話がかかってきた。

「お昼になるまで待っていたのよ」レインは彼女に言った。「あなたが昼の休憩をとっているときに話そうと思って」

昼はたいていデスクに座ったまま、サンドイッチを半分かチーズをのせたクラッカー、あとはオレンジ程度ですましていた。「お久しぶりです、レイン」

「調子はどう、ソニア?」

「すごく順調です。ありがとうございます」

iPadがジョン・メレンキャンプの《ロック・イン・ザ・USA》を大音量でか

ける。ソニアは画面をスワイプして音楽をとめた。

「そちらはどうですか、マットやみんなはどうしてます？」

「みんな元気よ。普段どおりの状況を、つまり、わかるわよね、カオス状態をなんとか制御してる。ソニア、〈ライダー・スポーツ〉のバート・スプリンガーからうちに電話があったの」

「バートのことなら覚えています」

「〈ライダー〉はメイン州ポートランドに支店をオープンするの。旗艦店も含めて、ボストンの三店舗はそのままね」

なぜレインがわざわざ連絡してきて顧客のことを話しているのかいぶかり、ソニアは用心深く返事をした。「売上げが伸びてるんでしょうね」

「それは間違いないわ。彼らは大々的なキャンペーンを行って、イメージを一新したいそうよ。大規模な事業拡張ね。ロゴはそのままで、だけどアップデートする。そのために、バートはあなたを指名してきた」

「そうだったんですか」ソニアはうれしさと残念な気持ちに引き裂かれ、コーラを手に取った。「光栄です」

「たしかに、あなたは〈ライダー〉のためにすばらしい仕事をした。そしてバートはそれをわかっている」

「わたしを含むチームでの仕事です」

「そうね。正直に言うわ。バートには、あなたはもううちで働いていないことを伝え、そしてわが社でご希望に添うことができますと返事をした。ただし、あなたの連絡先も教えたわ。マットも同意したうえでね」

ソニアは驚きつつも、落ち着いた声を保とうとした。「それは、おふたりとも、寛大すぎるほどの計らいです」

「公平にやりたいの。きっとバートから連絡があるわよ。そうこうしているうちにも、わたしたちは企画書とプレゼンテーションの準備に取りかかっているわ」

「それは当然です」

「みんなあなたのことが好きよ、ソニア。だから言っておく、やってみるのは確実に成功させられるときだけになさい」

「本当に役立つアドバイスだわ、肝に銘じておきます」

通話を終えると、ソニアはコーラを少し飲んで考えをめぐらせようとした。立ちあがってうろうろ歩いたせいで、ヨーダは散歩の時間と勘違いした。

ソニアはヨーダを外へ出して用を足させ、雪のなかで遊ばせた。そうしながら思案する。

やらせてもらえれば成功できる自信はあった。たしかに、前回はチームがいた――

デザイン、ロゴ、広告、ウェブページのリニューアル、すべてをチームでやった。けれど、そのチームを率いたのはソニアだ。

それにアップデート、つまりイメージの一新は、バートと〈ライダー〉が当時求めていた企業イメージの抜本的な改革とは異なる。あれは四年前——いいえ、五年、五年前だ。ほぼ六年前になると、ソニアは思い返した。あのとき彼女は初めて大型プロジェクトでチームのリーダーになったのだった。

いまはもっと仕事ができるようになっているでしょう、と自分に言い聞かせた。

ええ、それは間違いない。だからチャンスを与えられたらやってみよう。

ヨーダを呼び戻そうとしたとき、道をやってくる車の音が聞こえた。最後のカーブを過ぎたところで、トレイのトラックだとわかった。

サプライズ訪問ね。

もちろん、こっちはノーメイクだ。いつになったら学ぶの？　しかも着ているのは古いジャケットで、その下はさらに古いトレーナーだ。

トラックからおりてきたトレイは、いやになるほど完璧な格好だった。防寒着ではなくレザージャケットを着ているのは、ちょっぴり気温が上昇したからだろう。ジーンズ、ブーツ、セーター。髪はほどよく風に乱れている。

きっと香りもすてきなのだろうと、ソニアは思った。彼はいつもそうだ。なんていうか……肩の力が抜けた男性の香り。何か特定の香りではなく、主張しすぎることもなく、ただ、そう、すてきなのだ。

「お邪魔ではないようだね」

「ええ。午後のお散歩をしてただけ。ムーキーは一緒じゃないの？」

「オーウェンとジョーンズのところだ。仕事で立ち寄ったら、ムーキーがぼくを捨てていった」トレイは腰をかがめ、喜ぶヨーダを撫《な》でてやった。「また今度だな。ぼくは別のクライアントに会いに行く途中で、ちょっと時間があったから寄ったんだ」

「なかへ入って」

「いや、本当にちょっとしか時間がないんだ」犬を撫でながら、心配そうにソニアを見あげる。「きみは大丈夫かい？　何かあったんじゃないか？　少し疲れた顔だ」

それはノーメイクと古いトレーナー、かじりつきたくなるようなゴージャスな男性、そして大きな大きな仕事のチャンスのせいね。

「何も――まあ、仕事でちょっと疲れたかしら――もらえるかもしれない仕事でね。そうそう、この前の夜、アストリッドに会ったの」

「会った？　アストリッドに？　あの肖像画のアストリッド？」

「だと思うわ、ええ」

「その話を詳しく聞きたいが、いまは無理だな。今夜、予定がないならもう一度来ていいかい？ テイクアウトのピザを買ってこよう」

「わたし――わかったわ」なぜ彼はあんな目をしているのだろう？ ソニアは不思議だった。ブルーの目をあんなに輝かせて。「あなたも予定がないのなら」

「いま予定ができたよ」トレイは体を起こした。「トッピングは何がいい？」

「おまかせで。でも、アンチョビはなし。それだけは断じてノーよ。マッシュルームは食べられるわ、あなたがどうしてもほしいなら」

「了解。もう時間切れだな。ここへ来たのは、きみに会って直接伝えたかったからなんだ。きみの企画書は採用されたよ」

「やった！」ソニアは勝利を喜び、拳で彼の胸をちょんと小突いた。「あなたたちは過ちを犯さなかったようね」

「全員一致でね。セイディーでさえオーケーを出した、容易にはうんと言わない彼女でさえ。六時、そうだな、六時半には犬と一緒に戻ってこられるだろう、それで早すぎなければ」

「ピザを持ってきてくれるんでしょう。だったら早すぎも遅すぎもないわ。あと三十秒だけいいかしら。何か簡単でおいしい料理のレシピをくれないか、ブリーにきいてみてもらえる？」

「ぼくがピザを持ってくるよ」

「あなたにじゃなくて、わたしの母に作りたいの。金曜の夕方早くに来る予定だから。丸一日仕事をしたあとでボストンから車を走らせてきてくれるのに、テイクアウトじゃ悪いもの」

「ブリーにレシピを教えてくれと頼んだことはないから、ぼくもはっきりしたことは言えない。でも、やってみるといい」

これもやってみよう。ソニアは携帯電話を取りだした。「あなたからブリーにわたしの電話番号を転送してもらえる？　オーケーなら、直接わたしに返信してもらっていいわ。彼女がわたしを気に入ったことを忘れないよう念を押しておいて」

「お安いご用だ。じゃあ、また今夜」

自分に都合よく、今夜はデートと見なそう。トレイが走り去ると、ソニアはそう考えた。「とはいえ、いまや彼の法律事務所はクライアントだから、相手にもその気があると百パーセント確信できない限り、恋愛に関して〝やってみる〟のはなし。仕事に戻るわよ、ヨーダ。早めに終わらせて、見苦しくないようにする時間を作らないと。カジュアルで魅力的」玄関へ引き返しながらつけ加える。「目指すはそれね」

五時ぴったりに仕事を終えるつもりだった。

けれども、花屋からも企画書どおりにと仕事を発注された。

続いてバート・スプリンガーと長時間話をした。

Ｚｏｏｍではないから緊張が顔に出ているのを見られずにすむのをありがたく思いながら、詳細をメモした。最終的に、企画書とプレゼンテーションに取り組むことで同意した。

通話を切ったあと、ソニアは身動きひとつせずに座っていた。

「これは失敗できないわ。もし失敗したら？　失敗なんてできないわよ」

ｉＰａｄは映画『ロッキー』のテーマ曲をかけ、パニックになりかけていた彼女を笑わせた。

「大丈夫。大丈夫よ。いくつかアイデアがあるわ。そのなかからぴったりのものを選んで、ブラッシュアップすればいいだけ。いやだ、もう五時半近いじゃないの！　まずいわ、まずい、まずい！」

パソコンの電源を切り、自分の寝室へ飛んでいった。

ベッドには赤いドレスが置かれていた。

「だめ、だめ、だめ。キッチンでピザを食べるだけなのよ！　先に顔だわ」バスルームへ駆けこみ、息を吸いこんだ。「やりすぎはだめ。あれをちょっとと、これをちょっとよ」

ちょっとメイクをするだけでも時間はかかった。小躍りするべきか、頭を抱えるべきか、決められないのだからなおさらだ。

新規の仕事を三つ獲得したのだ——しかも、そのうちのひとつはビッグ・プロジェクト。ほかにも終わっていない仕事がひとつと、満足させなければいけないクライアントがひとり。

「つまりビジネスは絶好調よ。大忙しで充実し、それにすごく、すごく緊張してる」

寝室へ戻ると、赤いドレスに代わってストーングレーのジーンズと赤いセーターが出してあった。「うん、いいチョイスね。これにしましょう、悩んでいる時間はもうないもの」

ソニアは着替えた。やはり彼女のスタイリストが選んでくれた服は完璧だ。洗濯物用のバスケットにトレーナーを放りこんだところで、ヨーダがワンと吠えて部屋から飛びだしていった。

ドアベルが鳴る。

「オーケー。始めましょう」

ヨーダは玄関ドアの前で飛び跳ねていて、ドアを開けてやると、二匹の犬はすぐさま大喜びで犬流の挨拶をした。

「男性に、ワンちゃんに、ピザ。最高だわ!」

「お代は幽霊の話でいいよ」

「この屋敷なら幽霊話には事欠かないわね。ジャケットを預かるわ」

「自分で持っていこう」トレイは彼女にピザを渡し、クローゼットへ向かった。

図書室で、iPadが《ウェルカム・トゥ・ザ・パーティー》を流している。

「DJに休みなしね。行きましょう、ワンちゃんたち。それにあなたも」

「ぼくが耳にしているだけでも、きみのDJの選曲はかなり幅が広いな」

「年代はばらばらだけど、ロックやポップスが多めね。それに……」ソニアはキッチンへ向かいながら振り返った。「わが家の幽霊は仕事が早いわ。あなたの仕事はどうだった？」

「秘匿特権の範囲外で言えるのは、うまくいったってことかな。もうひとつ言えるのは、あれだけで」指を上に向ける。「多くの人はボストンへ逃げ帰るだろう」

「わたしは音楽が好きなの」ソニアはピザの箱をカウンターに置いて、なかをのぞいた。「ペパロニとブラックオリーブだわ」

「それがきみの定番だと聞いた」

「プールズ・ベイでは何も秘密にできないのね」

「そんなことはない。秘密もいくつかはある」

「弁護士さんならそれもわかっているんでしょうね。ビールでいい？」

「ありがとう」ソニアが冷蔵庫から一本取りだすのを見て、トレイは眉をひょいとあげた。「サミュエル・アダムスか」

「あなたのビールの定番だと聞いたわ」

「そのとおり。ボトルのままでいい、グラスはいらないよ」

ボトルを渡し、自分にはワインを用意した。「ムーキーはもう食べたの？」

「ジョーンズのごはんを横取りするには迎えに行くのが早すぎた」

「じゃあ、ヨーダのを横取りしてちょうだい」

おなかをすかせた二匹の犬に餌を食べさせ、皿を出して小さなテーブルについた。

トレイはそれぞれの皿にピザをひと切れずつ滑らせたあと、ビールのボトルを彼女のグラスにかちんと当てた。

「ブリーに連絡する暇はあった？」

「ああ、そうしたら彼女にいろいろ質問された。食物アレルギーとか、あれやこれや。きみは何も言っていなかったとだけ伝えておいた。それから、きみの料理のレベルを知りたがっていたよ」

「レベルはゼロだと言ってくれた？」

あのゆっくりした笑みを浮かべて、彼は首を横に振った。「悪いが、あのポットローストのおかげできみへの評価は跳ねあがった」

「あれはまぐれよ」

「そうではないと期待しよう。とにかく、きみに何か送ると言ってたよ。ブリーも母親と仲がいいから、きみが自分の母親のために夕食を作りたがっているって話が気に入ったらしい」

ピザをかじりながらソニアの目が笑う。「マニーとは？　もう彼とは仲を深めたの？」

「どうだろう、それはきいてないな。あまり考えたくないし。さて、お代をいただこうか」トレイはビールのボトルでうながした。「アストリッドの話を聞かせてくれ」

「アストリッドの話ね。わたしはまた鏡の向こう側へ行ったみたい」

「きみのお父さんのスケッチにあった鏡か」

ソニアはうなずいて、ワインを少し飲んだ。「そこの部分は覚えていないの。でも、そうだと感じた。説明することはできないけれど」

「その必要はないよ」

「夢か現実かわからないけど、現実みたいに感じた。わたしはこの屋敷の正面側にある応接間にいたわ」ソニアは話し始めた。

「目覚めたら、あるいはわたしのしたことがなんであれ、今度はベッドの横に立っていた。ヨーダは眠ったままだった。今回はわたしが怖い思いをしなかったからかしら。それか、マリアン・プールが亡くなる瞬間を見たときのように、恐ろしい悲劇ではなかったからかも。だけどアストリッドはわたしを見たの、トレイ、わたしを見て、わたしに話しかけてきた。部屋にいた誰もそんなことはしなかったのに。夜にピアノを弾いているのは彼女だと思うわ。いま応接間で演奏しないのは、悲しみに暮れているからじゃないかしら。あの夜、わたしが見たあの夜は、誰もが幸せそうだった」

「きみはぼくに電話しなかったな」トレイは指摘した。

「怖くはなかったもの、前のようには。正直、幻覚だと考えるほうが楽でしょうね。でも、そうじゃない」

「その鏡がどこかにないか、ぼくがこの屋敷を探してみようか」

「見つからないと思う。きっと誰にも見つけられないんだと思うわ、鏡のほうに見つけられる準備ができるまでは」

「きみは鏡に意志があると考えているんだね」

ソニアはふた切れ目のピザをそれぞれの皿へ移した。「いまの話のなかでそこが一番気になったの？」

「一本取られたな」

「何度も考えてはみたのよ。あれは――ひとまず〝夢〟と呼んでおくわ――役に立っていると思うの。わたしはこの目で見て、この耳で聞き、学んでいるわ。本で名前や写真を見るだけとは違う。映画とも違う。どういうわけか、わたしもそのなかにいるんですもの。その時代に、その瞬間に、足を踏み入れたみたいに」

トレイは両眉をあげ、ソニアの顔をまじまじと見た。「幽霊に加えて、今度はタイムトラベルか？」

ソニアは肩をすくめるしかなかった。「一年前なら、自分がこんなことを考えたり、しゃべったりしていたら、一番近くの精神科へ駆けこんでいたでしょうね」

「きみはこのうえなくまともだよ」トレイは半分自分に向かって言った。

「自分でもずっとそう思ってきたのよ。クレオの水晶やホワイトセージ、それに彼女が、そうね、いわゆる超自然現象と呼ばれるものをすんなり受け入れるのは、単に彼女らしさで害はない、くらいに思っていた。いまは、そういう視点の持ち主がここで一緒に暮らしてくれることになったのが本当にありがたい」

「いつ来られるんだい？」

「あと一週間かそこらじゃないかって。週末にわたしの母のところでヤード・セールをして、ずいぶん売り払えたと話してたわ。一部を荷造りして、持ってこられるものは母が持ってくることになってる。それにクレオが出たあとのアパートメントに、恋人と別れたばかりの友人が入るのはもう決まってるの。いずれにせよ、ここの暮らしは怖くないわ」

トレイはソニアの目を見た。「絶対に？」

「もちろん、怖いときもある。マリアンの夢や〈黄金の間〉の件、ばんばん叩く音に、猛吹雪の幻。でも、いまはヨーダがいるもの」

自分の名前を呼ばれ、ヨーダがぱたぱた走ってきた。ムーキーもそれに続く。

「そうよ、わたしにはあなたがいる。トレイと一緒に遊びに来てるときは、あなたもね」ソニアは両方の犬を撫でた。「犬たちを外に出してあげなきゃ」

「ぼくがやろう。リードをつけなくても大丈夫かい？」

「何度かリードなしで出して、厳重に見張ってたけど、ヨーダが遠くに行ってしまうようなことはなかったわ」

「それにヨーダはムークにくっついている。ムークは勝手にあちこち行かない」

トレイはドアを開け、犬たちが雪のなかで遊ぶのを見守った。

「ヨーダがたまにじっと見ているの――わたしには見えない誰かを」

トレイは彼女へ視線を戻した。「コリンに会いに連れてくると、ムーキーもいつもそうだった。ジョーンズもだ」

「あなたは屋根上の見晴台《ウィドーズ・ウォーク》で女性を見たと言っていたわね。白いドレスの女性を。あのときは信じなかったけれど、いまなら信じられるわ」

「あれはアストリッドじゃなかった。アストリッドはブロンドだが、ぼくの見た女性は黒みがかった髪だったから。顔はよく見えなかったな。父の話によれば、よちよち歩きだったころ、ぼくはここへ来ると〝おばけ、おばけ〟と言っていたそうだ。ぼく自身はよく覚えてないが」

彼にもう一本ビールを持ってきた。「ほかには何かある？」

「ぼくが五歳のときだ。幼稚園に入ったばかりだったから、それははっきりしてる。記憶はちょっと曖昧だが、コリンの書斎で男を見たのを覚えているよ。彼はタキシードを着ていた。タキシードだとわかったのは、オーウェンが――というか彼の両親が――犬を飼っていて、その毛の模様がタキシードみたいだったからだ。それでタックスと呼んでいた。とにかく、その男は片手にグラス、反対の手には太い葉巻を持ってそこに座っていた。葉巻の煙のにおいがした。男は煙の輪っかを吐きだし、それから笑った。彼はぼくを〝ヤング・オリヴァー〟と呼んで、ひとりぼっちの男を訪ねてくるなんていい子だな、と言ったんだ。魔女に気をつけるんだぞ、でないとぺろりと食べられる、とも」

トレイはソニアへ目をやった。「〝魔女が出るのはハロウィンだよ〟とぼくが返すと、〝ここではそうじゃない〟と彼は言った。そのひと言を聞いたとたん走って戻って父に話したから、よく覚えている。これがぼくの幽霊話だ」

「部屋を調べてもらったの？」

「もちろんさ、ぼくがそうしてくれと言って聞かなかったから。だが部屋には誰もいなかった。犬たちをマッドルーム（泥で汚れた靴などを脱ぐための小部屋）に入れるよ。古いタオルはあるかな？」

「部屋に一枚あるわ」

ソニアも一緒に行こうと立ちあがり、雪まみれの犬たちをふたりでぬぐえるよう、もう一枚タオルを取ってきた。

「つまり、子どもと犬には見えるのね」

「そうらしい。また別のときのことだ。これは、はっきり覚えている」トレイは体を起こしてタオルをかけた。「ぼくは十二歳くらいで、ギターを覚え始めたところだった。父とコリンは図書室のすぐ先の娯楽室にいて、チェスをしていた。当時もいまも、ぼくはチェスには興味がないが」

「コリンはあなたのお父様にチェスのセットとチェス盤を遺《のこ》していたわね」

「ああ、そうだな」

犬たちは彼女についてキッチンへ戻り、おやつをもらった。

「退屈したぼくは、音楽室へおりていった。そこでならいつでも好きなときにギターを練習していいとコリンに言われていたからね。いくつか弾ける曲はあったんだよ。運指は全然だったが、曲は弾けた」

トレイはビールを取った。「だから練習していたんだ、トム・ペティの《フリー・

フォーリン》とか――昔の曲だけどトム・ペティだし、基本的なコードが多いから。即興演奏だって自分に言いながら顔をあげたら、そこに彼女がいた。すごくセクシーな美女が」

ビールをぐいと飲む。

「十二歳のぼくには、彼女がどこから現れたかということより、目の前にいるセクシーな美女に微笑みかけられていることのほうが衝撃的だった」

「彼女に見覚えはあったの？」

「そのときは誰だかわからなかった」トレイは首を横に振った。「長い金髪が、背中にまっすぐ流れ落ちていた。はいているジーンズは腰まわりのぴったりしたローライズで、膝下が広がっているあれだ。小さな白いトップスは丈が短くて――参ったことに――おなかが丸見えだった」

自分の腹部の前で手をひらひらさせてトレイは苦笑した。「花柄の刺繍が入った襟ぐりはぐっと深くて、胸の谷間がのぞいていた。胸元にはじゃらじゃらとビーズをたくさんつけていて、ぼくはそこへ目を向けないよう必死だった。唇は淡いピンク色に塗り、目にはこってりメイクして――アイライナーやなんかを全部だ――アイラインの太い猫のような目は、少年の性衝動《リビドー》にまっすぐ歌いかけてきたよ」

「その幽霊のことはずいぶん詳しく覚えているのね」

「あの瞬間にぼくの脳と下半身に刻みこまれた。〝あなた〟と彼女に呼びかけられて、ぼくは少しよだれを垂らしたんじゃないかな。〝斧《アックス》が弾けるのね〟と彼女は続けた。十二歳のぼくは、アックスがギターの意味だとは知らず、〝えっ?〟っと言ったと思う。すると彼女は、ペティもすばらしいけど《サティスファクション》を弾けるようになりなさい、ストーンズは神だからと言ったんだ。そのあとピースサインをして、その指を淡いピンク色の唇に当ててぼくに投げキスをし、ぼくをぷるぷる震えるゼリー状のホルモンに変えた」

トレイはビールをかかげた。「そして彼女は姿を消した」

「すごい話ね」

「それきり彼女を見ることは二度となかった。オーウェンとぼくとで探したけどね。ただしコリンのアルバムで彼女の写真を見るまでだ。ぼくが初めて本気で熱をあげた相手は、自分をクローバーと呼んでいた、リリアン・クレストの幽霊だったんだ」

それを聞いて、ソニアは稲妻に打たれたような気がした。「わたしの父を産んだ人ね」

「ぼくを責めないでくれ。ぼくが見たのはセクシーな美女で、彼女は十八歳くらいだった。こうして見ると、淡いピンク色じゃないことをのぞくと、きみは彼女とそっくりな唇をしている」

「まあ」思わず唇に手をやった。「そう言われるのはすごく変な気分だわ」

「とてもすてきな唇だよ。これがぼくの幽霊体験だ——記憶にある分のね」

「結局、《サティスファクション》は弾けるようになったの？」

「ああ、もちろん。音楽室でのぼくの演奏を彼女も聴いてくれたと思いたい」

「わたしは音楽の歴史には詳しくないけど、トム・ペティは六〇年代には——ミュージシャンとしては——いなかったと思うわ」

「たしかに、彼の曲がヒットしたのはもっとずっとあとだ……」トレイは眉根を寄せ、語尾が小さくなって消えた。「どうしてこれまで気づかなかったんだ？」

「十二歳のホルモンのせいね」目下、ソニアのホルモンを刺激している男性が、かつて彼女の実の祖母に熱をあげた事実を無視するのは不可能だと、ソニアは認めた。

相手は幽霊らしいけれど。

「彼女は時代についていってるのね、なんらかの形で」

「そうに違いないな。コリンは音楽が好きだった。彼のレコードコレクションを見ただろう」

ソニアはふたたび稲妻に打たれて片手をあげた。「トレイ、ＤＪは彼女なのかも」

「ぼくもそう思ったところだ」

カウンターで、彼女の携帯電話がアバの《それがわたしよ《ザッツ・ミー》》を流した。

「驚いた」ソニアはグラスをつかみ、ワインをごくりと飲んだ。「少し時間をちょうだい。だってこれは前進よ。いまは動揺しているけど、前進だわ」

「あのDJはきみの実の祖母だ」

「オーケー、やっぱり動揺してる。でもひとつ前進したわ。誰だかわかったのはいいことでしょう。おばあちゃんとは呼ばないわよ。だってある意味、彼女はわたしより若いんですもの。ねえ、コリンは自分の……母親に会ったことがあったのかしら」

「父もそんな話は聞いたことがないと思う。ぼくも父やコリンには話していない。オーウェンには話した、セクシーな美女だったからね」

「彼女の正体がわかってほっとしているのは変かしら？」

「ほっとしないほうが変だろう。リリアンはきみを怖がらせようとしているんじゃない。ぼくを怖がらせようとはしなかった。彼女は昔もいまも、つながりを持とうとしているだけだ」

「リリアンはこの屋敷で亡くなっている」それを思うと胸が痛んだ。「彼女は怯《おび》え、苦しんだに違いないわ。だけど彼女はわたしのために音楽を流してくれる。今日、大きな仕事を得るチャンスが舞いこんだとき、彼女はわたしのために元気いっぱいの曲をかけてくれたのよ」

「大きな仕事？」

ってる？」

「ええ」ソニアは気もそぞろで髪に手を差し入れた。「〈ライダー・スポーツ〉って知

「もちろん。本社はボストンだよな。ネットでよく買い物をしている」

ソニアは笑みを浮かべた。「ウェブサイトを見た感想は？」

「ついあれこれ見てしまうし、情報が探しやすい。きみの仕事かい？」

「あのウェブサイトをデザインしたチームのリーダーを務めていたの。〈ライダー〉は事業を拡大してポートランドに出店し、企業イメージの一新を求めているわ。その仕事をめぐって、わたしは前に勤めていた会社と競うことになったの。だから……またまた動揺よ」

「いまだけだ」トレイは当然のことのように言い、ソニアが自分では必要としていることに気づいていなかった励ましを与えてくれた。「きみが仕事に自信を持っているのには理由がある」

「相手は実力のある革新的な会社だわ。だけどチャンスを与えられたからにはつかみたい。あなたはクライアントだから伝えておくけど、だからといってあなたたちの法律事務所が必要とし、求めているものをわたしが与えられなくなることはいっさいないわ」

「それははなから疑っていない。それにクライアントといえば、ここへ来る前に会っ

たクライアントの仕事が少し残っているんだった」

「まだピザがあるわよ」

「ぼくは冷めたピザが一番好きな朝食だ」

「わたしもよ。半分に分けましょう」

19

トレイのことをこんなに好きでなければ楽だったのにと、ピザを皿に移しながらソニアは思った。彼のルックス、人柄、気さくな態度。自分はゼリー状のホルモンにはなっていないけれど、トレイがそばへ来るたび、鼓動が速まるのがたしかに感じられる。

それを克服するか、行動を起こしてどうなるかを確かめるかのどちらかだ。

玄関でおやすみの軽いキスをする、とソニアは心を決めた。それでただの友だちでいるか、友だち以上に発展する可能性があるかがわかるはず。

彼女が振り返ったのと同じタイミングで、トレイがピザの箱へ手を伸ばした。体がぶつかり、一瞬、目が合って空気がぴりっとする。

「ごめん」彼が大きく一歩さがった。

玄関での軽いキスはなし、代わりに……。

「ごめんっていうのは本当に悪いと思っているから？　それとも悪いと思うべきだと

考えているから？　もしも前者なら、わたしは悩むのをやめにする。もしも後者なら、理由を知りたいわ」

「ごめんと言ったのは、悪いと思うべきだと考えたからだ」

「わかったわ、最初の質問については。だけど理由にはなっていない」

「まず、うちの法律事務所はコリンの財産の公的代理人だ」

「地所とわたしの利益の代理人はあなたのお父様よ」

「うちは家族経営の事務所だ」

「そうね、でも……わたしも調べてみたの」

トレイの瞳にごくかすかな笑みがよぎり、ついで口元がほころんだ。「自分で調べたのかい？」

「ひょっとして、もしかしたら、問題になるかもしれないと思って。わたしは実質的にはあなたのクライアントじゃないというのが、わたしの解釈よ。仮にクライアントだったとしても、あなたは有能な代理人のままでい続ける。それにあなたのお父様のアドバイスで、わたしはボストンで弁護士を雇っているの。彼とデートするつもりはないから」

「いい方針だ」

「彼はわたしの母の上司だから、なおさらそうね。だけど、あなたはまず、と言ったわね。そういう意味でわたしに関心がないのなら、それは――」

「きみは愚かな女性ではない、どう考えてもだ。だけどいまは、とても愚かな発言をしようとしている」トレイはポケットに手を滑りこませた。「思うに、きみは一年足らずのあいだにいくつもの大きな混乱に直面してきた。たとえば、自分の結婚式を取りやめた」

「そうよ。婚約者が自分のいとことベッドにいるところを発見したらそうするのが賢明だと思わない？」

「賢明であっても、傷ついていないことにはならない」

「わたしはカンカンだったわ。ショックだったし、思いだすといまだに腹が立つ。だってわたしがばかだったってことでしょう。カンカンでいるほうがまだまし。でも少し言いにくいけれど、意外なほど傷つかなかったのを認めるわ。自分で思っていたほど彼を愛していたなら、これから結婚する相手として彼を愛していたなら、もっと深く傷ついていてしかるべきだったんでしょう。だけど彼はわたしの考えていたような男性ではなく、だからわたしはばかだということになるの」

「きみはばかでは――」

目にかっと炎を燃えあがらせ、ソニアは指を突きつけてトレイを一瞬で黙らせた。

「何かおかしいのはわかっていたのよ。わかっていたのに、わたしは式を控えて過敏になっているだけだと自分に言い聞かせ続けた。普段はぴりぴりすることなんてないの、だけど結婚式の準備をするのは初めてだった。それに彼はわたしとは正反対のものばかり要求してきたわ。わたしは親しい人たちとロマンティックであたたかい結婚式を希望していたのに、彼は……」

ソニアは両腕を振った。「大きな一流ホテルの、大きな一流の会場に、最高級のオープンバーだのなんだのを詰めこんで、親しくもない友人を何百人と招きたがった。家を見に行ったときも、わたしが求めているのはこういう場所だった。サイズのことじゃなく、歴史と個性のある家よ。だからこそ、ここをひと目で気に入ったの。ところが彼が求めるのは、高級住宅地にある新築のしゃれたモダンな家。わたしは譲歩してばかりで、それだってわたしらしくなかった。なぜわたしは譲歩し続けたの？　イエスと答えることが彼への愛情だと思いこんでいたからよ。ああ、腹が立つ！」

ソニアはワイングラスをつかんでキッチンをぐるぐるまわった。トレイは立ったまま彼女を眺め、犬たちはおすわりして彼女を見守っていた。

「途方もない額の前金をあちこちに払ったのも、自分がイエスと答えたせい。彼とは共通点も割と多いと思ったし、セックスはよかったから。だからわたしは愚かではないとか、ばかではないとか言わないで。わたしは愚かでばかだったの。あの日、彼がトレイシーと浮気をしている現場に遭遇したあの日、わたしは息がとまるくらい料金の高いフローリストとの打ち合わせをキャンセルした。マリッジブルーでとても対応できそうにないと思ったから。ひと休みする必要があったのに、結婚式前で過敏になっているだけだとずっと自分に言い聞かせていた」

ソニアはワインを喉へ流しこんだ。「なんてばかなの！　帰宅したらふたりの服が脱ぎ散らかされて、玄関からわたしたちのベッドまで転々と落ちていた。たとえ彼を愛していたとしても、そんな気持ちは一瞬で冷めたわ！」

ぱちんと指を鳴らす。「わたしが感じたのは腹立たしさと嫌悪感だけ。わたしの家からふたりとも蹴りだしてやったわ。ほぼ裸のままでね。あれはいい気味だった」

さらにワインを飲む。「彼は、これはなんでもない、向こうが誘惑してきたんだ、自分は屈しただけだと言い張った。それでわたしは見限ったけれど、彼はあきらめようとしなかった。彼はわたしたちの上司に、わたしが結婚式の準備に追われてヒステリーを起こしたと嘘を吹きこんだ。わたしは彼のしたことを上司に話すつもりは微塵《みじん》もなかったのに。だけど、全部わたしのせいにされて黙っているの？　いいえ、まさか。だからわたしもすべてを上司に打ち明け、仕事に支障が出ないようにすることで話がついた。わたしはあそこでの仕事を愛していたし、彼と同じプロジェクトに関わらないよう上司が計らってくれることになった。彼がわたしを愛していないのは明白だったから、相手もそれで納得し、それぞれうまくやっていくものと思っていたわ。

でも、そうじゃなかった。彼は小さないやがらせをしてくるようになり、わたしがそれを無視すると、いやがらせはエスカレートした。わたしの車に傷をつけ、タイヤをパンクさせ、そのせいでわたしは深夜にタクシーを呼ぶはめになった。深夜だったのは、彼がわたしの仕事を妨害し、わたしが手がけていた仕事をパソコンから削除してバックアップも破壊していたから、夜中まで働いて復元しなきゃならなかったせいよ。証明はできなかったけど、ほかに誰がいるの？　証拠がないから会社は彼を解雇できず、だからわたしが辞職した」

ソニアはトレイに指を突きつけた。「あなたはリバウンド・ガイじゃない、だってわたしはもとへ戻る《リバウンド》ことはないんですもの。さんざんぶちまけたわね。ワオ。わたし、いまだにカンカンだわ」

「気がすんだかい？」

「ええ、ごめんなさい」自分自身に少なからずあきれて、髪を撫でつけた。「こんなことまで話すつもりはなかったのに」

「話を少し戻そうか」トレイは半分しか飲んでいないビールを持ちあげた。「なぜきみが前金を払ったんだい？」

「彼は残金の一部を払うことになっていたわ。それに新婚旅行では――大部分を。伝統的に、花嫁の家族が支払うものでしょう……わたしがばかだったのよ」

「やめるんだ。きみはばかじゃない」

トレイは指を突きつけてこなかった——それは彼のやり方ではない——けれど片手をあげ、同じくらい効果的にソニアの返事をさえぎった。

「彼はきみをコントロールしていたんだ。きみの話からすると、実にうまくね」

「そうね。前金の一部は戻ってきたわ——クレオのおかげで思っていたよりも多く。彼女がキャンセルの手続きを手伝ってくれたの。彼女は根気よく話をし、どこまでも落ち着き払って筋を通すのよ」そこでふと気がつき、ゆっくりワインを飲んだ。「あなたによく似てる」

「それならよかった。じゃあ、次は車に傷をつけられ、タイヤをパンクさせられた話だ。警察には届けたのかい？」

「ええ。でも警察に何ができる？　誰も彼の姿を見ていないのよ。上司にも何ができた？　仮に彼が解雇されていたら、状況は悪化したでしょうね。わたしは自分にとって正しいことをして、フリーランスが自分に合っていることに気がついた。自分で責任を、ええ、すべての責任を負うのが性に合っているの」

「その後、彼からのいやがらせは？」

「なくなったわ。わたしも引っ越したから。それに彼のことをこんなに考えたのは引っ越してきてから初めてよ」

「相手もきみのことをすっかり忘れていることを確認したい」

ソニアは眉根を寄せた。「あなた、怒っているのね」そう気がついた。「顔にはほとんど出てないけど、出てるわ、少しだけ」

「怒るに決まってるさ。きみのいとことの浮気は置いておこう。浮気をなんとも思っていないくずのやることというだけだから。そんなことより、彼はきみをコントロールしてきみの望まないものにどんどん金を出させた。きみは浮気現場を見つけていなければ、好きでもないしゃれた家に住んでいたことだろう。そうなっていたら、それはきみの過ちだ」

ソニアは口を開け、それから閉じた。事実だったから。彼女の過ちだ。

トレイはふたたびビールを置いた。「だが残りの部分は悪意があり、卑劣で底意地が悪く、危険な犯罪だ。だから、ああ、ぼくはカンカンに怒っている。彼がどんな方法であれ、またきみに危害を加える可能性があるのかどうか知りたい」

「わかったわ」彼が怒りをあらわにしているのを目にし、ソニアは気持ちが落ち着いただけでなく、自分では必要としていることに気づいていなかった励ましを与えられた。

「あなたが彼の顔面にパンチするの？」

「その一瞬はきっとせいせいするだろう。だが彼が、証人の前でパンチしてくるよう仕向けることでその一瞬を引きのばすことができる。それで暴行罪に問える」

「あなたならそういうこともできるんでしょうね」ソニアは息を吐きだした。「あなたに一気にぶちまけてしまったのは、そう、わたしは混乱に直面してきたけれど、そのおかげで怒りを爆発させ――それは明白ね――そのあとずたずたになった心を抱えて、悲しい映画を観ながらキャラメルアイスクリームを食べ、ぽろぽろ涙を落とす、なんてことにはならなかったと伝えるためよ」

「それはきみの話でわかった。きみが会社を辞めたのは、同じオフィスで働くのが気まずいからだろうとは察していた。そこから先も、きみはさまざまな混乱に直面している。亡くなった父親に双子の兄がいたこと、コリンの遺言、荷物をまとめてボストンからプールズ・ベイへ引っ越してきたこと。それに加えて、この屋敷できみが立ち向かっているあれこれだ」

「ここが好きよ。自分でも驚くほど好き。でも、何カ月も前に別れた男のことで怒りをぶちまける女と、個人的には親しくなりたくないとあなたが思っても理解するわ」

「きみは怒りをぶちまけてなんかいない」

「そうなの？」

「きみは自分の陥った状況と、そのときどういう行動を取ったかについて熱弁を振るったんだ。ぼくが思うに、きみは自分に非があると考えすぎだ。だが、それでもきみの人生は好転するだろう」

「ほんとに？」

「なぜならきみは間違いなく愚か者ではないからだ、ソニア。けれど、彼はきみを傷つけた。目に見える傷はなくても、きみのプライド、自尊心、人を信頼する気持ちは傷つけられた」

「クレオにも同じようなことを言われたわ。あなたをクレオとくっつけるべきかしら」

「彼女のことは好きだよ、だがぼくが関心を持っているのは別の誰かだ」

「さんざんぶちまけたあとでも？」

「正直、そのあとは余計にだ」

トレイが一歩近づいてきた。携帯電話からは《ギヴ・ミー・エヴリシング》が流れ、〝今夜やろうぜ《レッツ・ドゥ・イット・トゥナイト》〟とピット・ブルが大音量で歌っている。

ソニアが笑い声をあげると、トレイは彼女を引き寄せた。ゆっくりと。あまりになめらかな動作に、ソニアの心臓は喉まで跳ねあがってから、爪先まですとんと落下した。

トレイがソニアを見つめたまま、両手を彼女の肩から腕へと滑らせる。目をそらさずに、ほんの少しだけ彼女を引き寄せた。さらに見つめたまま、自分の唇をソニアの唇に軽く触れあわせた。

もう一度唇が重なると、キスが深まり、ソニアは時間と場所の感覚を失った。ゆっくりと、ふんだんに時間を使い、キスが情熱的になっていく。

膝から力が抜けるどころか、膝が消えてしまったように感じられた。けれどもトレイの両手がソニアのヒップをつかんで支え、彼の唇がソニアの全身の感覚を目覚めさせていく。

「あの、その」どうにか声が出た。「うまくいったらいいなと期待はしてたけど」

「時間が必要なら、ぼくはゆっくりでもかまわない」

「いらないわ」

ソニアはトレイのうなじにまわした手に力をこめ、ふたたび口づけた。

「このまま先へ進むと、ふたりともキッチンの床に転がることになる」トレイはソニアの喉にそっと歯を立て、彼女の目覚めたばかりの感覚をさらに刺激した。「そうなると犬たちがのっかってくるだろう。犬たちを外へ出すか、ぼくらが上階《うえ》に行くかしよう」

「ベッドに賛成」トレイがほしくて、彼の体に触れたくて、ソニアはキッチンの外へと彼を引っ張っていった。「とてもすてきなベッドなの。ムーキーにはヨーダのベッドをシェアしてもらいましょう」

トレイは二度足をとめ、そのたびに彼女をさらにほんの少し狂おしく燃えあがらせた。犬たちは先に階段をあがっていく。

「あのくずもセックスはよかったと言っていたね」

「言ったかしら？」

「言ったよ。その発言を撤回か、訂正する気は？」

「言わなければよかったとは思うけれど、いいえ。発言は真実よ」

トレイはソニアをくるりとまわして寝室へ引き入れた。「ぼくはそれを超えられる」

「すでに超えているわ。わたし、そっち方面はちょっと鈍ってるかもしれないけれど、すぐに調子を取り戻せると思うわ」

ソニアは彼の首に腕をからませ、体をすり寄せた。

「すでに取り戻してるよ」

暖炉の揺らめく明かりとランプのほの明かりのなかで、トレイは彼女のセーターに両手を潜らせ、その背中を撫であげた。この数週間、何度も想像した体を時間をかけて探っていく。

ソニアの何かが特別だった。彼女の何かが。

トレイにまさぐられ、ソニアは喉の奥で低い声をたてている。トレイの指の下で彼女の肌が熱を帯びていくのが伝わってくる。

「すてきなセーターだ」セーターを引きあげて脱がせると、ソニアはほんのわずかに体を震わせた。

「あなたのもね」ソニアは彼のセーターを上に引っ張り、ため息をついた。

トレイの両手が滑るように動いて彼女の背中をあがり、ふたたびさがった。

「いったん座ろう」

「座る？」

「靴を脱ぐんだよ」

「あっ、そうよね」

ふたりはベッドに並んで座った。

「やっぱりちょっと鈍ってる」

「そうは見えない」

ソニアは髪をさっと払った。「ちょっと緊張しているのかも」

「それなら緊張をほぐそう」

並んで座ったまま、トレイは彼女の顔を両手で包みこみ、唇を重ねた。

欲求が緊張感をかき消していく。ソニアが彼のほうへ体を向けると、体中がこのうえなく敏感になったような気がした。肌に触れるトレイの肌の感触、うっとりするほど物憂げな口の味、ソニアの顔を包む大きくてかたい手のひら、花の香り、そして彼のにおい。

体をベッドに横たえられながら、なめらかでぱりっとしたシーツの感触と自分の体に覆いかぶさるトレイの体の重みを感じ、その刺激的なコントラストにソニアはうっとりした。

トレイはキスをやめることなく、深めていく。ゆっくり、ゆっくり、ゆっくりと。そのあいだにも彼の両手はふたたび動きだしていた。彼の両手の下で、ソニアの鼓動は激しくなった。彼の両手の下で、ソニアは触れられる悦《よろこ》びに浸った。

そして自分も両手で触れていった。

引きしまった筋肉、かたい胸板、力強い肩を。男性の体を探索し、その反応を感じ取るのはなんて久しぶりだろう。

こうしてお互いに試しながら、体の反応を探るのは。

どんなことが好き？　どんなことがいい？　どんなふうにすると興奮する？

ブラジャーのホックを外されたとき、鼓動が早鐘を打った。ワインをこぼしたみたいに期待感が広がっていく。

胸を口に含まれたとき、ソニアは体を弓なりにし、もっと奪うようせがんだ。

背中をそらし、彼の髪を両手でつかんでもっとと要求した。

互いに欲望を満たしているとき、ソニアは彼のベルトを引っ張った。彼女の全身が早くとせがんでいた。彼女のジーンズをヒップから引きおろしながらトレイが何かつぶやいたが、心臓がどきどき高鳴って聞こえない。

いつ、痛いほどの欲求に火がついたの？

ゆっくりとだ、とトレイは考えた。今回は、この初めてのときは。だがソニアは体を震わせ、その肌はほてっている。トレイはなおもつぶやきながら、激しく脈打つ彼女の喉に唇を押し当て、太腿のあいだを手のひらで包んだ。

中心に触れられると、ソニアの全身は長い波のように激しくうねった。体が弓なりになり、震え、それから崩れ落ちる。彼の肩をつかんでいた手は力なく滑り落ちた。

トレイはソニアの興奮をなだめようとしたかもしれない、あるいは自分を抑えるのをやめて激情のままに彼女を抱いたかもしれない。そのどちらをする間もなく、ソニアは彼の体を反転させて覆いかぶさった。そして主導権を奪った。

まずは貪欲な激しいキスが、送電線のようにトレイをしびれさせた。そのあとソニアは彼にまたがって結びつき、深く迎え入れて、彼のすべてを麻痺《まひ》させた。

暖炉の火明かりを浴びて、トレイの上で動き、肌を輝かせ、快感の波に乗って両腕をあげるソニアが見えた。さらに彼女はトレイの手を取り、自分の胸に押し当てた。

自分を抑えようとする考えさえ消し飛んで、トレイは彼女とともに次の波に乗った。

満足して体の力が抜けたソニアは、トレイの上に溶け落ちた。自分の吐息が感謝の祈りみたいに響いたのは気のせいだろうか。彼に髪を、それから背中を撫でられて、もう一度吐息をついた。

「〝よかった〟を超えてた。これくらい……」腕をなんとか持ちあげる。「超えてたわ」

「そう聞いてうれしいよ」首筋に触れているトレイの唇が弧を描くのが感じられた。

「ぼくはもっとゆっくり進めるつもりでいた」

ソニアは頭をもたげ、髪を後ろへ押しやって彼を見おろした。「わたし、激しすぎたかしら？」

「あれくらいがちょうどいい。でも、いくつか飛ばした段階がある」トレイは彼女の頬を指で撫でおろした。「それは次のときに」

ソニアは頭をさげて彼の額にくっつけた。「あなたに話さなきゃいけないことがあるの」

「セックスのあと、裸でベッドにいるときに話せないなら、いつ話すんだい？」

「実は、セックスのあとに裸でベッドにいることについての話よ。そうなる前に、最低でも四回はデートするのがわたしのルールなの。四回なのは、三回だと月並みな一般的ルールになるから。わたしは月並みなルールにしたがうのが嫌いなの」

「一般的ルールにも？」

「実のところ、一般的ルールに対しては割と守っているわ」

「つまり、きみはぼくのために自分のルールを破った、と。うれしいな」

「そうでもないわ。なぜなら、あなたがオーウェンと家具を動かす手伝いに来て、夕食まで残った日のことは一種のデートだと考えることにしたから」

「それは興味深い」トレイは気だるげに彼女の髪を指に巻きつけた。「ぼくはデートをしたときはたいてい気づくんだが」

「そうね、あくまでわたしの基準でだから。そのあと〈黄金の間〉のことがあって、夕食に〈ロブスター・ケージ〉へ行ったでしょう。あれが二度目のデートよ」

「あれは実際にデートだった」

「じゃあ、ここはお互いの基準が一致したわね。ちょっと迷ってさんざん正当化したあと、ポットローストのディナーもデートに数えて、それで三回目」

「ぼくらのデートは毎回食事つきのようだ」

「デートってたいがいそういうものじゃない？　今夜はあなたがピザを持ってきてくれたから――」

「四回目のデートってわけか。つまり、きみはぼくのために自分のルールを破ってはいない」

「そうね。自分に都合がいいように解釈してうまいこと四回目にしたの。それでいくと、わたしたちは事実上デートを始めて四週間になるわ」

「ぼくはそうは思っていなかったから、きみの認識に追いつかないと」

「そうよ」ソニアはすばやくトレイにキスして上半身を起こした。「見て、火をおこしたのも、マントルピースのキャンドルに火を灯したのも、ベッドの掛け布団をめくっておいたのもわたしではないのよ」はっとして彼の手をつかんだ。「いま、すごくいやな考えが頭に浮かんだわ。その、見られてるんだと思う？　ずっと？　わたしたちが四回目のデートをお祝いしている最中も？」

トレイの視線が暖炉からキャンドルへと動いた。「それはいやだな」

「そのうちのひとりはわたしの実の祖母だと思うと余計にいやね」

「考えるのはやめよう。ぼくはもう考えないぞ。リリアンは――それに彼らは――プライバシーを尊重すると信じよう」

「そうする。本当にそうしないと無理だわ」

「きみはそうするし、ぼくもそうする」トレイは体を起こすと、もう一度彼女をベッドに押し倒した。「だからさっき飛ばした段階をやり直そう」

幽霊ののぞき見問題はもう気にならなかった。

そして、彼は泊まっていった。

三時に時計が鳴り、トレイは目を覚ました。隣でソニアはもぞもぞと体を動かしただけで、目は覚まさなかった。トレイはベッドからそっと抜けだし、ジーンズをはいた。彼をじっと見つめてしっぽを振る犬たちに、トレイは首を振った。

「待て」小声で命じた。「ソニアといるんだ」

二匹が外へ出ないよう、廊下へ出たあとドアを閉めた。

正面の居間に時刻を告げる置き時計があることを思いだした。しかし、あれは優しいメロディだ。さっき耳にしたものとは違う。

二番目の応接間の古い振り子時計か、とトレイは考えた。音がうるさいからと言って、コリンは一度もネジを巻かなかった。特に夜間は。

ソニアがネジを巻くようになったのかもしれない――だがそれでは、彼女が引っ越してきてから鳴っているのを一度も聞いたことがない説明がつかない。

階段をおり、その位置からコリンが〈静寂の場〉と呼んでいた部屋へ向かった。北に面した部屋で、窓はひとつだけ。海や松の樹林を渡る風の音もここへは届かない。

照明をつけ、古い時計に目を凝らした。フレームには彫刻が施され、文字盤は満月を思わせるデザインだ。真鍮《しんちゅう》の振り子は動いておらず、部屋はいつものようにしんとしている。

しかし、文字盤の針は三時を指してとまっていた。

ずっとこうだったか？　トレイはいぶかった。思いだせないが、三回鳴るのをはっきり耳にした――ボーンと、葬式のようにゆっくりと。

時計に近づこうとしたとき、ひやりとする冷気にぶつかった。

これは前にも感じたことがある、〈黄金の間〉で。

「きみか」トレイはつぶやいた。「わかってよかった。もうひとつ知りたいことがある。なぜ午前三時なんだ？」

音楽室からピアノの音が聞こえたので、トレイは後ずさった。

「真夜中は魔の刻と言うでしょう」

「ああ。ぼくも――」ソニアだと思って振り返った。

そこにいたのは、彼女の祖母だった。

「ああ」彼の心臓は激しい鼓動を二度打ったあと落ち着いた。「あなたか。ぼくは前にもあなたと一度会っている」

「覚えてるわ。あなた、とってもかわいい男の子だった。ギターが上手だったわね。すっかり大人になって」

「ええ」あなたは大人になるチャンスはなかった。「あなたが時計を鳴らしたんですか？」

「わたしじゃないわ、ベイビー。あなたの考えてるとおり、全部あの女の仕業。毎晩、毎晩、ボーン、ボーン、ボーンよ」

「なぜいまになってぼくにあなたが見えるんですか？」

リリアンが微笑んだ。決して歳《とし》を取ることのない愛らしいティーンエイジャー。「それはあなたがここにいて、彼女も——ソニアも——ここにいて、あなたたちがやったからでしょう」肩をすくめる。「わたしはかまわないわ。フリーラヴだもの。わたしにはほとんどその機会がなかったけれど。時代がこれからっていうときに、あなたも知ってのとおり、死んじゃったでしょう。本当に残念。でもね、チャールズのことは愛していたわ。わたしたち、本当に相思相愛だったの。わたし、赤ちゃんたちにも愛情を注いでいただろうな」

「あなたならきっとそうだったでしょう」

「ここで暮らして、生活共同体《コミューン》を始めるつもりだったの。アート、音楽、詩」彼女はくるりと小さくまわった。「スピリチュアルなこともたくさん。だけど」

肩をすくめてすとんと落とす。「わたしも指輪を持っていたから」

「残念です」

リリアンは左手をあげると、反対の手で薬指をとんとんと叩いた。「あのいまいましい魔女が盗《と》っていったのよ。だからあなたもあいつに気をつけること、いい？　そのあとのことはあの年寄りの魔女が——チャールズの母親よ——すべての始末をつけてしまったわ。彼はあんなことをするべきじゃなかった、あんなふうに自ら命を絶つなんて。だってそうでしょう、わたしには選択肢がなかった、でも彼にはあったのに。彼が死んだりするから、あの女の手にわたしの赤ちゃんたちが渡ってしまったのよ、わたしのかわいい坊やたちが。わたし、しばらく彼にぷりぷりしてたわ。でも、やっぱりほら、彼に惚れているから」

「チャールズも……彼もここに？」

幽霊にしてはリリアンの笑みは夏の太陽のようだとトレイは思った。

「まあ、そうね。あなたはどう思うの？　ここには大勢いるわ。いまいましい呪いよ。それじゃあ、いまはここまで。ソニアを助けてあげて――わたしに孫娘がいるなんてワオよ。ほんと、ワオ！　彼女が指輪を取り戻すのを助けてあげてね」

綿菓子みたいに甘い笑みを浮かべる。「あなたはわたしの坊やに本当によくしてくれたわね。坊やなんて呼ぶのは変よね、あの子は老人だったはずだもの。とにかく、こんなふうに姿を見せたあとはしばらく疲れてへばっちゃうの。あなたはベッドへ戻って」

「待ってください。ききたいことがある」

だがリリアンは消え、音楽も彼女とともに消えた。

トレイは振り子時計の文字盤を覆うガラス製の蓋を慎重に開くと、針を適当に動かして四時二十分を指すようにした。

一応音楽室も調べ、一階の部屋をすべて見てまわってから、二階もチェックしてソニアの部屋へ戻った。

彼女はまだ眠っていた。犬たちは目を開け、トレイがベッドへ戻るのをじっと見守っている。彼はジーンズを脱ぎ、彼女が眠るベッドに体を滑りこませた。

ソニアが寝返りを打って彼のほうを向いた。ぶるりと震えるその体をトレイは抱き寄せた。

トレイが目を覚ますと、ソニアはトレーナーを頭からかぶっているところだった。

「早起きだね」

「あ」彼女が振り返って微笑む。「ええ、ごめんなさい。起こさないようにしていたつもりだったんだけど」

「きみに起こされたわけじゃない。ぼくも早く起きなきゃいけなかったんだ。午前中に裁判がある」

「裁判？　まさか本当にフランネルシャツにネクタイで行くの？　それともちゃんとしたスーツを着るの？」

「ちゃんとしたスーツだよ。裁判だから」

「きっとスーツが似合うんでしょうね。犬たちを外へ出してコーヒーをいれてくるわ」

「ありがたい、きみに永遠の感謝を捧げるよ」

「どういたしまして。バスルームに予備の歯ブラシがあるわ。あなたたちがストックしておいたか、コリンが買っておいたものでしょう。自由に使って」

「そうするよ。シャワーを使ってもいいかい？　帰宅したときに時間を節約できる」

「どうぞ。ほら、ヨーダ、ムーキー、お散歩よ」

〝お散歩〟のひと言で、二匹はあわてて起きあがって廊下へ走りだし、そのあとをソニアが急いで追った。

朝の彼女はすてきだとトレイは思った。もっとも、自分の目にはいつだってソニアはすてきに見える。一緒にシャワーを浴びるよう誘えないのが残念だった。だが裁判もあるし、深夜三時のことを彼女に話す時間が必要だ。それに関して、トレイはバスルームのシャワーは一年でも浴びていられそうだった。

服を着て階下へ行くとコーヒーが用意され、彼女はピザを皿へ移していた。

「温める？」

「なんのために？」トレイは先にコーヒーへ向かった。

「わたしもそう返答するわね。わたしたちがおかしいのかしら？」

「ぼくは座って食べる時間がある。きみは？」

「もちろんよ」ソニアは彼とともにカウンターに座った。「あとで上階《うえ》に行ったら、ベッドは最高級のホテル並みに完璧に整えられているのよ。その奇妙さにはもう慣れて、時間が節約できることに感謝してる」

トレイは前置きなしに切りだした。「二番目の応接間にある古い振り子時計、わかるかい？」

「二番目の応接間は……ああ、あの部屋。大きな柱時計のある。あそこはちゃんと使ったことはないわね」

「きみは柱時計のネジを巻いた？」

「いいえ。巻くものなの？　思いつかなかった」

「巻かないでくれ。ぼくが実験中だ。あの時計がボーンと鳴るのを聞いたことは？　まさに〝ボーン〟って音だ。正時になると、一時なら一回、二時なら二回というふうに鳴る。半時は一回だ」

「いいえ、聞いたことは……ないと思う」ソニアは眉間にしわを寄せた。「たぶん」

「ボーン、ボーン、ボーンと、午前三時に」

「あれは夢じゃなかったの？　わたしの想像でもないの？」

「ぼくも夢で聞いたのでなければね。そして、ぼくのは夢じゃない。ゆうべも鳴ったがきみは起きなかった。コリンもネジを巻いてはいなかった、あんな音が毎正時に鳴ったら眠れやしないからな。ぼくはあの音で目が覚めて、階下《した》へ見に行った」

ソニアは一瞬考えこみ、それからピザを口へ運んだ。「わたしには電話するよう言っておきながら、あなたはどうして起こしてくれなかったの？」

「きみがネジを巻いた可能性もあったから、それに夜中の三時に起こして尋ねるのは申し訳ない」

「わたしがネジを巻いたのなら、食事中やセックス中にも聞こえたはずよ」

「いい指摘だ。夜中の三時で頭がぼんやりしていたせいにしてくれ」

ソニアはすぐには何も言わずにコーヒーを飲み、トレイをじっと見つめた。「あなたは法廷では優秀なんでしょうね」

「それで給料をもらっている。時計は巻かれておらず、針はぴったり三時を指していた。あの部屋を使ったことがないなら、きみは何時で針がとまっているか目にしたことはないんだろう」

「ないわ。でも、これからは注意しておく」

「ぼくが針を動かした——実験のために。ぼくが針を動かす前に、ピアノが鳴り始めて《バーバラ・アレン》が聞こえた。確認しようと振り返るとどうだ？　セクシーな美女が姿を現した」

ソニアは朝食のピザにむせかけた。「彼女を見たの？　リリアン・クレストを？」

「生身の彼女を見たと言いたいが、それは正確ではないな」

トレイはリリアンとの会話をソニアに詳しく話した。

「ここには大勢いる」ソニアは繰り返した。「受け入れていたつもりだったけど……そう断言されると考えさせられるわね。リリアンは指輪を持っていた。持っていたに違いないと思っていたわ、七という数が現れ続けるんだもの。だけど、ヘスター・ドブスが指輪を持っていることを知っているなら、なぜあなたに見つけ方を、取り戻し方を教えないの？」

「確証はないが、リリアンは――彼らは――単に知らないんじゃないだろうか。ぼくは時計が気になってる、三時でとまっていたことが。仕事のあとにまた来てもかまわないかい？　夕食に何か買ってきてもいい」

「何か買おうと買うまいと来てちょうだい。でも、買ってきてもらえるとうれしい」

「中華はどう？」

「大好き」

「〈チャイナ・キッチン〉のメニューをオンラインでチェックして、食べたいものをメッセージで知らせてくれ。ぼくはもう行かないと。裁判に遅刻してくる弁護士は裁判官に嫌われる。ムーキーは事務所に置いていくか。それとも、ここできみに預かってもらおうか」

「ここに置いていって。大歓迎よ」

「ムーキーも喜ぶ」トレイは彼女の顔を両手で包み、キスをしてから立ちあがった。

「きみがノーと言わないなら、ここへ戻る前に着替えをバッグに入れてくる。そして泊まらせてもらうよ」

「ノーなんて言わないわ」

「了解。またあとで、今日も六時くらいになるだろう、仕事しだいだが」

「裁判、うまくいくといいわね」

ひとりになったソニアは握った手に顎をのせ、自分の暮らしが、自分の世界がどれほど変化したかに思いを馳《は》せた。その変化のひとつとして、犬たちを呼び戻して朝食を食べさせるために立ちあがった。

20

ヨーダに仲間がいるので、ソニアの仕事中、二匹とも何かかじるものがあるようにと、もう一本骨ガムを出した。

階段をあがっていくと、iPadがアデルのバラード、《ラブソング》で迎えた。

「いまのところはラヴじゃなく、ライクとセックスよ、ありがとう、リリアン」

ほぼ瞬時に音楽はトミー・ジェイムス&ザ・ションデルズの《クリムゾンとクローバー》に切り替わった。

「オーケー、そういうことなら、クローバー」犬たちは骨ガムを――ソニアはくべていない――薪がぱちぱち爆《は》ぜる暖炉の前へくわえていった。「さあ、しっかり働くわよ。そろそろ仕上げなければいけない仕事がひとつに、これから始めるのがふたつ、大型プロジェクト選考用の企画書にも取りかからないと。それに週末には母が来るから、今週末は仕事をする時間なんてないわよ」

両手で目を押さえて深く息を吸いこむ。それからコンピューターの電源を入れた。

一時間後、昼にはケータリング会社の仕事をテスト段階へ持っていけそうな手応えを感じたとき、携帯電話がメッセージの着信を告げた。それでメニューを調べてトレイに連絡することになっていたのを思いだした。

ソニアはブリーからのテキストメッセージを読んだ。

〈このホタテ貝のパスタは手早く簡単にできて、絶品よ。もし《IF》――よく聞いて！――もし《IF》パスタやホタテ貝を加熱しすぎなかったらの話。わかった？　注意して〉

「わかった、わかったわ」レシピに目を走らせる。「それほど簡単そうじゃないわね――それに〝加熱しすぎない〟って注意書きのたびに全部大文字にしなくていいのに。萎縮してしまうわ」

〈調理時間は約十分、だからお母さんがそこにいてすぐに食べられるようになるまで作り始めないこと。昼のあいだに――手早く、簡単な――ビールパンを作っておいて〉

「わたしが、パン？　無理に決まってる。パンなんて作らないわよ」それでも指示は読んだ。

「オーケー、こっちは本当に簡単そう。これならわたしでもできるわ」

〈サラダは自分で作れると仮定しておくわ。だめな場合は教えて。あなたをばかにしてこけにしたあと、作り方を送ってあげる。食事の仕上げはラズベリーシャーベット。レシピを教えてもいいけど――基本のやつを――荷が重くなりすぎないようこれはお店で買って。　ボナペティ！　ブリー〉

この文面を読んだあと、もう一度息を吸いこんで気持ちを落ち着ける必要があった。

〈ありがとう。母がショックで倒れるかもしれないけど、ありがとう。サラダの作り方は知ってるわ――わたしの得意料理よ――だから、ばかにしてこけにする必要はなし。すべての聖なるものにかけて、絶対に加熱しすぎないと誓います。あなたの逆鱗《げきりん》に触れそうだから。　本当にありがとう、ソニア〉

ブリーはコック帽をかぶったスマイルマークの絵文字を最後につけていた。

ソニアは携帯電話を脇へ置いた。村へ買い物に行ったときに見直そう。それまでは考えないでおく。

昼には、ケータリング会社用のウェブサイトをテストする準備ができた。それに犬たちは散歩の準備ができていた。自分もね、と彼女は気がついた。

二匹の犬は雪のなかを駆けまわり、じゃれあった。屋敷の南側は、よく目を凝らすとわずかに弱々しい緑が見える気がする。

雪のなかを駆けまわってじゃれあったため、二匹とも拭いてやらなければならなかった。おやつをあげ、自分用にはコーラと皿にのせたプレッツェル、それにタンジェリンをひとつ用意した。

四時近くになって問題が発生した。テストでエラーが見つかり、ソニアは悪態をついた。修正したあと、もう一度試してみた。

そのとき〈ライダー・スポーツ〉のプロジェクトについてぼんやりと抱いていたアイデアが、ふとはっきりした形になった。

「うん。これならいけるかも。目立つし、おもしろい。躍動感がある」

立ちあがって道具を取り、新たなムード・ボードに取りかかる。

デスクに着いて、下描き用にいくつかスケッチを描いた。

すっかり熱中し、テストをしながら、頭のなかのイメージにも磨きをかけていった。

そして自分の両脇で犬たちがしっぽを振っているのに気づいて飛びあがった。

「いやだ！　大変、もう六時近いじゃない。こんなに遅くまでやるつもりじゃなかったのに。ごめんね、ワンちゃんたち、ごめんなさい。ここで終わりにして――〝おのつく言葉はまだ言ってはだめね」

すべてのファイルのバックアップを取ってコンピューターの電源を切り、犬たちと駆け足で階段をおりた。玄関ドアへ飛んでいった二匹を、ソニアは追った。先に外へ出して、あとからジャケットを取りに行こう。

玄関ドアを開けると、トレイが呼び鈴を鳴らそうとしているところだった。

「来ていたのね！　犬たちは吠えなかったわ」

「相手がぼくのときはムーキーにはわかる。ヨーダもいまではそうなんだろう」テイクアウトの袋を彼女に渡してから、犬たちへ注意を転じる。「ハイ、いい一日だったかい？」

「一時間前にもう一度散歩へ出してあげなきゃいけなかったのに、仕事に没頭してしまって。いま切りあげたところなの。あなたはまだスーツなのね」

深みのあるダークグレーのスーツに薄いグレーのシャツ、栗色《くりいろ》と紺色のネクタイ。よだれが出そう。

「スーツが似合うわね。思ってたとおりだわ」

犬たちは外へ走りだして屋敷のまわりを駆けまわっているので、ソニアは後ろへさがってトレイをなかへ通した。「昼ごろに散歩をさせたんだけど、そのあとはすっかり時間を忘れてしまったわ」

「犬たちなら心配ない。きみは少しぼんやりしているように見えるが、大丈夫かい？」

「ええ。仕事のせいね──ちょうど調子が出てきたところだったから。これ、おいしそうなにおいね」

「きみがおいしそうなのを選んでくれたんだ」彼はコートをかけた。

「味もいいといいけど」

ソニアは彼とふたりでキッチンへ向かうと幸せな気分になった。

「きみは座っててくれ。ぼくがワインを注ごう」トレイは彼女にキスをした。気軽な挨拶から数段階レベルアップだ。「長い一日だったんだろう」

「あなたもでしょう。でも、ワインはお願いするわ。裁判はどうだったの？」

彼女が注文したのは小エビの料理だったので、トレイはワインクーラーから白ワインを取りだした。「離婚裁判なんてきれいなものじゃない。いまや正式に元夫となった男が法廷の真ん中で暴言を、それもひどい暴言を吐き散らしてね」

「賭けてもいいわ、遅刻する弁護士より裁判官に嫌われそう」

「その賭けはきみの勝ちだ。裁判官から二度の警告のあと、法廷侮辱罪を言い渡された。罰金だけですんで運がよかったよ、危うくひと晩鉄格子のなかで過ごすことになるところだったのを、彼の弁護士がようやく黙らせたんだ。ビールをもらってもいいかな?」

「いちいちきかなくていいのよ、トレイ」

「じゃあ一本もらって、犬たちには餌をやろう。新しいドッグフードも買ってきたよ――まだトラックのなかだ」

「必要なかったのに。明日、買い物へ行くつもりだったんだから」

「買い物リストからドッグフードを削除してくれ。ムーキーはヨーダより食べる量が多い」ドッグフードを皿に入れ、戸口でワンと鳴く声を合図に背中を起こす。

「噂《うわさ》をすればだ。タオルで拭いてこよう」

「スーツを着てるのにやめて」ソニアは彼に戻るよう手を振った。

「じゃあ、人間の食べ物《フード》を出しておくよ」

キッチンで一緒にテイクアウトの中華料理を食べ、普通の話をするのも幸せな気分、と彼女は思った。

「〈ライダー〉のムード・ボードとスケッチを見せてほしいな」

「いいわよ。まだ下描きだけど」ネクタイをゆるめてシャツの一番上のボタンを外した彼に、ソニアは頬をゆるめた。「これだからネクタイを締めている男性にたいていの女性は弱いのね」

「男が首を絞められているのを見るのが好きだから？」

「違うわ。あなたがいましたようなしぐさが好きなの。セクシーよね。理由はわからないけど、セクシーだわ」

「土曜日もネクタイを締めなきゃならない。結婚式があるんだ。ケネバンクポートのいとこのね。きみは今週末はお母さんが来るだろう、それがなければきみを誘っていた」

「同伴者はいないの？」

トレイはかぶりを振り、彼女の皿の小エビをひとつ突き刺した。「親戚の結婚式に誰かを同伴するのは危険だ。連れていけば、大おばのマリリンはぼくの同伴者に意味ありげなまなざしを送り、ぼくには〝なんてお似合いのカップルかしら〟と言ったあと、顔を輝かせてこう言い放つんだ。〝わたしたちがあなたの結婚式でダンスを踊れるのはいつ、トレイ？〟」

かぶりを振り、自分の木須肉《ムースーロー》を口に運ぶ。

「独身の男は三十を超えると、親戚の結婚式で〝あなたの番はいつかしら〟という質問をかわすのに、半分近い時間を費やすことになる」

「女性の場合は二十五を超えるとよ。大おばのマリリンは実在するの？」

「ああ、彼女の結婚相手はぼくの大おじのロイドで、大おじはぼくが同伴する相手をじろじろ見てからばか笑いし――ぼくが知っているなかで実際にばか笑いするのは大おじだけだ――〝さっさと釣りあげろ、逃がした魚は大きかったと悔やむ前にな〟と言うのがお決まりだ」

「それを見られないのは残念ね。わたしの場合は母方の祖母が特にそういう感じ。突き刺すような目でわたしをじっと見ながら、〝手に職を持つのもけっこうですよ、だけど仕事は夜にベッドを温めてはくれないし、赤ちゃんを抱かせてもくれません〟と言うの」

「それは耳が痛いな」

「そうなの。祖母は口を開けば、結婚と赤ちゃんの話ばかり。わたしが婚約したときは開口一発、〝やっとですか〟だったわ」

「婚約を解消したときは？」

「母が――おばからの全面的な後ろ盾を得て――無神経なことは言わないよう祖母に警告してくれたの。トレイシーは痛烈なお説教をくらったみたい。わたしには、あたたかな思いやりのこもった電話をくれたわ」

「いい人だね」

「ええ、本当に。だけどわたしが親戚の結婚式にあなたを連れていったら、突き刺すような目でじっと見るわよ」

犬たちを外へ出し、そのあいだに食器を片づけた。この〝普通〟がいつまで続くのだろうと思ったちょうどそのとき、配膳室の戸棚の扉がすべて開け放たれているのが見えた。

「もう、また」

なかへ入って扉を閉める。

「今日は何かあったかい？」

「新しいことや特筆すべきことは何も。一階へ来るたびに柱時計をチェックしたわ。針はあなたが動かした位置のまま。四時二十分。それ以外は、世話好きなハウスキーパーのキャスパーがいつもどおりの仕事ぶりよ」

「キャスパー？」

「性別にとらわれない名前でしょう、わたしは女性だと思っているけど。彼女はわたしのベッドを整え、図書室の暖炉に火を入れ、犬たちを拭いたタオルを洗って畳んでくれたわ。クローバーもいつもどおり、わたしの仕事場で音楽をかけてくれた」

トレイの笑みが広がる。「クローバーと呼んでいるんだね」

「そう呼ぶよう彼女にうながされたから――音楽でね。《クリムゾンとクローバー》をかけるの」ソニアは歌ってみせた。「何度も、何度もね」

彼はゆっくり微笑みかける代わりに、白い歯をさっと見せた。それも同じくらい魅力的だった。「なるほど。それにきみはなかなか歌がうまいね」

「音痴でないだけよ」

「きみは歌がうまい」トレイは繰り返した。「ポットロースト以外も、隠してたわけか。次回は歌ってもらうよ。それで、三階からは何もなしかい？」

「今日はね。何もない日はほっとするわ。今夜は映画を観ない？」

「ホームシアターで？」

「正直、夜に地下へおりるのはわたしにはまだ早いわ。映画を観るときは図書室を使ってるの」

「いいよ、映画にもよるけど。きみが好きなジャンルは？」

「ロマンティックコメディはよく観るけど、アクションものやスリラーも好きよ。ホラー映画はしばらく自粛してる」

「ホラーが好きなのかい？」

「大好き。でもホームシアター同様、ここで観るのはまだ早いわ。マーベル・シネマティック・ユニバース（同一の宇宙を舞台にマーベル・コミックのさまざまな作品世界を描く映画シリーズ）のファンでもあるわね」

「本当に？」

「白状すると、アイアンマンはわたしのスーパーヒーローの恋人。以前はスパイダーマンだったけど、さすがにわたしのほうがこれだけ年上になったら、男子高校生によだれを垂らすのはまずいでしょう」

「そうか」

「そう。それに原作者のスタン・リーのファンでもあるわ。なんだかんだで、『マーベルズ』をまだ観ていないの」

「じゃあ決まりだな。ポップコーンはある？」

「当たり前でしょう」

「トラックからバッグを取ってきて着替えるよ」

普通、それに平凡でさえ、愛おしくなりうるわね、とソニアは思った。家での夕食と映画、ポップコーンに二杯の冷たいコーラ？　いま、この瞬間はそれで完璧だ。

拭いてもらった犬たちは、彼女のあとについて図書室へと階段をあがった。

トレイはスウェットの上下に着替え、彼女のムード・ボードを眺めていた。

ソニアが運んできたポップコーンとコーラ、犬のおやつがのっているトレーを受け取ってデスクに置く。

「いいね。色遣いが目を引く。エネルギッシュな色だ。感謝祭のディナーのあとにタッチフットボール（タックルではなくタッチを攻撃と見なす、より安全なフットボール）のために着替えるだけの男でも、自分はエネルギッシュだと考えたいものだ。社名の〝スポーツ〟のフォントに躍動感があるね」

「以前チームでやったことに手を加えただけなの。ちょっと動きを増してね。もっと……加速感が出るように」

「しっかり出てるよ。このスケッチ」トレイは一枚をとんと叩いた。「スポーツ用品を競技場に集めて配置しているのが好きだな。どのスポーツの競技場にも見える。アメフトのヘルメット、野球のバット、サッカースパイク、ランニングシューズ。それにラクロスのスティック、バスケットボール、水泳のゴーグル、ダートバイクの一部、アイスホッケーのパック、ゴルフクラブ。これはクライミングのロープだろう？」

「ええ。ごちゃごちゃしすぎていないかしら」

「そんなことはない。どうやっているのかはぼくにはわからないけど、バランスが取れてる。その下にあるスローガン――スローガンだよね。〝試合開始《ゲーム・オン》〟これは挑戦状だ。これから試合がある？　それならどうぞ〈ライダー・スポーツ〉へ」

　ぴんと張り詰めていたプロとしての使命感がほっとゆるみ、心があたたかくなった。

「それこそがわたしの狙いよ。あなたにそう見えるのなら、上々のスタートだわ」

「ほかにはどんなアイデアがあるんだい？」

「ウェブサイトのインターフェースは変えたくないの。ユーザーフレンドリーな仕様だもの、だけどギャラリーをつけ加えたい。〈ライダー〉の商品――ウェアやスポーツ用品を使っている普通の人たちの写真よ。たとえばバイクに乗っている女性、ゴルフクラブをスイングする男性、バスケットボールをする子どもたち、そういう感じ。もっとアイデアを練らなきゃいけないけど、インパクトがあるし広告にもなる。〈ライダー〉は大々的なキャンペーンを展開する予定なの。オンライン、テレビ、各店舗のポスター。どんな試合《ゲーム》でも――仮にそのスローガンを採用するならね――〈ライダー・スポーツ〉があなたに力を与えます」

「うん、ぼくなら採用決定だ」

犬たちはふたりを追って螺旋《らせん》階段をのぼり、そのあと寝そべって犬用ビスケットをかじった。ソニアとトレイはポップコーンを抱えて革張りのソファに座り、コーヒーテーブルに足をのせた。

映画のあと、犬たちがうとうと眠る横で、ソファは肌を重ねるのにぴったりの場所に思えた。

そのあと、ベッドでふたりはもう一度肌を重ねた。

ソニアはうつらうつらと眠りに落ちながら、始めからベッドでこれだけ解放的な気分になれるのなら、本当に、本当にうまくいきそうだと思った。

二番目の応接間では、三時になるほんの少し前、古い柱時計の振り子が動きだした。

右へ左へ、右へ左へと振り子は揺れ、満月を思わせる文字盤の上で針がくるくるまわる。

そして時計が三時を指した。

最初のボーンという音で、ふたりはともに目を覚ました。犬たちも飛び起きてうなった。

「音が大きくなってる」ソニアはトレイの腕を握った。「前より大きくない？」

「ああ、ゆうべより大きい」トレイはベッドから出ると、スウェットパンツをつかんだ。「見てくるよ。きみは犬たちと一緒にここにいるんだ」

「ねえ」暖炉の薄明かりのなか、ソニアは自分の服を見つけた。「みんなで行きましょう」

「じゃあ、みんなで」

彼女の居間のドアにたどり着いたところで、ピアノの音色が流れてきた。

「これもこの屋敷では午前三時の恒例みたい」ソニアはつぶやいた。

「この時刻に何か意味があるはずだ。これだけ毎日同じ時間だなんて、偶然のはずがない」階段をおり、トレイは肖像画へ目を向けた。「それに曲も。彼女はいつも同じ曲を弾いている」

だが音楽室の前まで行くとピアノの音はやんだ。

「あなたはクローバーの姿を見ている、でも誰であれピアノを弾いている人物は――わたしはいまもアストリッドだと思ってるけど――まだそのときでないのか……姿を現すことができないんじゃないかしら」

「ぼくもそう思う」

一行は廊下を進み続けた。犬たちは二番目の応接間の前でとまり、ふたたびうなりだした。

ソニアは肺でとまってしまった息を無理やり押しだした。「針が動いて三時を指してる」トレイがなかへ入ったので、自分も足を踏みだした。「それに部屋が寒いわ、トレイ」

彼女が話しているあいだにも、音楽室のピアノが乱れて不協和音が鳴り響いた。柱時計の振り子はふたたび動きだし、カチ、カチと時を刻む音がまるで発砲音のようだ。背中の毛を逆立てた犬たちは興奮して吠え、警告した。

あちこちでドアが開き、ばたんと閉まる。トレイがつけた照明がちらついて消えた。闇のなか、何かがソニアの体をかすめた。焼けつくように冷たい何かが。

「何かここにいる」息を殺して彼の手を探した。「何か当たった。わたしの体に何か当たったわ」

「今度は懐中電灯を持ってこよう」

玄関ドアに破壊槌《づち》が叩きつけられたかのような音があがった。

犬たちは激しく吠えながら部屋から飛びだしていった。

「行こう」トレイはソニアを部屋の外へ引っ張りだした。

「玄関を開けに行くのね。どういうことかしら。風のうなりを聞いて。それに海鳴りも聞こえる。見て、雹《ひょう》が窓を叩いてる」

「なるほど、ヘスター・ドブスは嵐を呼べるらしい」玄関ドアにたどり着いて開けると、外は静かな夜で空には月が浮かんでいた。「だが幻覚だ。いまいましいほど真に迫った幻覚だ」

「あっ、犬たちが」

「心配ない。彼女は外にいるわけじゃないだろう。今夜のショーは終わりらしい。彼女にできるのはあれですべてだと思うよ」

「充分すぎるわ」

ソニアが震えていたので、トレイはそばへ行って肩を抱いた。

「ここを出たいなら、ぼくのうちへ行ってもいい」

「いいえ。絶対に出ていくもんですか。ドブスに勝たせはしない。自分の家から追いだされるなんてお断りよ。だけど、あの部屋には何かいたわ、トレイ。たしかにわたしに触ったの。わたしの腕をかすめたのよ」

ソニアは袖をまくりあげた。「見て、跡になってる」左肘のすぐ上に、彼女の手のひらより小さな薄いピンク色の跡がついていた。

「凍傷だな――軽いやつだが」

「凍傷？」

「ぼくは犬たちを呼んでくる。きみの腕は温めて様子を見よう。うっすらピンクになっているだけだし、皮膚は割れても裂けてもいない。ちょっと待っててくれ」

トレイが犬たちを呼び戻して玄関を閉めるあいだ、ソニアは腕についた跡を見つめていた。

「わたしに触れたのよ」何かが……かつては生者であり、いまは亡者となった何かが彼女に触れたのだ。「たしかに焼けつくようだったけど、冷たかったわ」

「キッチンで手当てしよう。痛みは？」

「ないわ。いいえ、ちょっとひりひりするかしら。でもトレイ、そんなことより、あれは――ドブスは――わたしに触って、わたしはそれを感じた。彼女を感じた。一瞬だけど。でも……見て。跡がもう薄れかけている」

トレイは手をとめてじっと見た。「ああ、たしかに。念のために温めておこう。だが彼女のパンチは本人が望むほど強烈ではないようだな」

「充分に強烈よ」キッチンに入り、ソニアはスツールにどさりと腰を落とした。「あ

「あもう、腹が立つ！」

「屋敷はもう静かだ。騒ぎは五分も続かなかった」トレイは浅いボウルに水を張って電子レンジに入れた。そのあと彼女のために水を注ぐ。

ソニアはそれを受け取って飲んだ。「まじめな話、あなたは気が動転することはないの？」

「少しは動転したよ。だけど興味深いじゃないか、ヘスター・ドブスはぼくらを怖がらせようとあの手この手を使ってきた」

「興味深い」ソニアはもう一度水を飲んだ。「よく言えるわね」

「重要なのは、彼女のもくろみは失敗したってことだ」

ソニアは彼をじろりと見た。「わたしは怖かったわ。心底怖かった」

「それなのに、きみはいまもそこに座っている」

トレイは湯の温度を確かめてから、布巾を浸して絞った。「もう跡はほとんど消えているが、用心するに越したことはない。しばらく押さえていよう」

「怖がらせられるのは嫌いよ」彼女はぶつぶつ言った。「腹が立つわ」

「ホラー映画が好きなくせによく言えるな」

「小説も好きよ。でも別の種類の怖さでしょう。ドブスをわたしの家から追いだしてやりたい。指輪を見つければ彼女が出ていくのなら、なんとしてでも見つけてやるわよ。ほかのおかしな現象については？　それは興味深いってことにしてもいいわ」

トレイはソニアの腕に当てた布巾を片手で押さえたまま、反対の手で彼女の顔に落ちかかった髪をどけてやった。「探し物はしかるべき場所を探しさえすれば見つかる」

「あら、それだけ？」

トレイは今度は彼女の額に唇を押し当てた。「ドブスに勝たせはしない」

布巾が冷めると、トレイはもう一度ソニアの腕を確かめた。

「まるであんな跡なんてなかったみたい。それに、もう少しもひりひりしない」彼女はつけ加えた。

「たいしたパンチじゃなかったんだ」トレイは彼女の腕を持ちあげ、ピンク色になっていた箇所を唇でかすめた。「眠れそうかい？」

「そう期待する。それにドブスもこれで気がすんで、しばらく出てこないといいけど。母がこんな騒ぎを体験したら、わたしをボストンへ送り返そうとしかねないわ」

「きみが自分の意志を貫くところは、お母さん譲りなのかな」

ふたりが二番目の応接間に戻ったとき、照明はふたたびついていた。彼はなかへ入り、柱時計の文字盤の蓋を開けた。

「せめてドブスに苦労をさせてやろう」今度は時計の針をまわして七時十分にする。

「オーウェンとふたりでなら、この柱時計を屋敷から運びだせるよ」

「それでおさまるとは思わないし、その時計が鳴るときは一種の警鐘にもなってるわ。コリンは聞いたことがあったのかしら。彼はネジは巻かなかったけれど、この時計をここに置いていた。屋根裏や地下へしまうのではなく」

「きみの気が変わったら運びだす」

トレイは彼女の腰に腕をまわし、ふたりで階段へ引き返した。

「ドブスはわたしたちとあの部屋にいたのよ、トレイ。前にも冷気を感じたことはあったけれど、さっきのは違っていた。それに〈黄金の間〉とも違う。彼女のときはぞっとする寒さだったわ。それも警鐘ね」

「ソニア、きみは気が動転してもそのままではいない。勝つのはきみだと断言できる」

ベッドのなかで、ソニアは彼に身を寄せて体を丸めた。

「あなたがここにいてくれて本当によかった」

「ぼくもそう思う」

ソニアは目を閉じ、トレイの落ち着いた鼓動に誘われて眠りに落ちた。

第三部　亡霊たち

静かなるときを持て、
死と親しもうぞ。

――『罪の幻』アルフレッド・テニスン卿

21

金曜日、ムーキーがいなくなってすねていたヨーダの機嫌が戻ると、ソニアは気分転換に街での買い物に一緒に連れていき、ホタテ貝、極細のエンジェルヘアパスタ、それに無漂白小麦粉と呼ばれるものを購入した。

小麦粉が漂白されているなんて知らなかった。

急いで帰ってきたので、母の部屋に飾ろうと買ってきたチューリップを生ける時間がたっぷりあった。それに初めてのパン作りに挑戦する時間も。

「怖《お》じ気《け》づいてなんかいないわよね、ヨーダ？　相手は小麦粉とビールとバターよ、怖いもんですか。わたしたちはおばけ屋敷に住んでるんだもの。まあ、ちょっぴりは怖いかもしれないけど、失敗したって廃棄するだけよ。母にはわからないわ」

一言一句ブリーの指示どおりに作業したあと、ソニアはパン型に入れた生地を凝視した。

「パン生地に見える気はするわね。どのみち、わたしに何がわかる？」

た。心のなかで指を交差させて幸運を祈ってからオーブンに入れ、タイマーをセットした。

そして、パンが焼けるまでキッチンから離れなくても心配性ってことにはならないわよね、と判断した。ボウルに盛ったフルーツを二、三度いじり、それからうろうろし、ヨーダと少しだけ引っ張りっこをした。

「見て！　なんだかふくらんでる――ビール酵母の力よ、調べたの。それにちょっときつね色になってる。においがわかる？　わたしはわかるわ」

タイマーが切れると、パンを叩いて乾いた音がするかどうか確かめるのを思いだした。なんの意味があるのかまるでわからないけれど、叩いてみよう。

「乾いた音がすると思う。ともあれ、これでいいのよね」

オーブン用のミトンをはめた手でパンを取りだし、クーリングラックにのせる。それから後ろへさがった。

「さあ、あなたに質問よ、ヨーダ。こんなキュートなパンを見たことがある？　それも、わたしがこの手で作ったパンなのよ」

iPadがジョン・リー・フッカーの《おれのパンに手を出すな《ドント・ビー・メシング・ウイズ・マイ・ブレッド》》をかけた。

「そのとおりね」

パンを冷ますあいだ、ヨーダを引き連れ、花と雑巾と艶出し剤を手に二階へあがった。あとできれいなシーツとタオルを取りにリネンクローゼットへ戻ろう。

母のために選んだ部屋へ行くと、家具はぴかぴかで、艶出し剤で磨いたばかりのにおいがした。部屋から続くバスルーム――ここもぴかぴかだ――にはきれいなふわふわのタオルがかかっていて、予備のタオルが数枚、丁寧に巻かれてバスケットに立てかけられている。

「あの、ありがとう。完璧よ」花を置いた。「母もきっと気に入るわ。窓から森が見えるのを喜ぶはずよ」

きれいなボウル――羽目板の上の壁紙と同じ紫色だ――と、その隣の小さな置き時計――クリスタルガラス製で時間はちゃんと合っている――にソニアは気がついた。

どちらも前はなかったと断言はできない。でも、とりあえず……。

「すてきな心遣いね。気が利いているわ」

汚れひとつない家のなかを歩きながら思った。ここを汚れひとつなくしているのが誰であれ、ソニアと同じくらいこの屋敷を愛しているに違いない。

そして何もかも完璧に見えたので、仕事へ戻った。

「到着する三十分前に知らせてくれることになっているから、隙間時間に仕事をするわよ」

ムーキーはいないので、ヨーダは彼女のデスクの下に丸まることで満足した。

母から連絡が入ると、コンピューターの電源を切り、サラダを作りにキッチンへ急いだ。パンとクーリングラックが消えていて、一瞬パニックに陥った。

「えっ、どうして。そこに――」

すぐにパンの形をしたものが清潔な白い布巾にくるまれているのが目に入った。

「そうしなきゃいけなかったのね」

サラダを冷蔵庫にしまうと、ヨーダが吠えながら玄関へ走っていった。どうやらタイミングはぴったりだったらしい。ソニアは急いでドアを開け、母を抱きしめた。キッチンのタブレットからテイラー・スウィフトが《ザ・ベスト・デイ》を歌って大好きな家族への愛を伝える。

「会いたかった！」

「わたしもよ。まあ、まあ、ソニア、このお屋敷ときたら！　まあ、まあ、このワンちゃんも。とってもかわいいお顔ね、なんてハンサムなワンちゃんなの！」

ヨーダはすぐにごろりと転がっておなかを見せ、愛嬌《あいきょう》たっぷりの目でウィンターを見あげた。

ウィンターがそれに応えてしゃがみ、おなかをさすりながら優しい声で話しかける。

「職場から直行してきたんでしょう」

暗い色のスーツできちんとした格好のウィンターは、ヨーダを最後にもう一度撫でてやった。「予定どおり、早めにあがったわ。荷物は朝のうちに車に積んであったし。クレオの荷物も預かってる」

立ちあがり、もう一度ソニアをきつく抱きしめる。「一刻も早く到着したいと思って。元気そうね！　やっぱり直接顔を見るのとフェイスタイムじゃ大違い。屋敷にも同じことが言えるわ。本当に、まあ、ソニア。あんぐりと口を開けるってこのことよ。すごくあなたらしい家だわ」

「わたしらしい？」

「あなたがずっと望んでいたのはこういう場所でしょう。そうね」ウィンターは玄関ホールを見まわして少し言い直した。「あなたの——もしくはわたしの——想像以上ではあるかもしれないけど。あの階段！」

ふらふらと進みでて足をとめる。「あの部屋。ピアノ」

「二台あるうちのひとつよ。階上《うえ》に行って、お母さんのために選んだ部屋を見て。それから手短に案内するわ——全部案内すると時間がかかるから。いいのよ、バッグはわたしが運ぶ」

「ありがとう、ベイビー。ここは自分の居場所だと感じると言っていたわね」ウィンターが玄関ホールを横切って階段へ向かい、見あげる。「こうして見ると、わたしにもそれがわかるわ。でもなんて広さかしら。こんなにたくさんの部屋があって途方に暮れない？」

「使う部屋を決めてるわ」ソニアは図書室のほうを示した。「あそことかね」

「まあ、まあ、まあ。部屋から出たくないって気持ちにならないの？　映画のセットみたいじゃない。それに見て、ジーナも元気に育ってる」

ウィンターは図書室を見てまわり、ソニアのムード・ボードを眺めた。「仕事も楽しんで、がんばっているようね」

「順調だと思う、あとで全部詳しく話すわ」ほかのことも全部、とソニアは思った。

「維持も管理もこれほど見事な状態だもの、コリン・プールはこのお屋敷を愛していたんでしょうね。あなたにもそれができるのか、ちょっと心配していたの。でも杞憂《きゆう》だったわね。どこもかしこもぴかぴかじゃない、ベイビー。よっぽどいい清掃業者を見つけたのね」

ソニアはこう返すことにした。「ある種の奇跡なの。それについてもあとで話すわね。わたしたちがいるのは北側の翼棟よ」

「まあ、まあ」ウィンターは笑いだし、娘を肘でつついた。「北側の翼棟ですって」

ふたりのあいだをうろちょろするヨーダを引き連れ、ソニアは母を寝室へ案内した。

「わたしの部屋は廊下の突き当たりよ」

「見せてちょうだい。まあ、すてき。ああ、本当にすてきだわ。館の女主人ね。バルコニーから朝日を眺められるの？」

「ええ。お母さんには別の景色を用意したわ――気に入るはずよ。公園を散歩するのが好きでしょう」

「そうね」

「だから廊下のこちら側の奥、西向きの部屋にしたの。ずっと静かだと思うわ」

ソニアはドアを開けた。「この部屋でいいかしら？」

「まあ！ すばらしいわ！ 世界一おしゃれなベッド《B》＆ブレックファスト《B》に自分専用のスイートルームをあてがわれたみたい。壁紙もなんて愛らしいのかしら。しかも小さな暖炉つき。あんなベッドで寝たらロックスター気分ね」

ウィンターはチューリップにそっと指を滑らせた。「ありがとう、スウィートハート、わたしのことをこんなにわかっていてくれて。森を一望できるなんて本当にすてき」

「荷ほどきをするなら手伝うわ。でも、ほぼ一日中働いたあとボストンから車を走らせてきたんだもの、ワインで乾杯してもいいかも」

「ほらね？ あなたは母親のことをよくわかってるわ。ワインにしましょう」

階下へ向かう途中でクレオの部屋を、そのあと秘密の扉を見せた。

「安全なの？」ウィンターは顔をしかめてのぞきこんだ。「あなたはここを使ってるの？」

「地下にあるジム、それに屋根裏へ行くにはここが一番の近道よ。週に三、四回は午前中にジムを使おうとしているところ。興味があるなら、明日この奥を案内するわ」

「考えておく。聞こえた？　呼び鈴の音がしたと思ったけど」

ソニアは、最初の日にトレイが口にした言葉をそのまま繰り返した。「よくあることよ」そして扉を閉めた。

「ここは音楽室」先へ進んで言った。

「あれは手回し式リュート《ハーディ・ガーディ》？　博物館でしか見たことないわ。肖像画？　きれいな人ね」

「ジョアンナはコリンの奥さんよ。彼が描いたの」

「絵の才能があったのね、すばらしく才能があった。あなたのお父さんと同じだわ」

「そうね。彼女は……ずっと昔に亡くなったの。コリンはこの奥を書斎にしていて、そこにお父さんの絵をかけていたわ」

「そう言っていたわね、でもわたしは……本当だわ、あれはドリューの絵よ」ウィンターは部屋に入って絵を調べた。「ドリューがここへ来たことがあったのかしら？　それとも本当に夢から生まれた絵なの？　双子の以心伝心みたいなもの？」

「お母さんが持っていたいんじゃないかと思って」

「まあ」ウィンターは絵を見つめたまま、ソニアの手を取った。「ありがとう。だけどこの絵はここにあるべきだと思うわ。コリン・プールはいつ、どうやってこの絵を手に入れたのかしらね。何かドリューのものが――あなたは別として――ここに居場所を持っているのってなんだかうれしいわ」

ドアが閉まる音がはっきりと聞こえ、ウィンターははっと見まわした。「ここにはほかに誰かいるの？」

「〝誰か〟の定義によるわね」ソニアは母の腰に手を置いて部屋の外へと導いた。「ここはおばけ屋敷だと話したでしょう」

「ええ、でも……」

キッチンから、ビリー・ジョエルが〝ボトル・オブ・ホワイト、ボトル・オブ・レッド〟と歌う。《イタリアン・レストランで》だ。

「ワインは白にするわ、ホタテ料理を作るの」

「いつも理性的なわたしの娘が、あくまでまじめに、自分の家はおばけ屋敷で、しかもホタテ料理を作ると言っているの？　あなたの母親がどこまでショックに耐えられるかわかってる？」

「だから先に白ワインを開けるんでしょう」

「それにこのキッチン」そこへたどり着くとウィンターは言った。「まるで一流シェフのキッチンじゃない。すてきだわ、それにここからの眺めもすばらしいわ。屋敷の品格を保ちながらも、スペースを広げることで迷路みたいな窮屈さを解消し、開放的にすることに成功している。こんなキッチンを見せられたら、うちもリフォームしたくなってしまうわ」

ウィンターはアイランドカウンターに手を滑らせ、ソニアに向かって首を横に振った。「あなたを料理好きにはできなかったわね、ごく簡単な基本しか教えられなかった」

「わたしは八人分のポットローストを作ったわよ」ソニアはボトルを選びながら母に思いださせた。

「あなたが送ってくれた写真は料理本に載せたいくらいだった。わたしのベイビー、この屋敷には幽霊がいると本気で信じているの？」

「信じているだけじゃないの、お母さん。いると知っているの」

ソニアがワインの栓を抜いているあいだに、ｉＰａｄはポール・サイモンの《母と子の絆》《マザー・アンド・チャイルド・リユニオン》を流した。

「これがその証《あかし》よ」ソニアはワインを注いだ。「音楽をとめて、わたしに話をさせて」音楽がとまると、ソニアは母親にグラスを渡した。「座って、お母さん。いまのはクローバー。一九六五年にコリンとお父さんを出産したあと、亡くなってる」

「座らせてもらうわ」

「ここにはほかにもたくさんいるの。クローバーのことは話したわよね、わたしが持っている本で読んだことや、デュース——オリヴァー・ドイル二世——から聞いたことを。いつかグレタ・プールと話せないか試してみるつもりよ。コリンが母親だと思っていたけど、実は彼のおばだった女性。彼女は認知症なの」

「ええ、あなたからそう聞いたわ。ドリューの生みの母がここに、この家にいると言ってるのね。彼女を見たの？」

「いいえ。わたしには自分の存在を音楽で知らせるだけ。トレイはクローバーを見ているわ。いままでに二度」

「トレイ・ドイル——三番目のオリヴァーね」

「そう。わたしたち、つきあってるの」

「またまたサプライズね」ウィンターはしばし口をつぐんでワインを飲んだ。「今夜紹介してくれないのはどうして？」

「もう、お母さんったら。義母の幽霊が出るって話はそっちのけでそういうことをきくのね」

ウィンターはワイングラスを娘のほうへ傾けた。「そちらのほうが優先順位が上だもの」

「まず、トレイはわたしたちの邪魔をしたくなかったの。加えて、明日は親戚の結婚式があるんですって。お母さんもきっと彼を気に入るわ」

「クレオは彼を気に入ったみたいね。彼女から聞いてるわ、トレイはあなたに関心を持っていて、あなたも彼に関心を持っているとね。だから寝耳に水というわけではないのよ」

「クレオを信頼して。お母さんも彼を気に入るわ」ソニアは繰り返した。「彼、すごくしっかりしているけど、それでいて肩の力が抜けているの」

「重要なのは、あなたが彼を好きだってこと。好きになれる人が見つかってよかった。あなたが幸せそうでよかった」

「わたしは幸せよ。たしかに、まったく未知の経験だったわ。新しい住まいとそこに出る幽霊に慣れなきゃいけなかったから。夕食後に——すぐに準備するわね——二階へ行けば、お母さんのベッドの掛け布団はめくられていて、暖炉には火が入ってる。お母さん、清掃業者は雇っていないの。だって清掃してくれるスタッフごと相続したようなものだから」

「わかったわ」

「納得したの？」

ウィンターはワインを飲み、スツールに前脚をのせるヨーダを撫でた。「お父さんが亡くなったあの恐ろしい日の夜、ようやくあなたを寝かしつけたあと、わたしはどうやって生きていけばいいかわからなかった。次の一時間をどうやったら乗り越えられるのかもわからないのに、明日を、来週を、来年を乗り越える自信はなかった。するとドリューの姿が見えたの。わたしたちの部屋へ行くと、そこに彼がいた。何も心配ない、出会ったときからきみのことをずっと愛していると言ってくれたわ」

「その話、わたしにしたことはなかったわね」

「ええ、一度も話したことはない。悲しみのせいだと思ったわ。でも違った、悲しみのせいだけじゃなかった。眠りに落ちるとき、頬に触れるドリューの手を感じるときがあった。いまもたまに感じるわ。決断を迫られたり問題を抱えて悩んでいたりすると、頭のなかで彼の声がするときもある。〝自分の直感を信じろ、ベイブ、そして自分の心に確認するんだ〟って」

ウィンターは微笑み、グラスを置いてソニアの手を取った。

「死後の世界を信じているかどうかときかれたら、信じていると答えるわ。その人を作りあげていたもの、その人の本質が残り続けることがあると信じるのはおかしなことじゃないでしょう？」

「だから再婚しなかったの？　お父さんがまだそばにいるのを感じたから？」

「それもあるかもしれないけど、違うわ。あなたのお父さんとわたしのあいだにあったものは……魔法よ」ウィンターは愛おしげにため息をつき、空いている手を左胸に置いた。「出会った瞬間に魔法がかかったの。ほかの誰ともあんなふうに感じたことはなかった。それなのに、なぜほかの人で妥協しなきゃいけないの？」

ソニアの手をぎゅっと握る。「でも、あなたはここではひとりだわ。この子は別としてね」ウィンターはヨーダに向かって言った。「怖くない？」

「たまにね。だからクレオが引っ越してきてくれるのを喜んでるわ。なんといってもクレオだし、ここに誰かいてくれれば安心できる。それにクレオがいれば、もっと多くの部屋を使うことになりそう。わたしひとりだと、図書室にこもらないよう自分に言い聞かせなくちゃならないもの。話はまだまだあるから、夕食を作りながら話すわね。手伝うのはなしよ」

「ワインのおかわりを注いだら、おとなしく座ってうっとりと話に聞き入るわ」

母のことはわかっているので、ソニアはいきなり恐怖を与えるようなことはせず、やや控えめな内容にとどめておいた。

湯が沸いたところでパスタを投入する。タイマーをセットし、ホタテ貝の準備に取りかかりながら話を続けた。

そしてふたつ目のタイマーをセットした。

「鏡を見たのね。お父さんの夢に出てきた鏡を」

「断言はできないけど、そうだと確信してる。それにアストリッド・プールが殺されるのも見たし、キャサリンが猛吹雪のなかで絶命するのも見たわ。マリアンが双子を出産して亡くなるのも目にした。そしてどのときにも、その場にヘスター・ドブスがいるの」

「料理はうまくいっているようだから、わたしはテーブルの用意をしましょうね」

「そこにある小さなテーブルを使って。ダイニングルームのテーブルは堂々としていて立派だけど、大勢で囲むときでないと寒々しいわ」

　夕食の準備を一緒にしながら、トレイがふたたびクローバーの姿を見た夜のことをウィンターに話した。話をしだすと、タブレットはアン・ヴォーグ&ソルト・ン・ペパーの《なんていい男《ワッタ・マン》》を流してソニアを笑わせた。

「彼女、率直な性格みたいで」

「怖くないの？」

「いまはもう平気。こういう話をすべてお母さんにしてるのは、ここにいるあいだに何が起きても動揺しないでほしいからよ。それと、わたしは立ち向かってるってことをわかっていてほしいの。冷蔵庫にサラダが入ってるわ。パスタソースが成功しますように、どうか成功して」

　弱火にかけたフライパンに、慎重に分量を量ったレモン汁を入れてから、塩、コシヨウを加え――この分量は指示されていない――そのあいだに湯を切ったパスタをきれいな大皿に盛った。

「すごくいい香りがするわ、ソニア」

「たしかに香りはいいわね。そして、あとおよそ三十秒で成功かどうか判明するわ。コリーン・ドイルにポットローストのレシピをあげる許可をくれたお礼はもうお母さんに言ったかしら？」

「聞いたわよ。彼女からも手書きのお礼状をもらったわ」

「手書きの？　コリーンらしいわね。一度しか会ったことはないけど、彼女らしい気がする。さあ、できたわ」

ダイヤモンドカッターで貴重な宝石を研磨するような慎重さで、ホタテ貝とソースをすくってパスタにかけた。パルメザンチーズと、みじん切りにしたパセリとバジルを散らす。

「芸術家の目を持つ人は違うわね。あなたは昔から盛りつけが上手だった。テイクアウトのお料理でもあなたが盛りつけると五つ星のレストランのディナーに見えたものよ。わたしのために夕食を作ってくれてありがとう」

テーブルでウィンターはサラダを少しとメインの料理を自分の皿に取った。「まずはホタテ貝からね」

ホタテ貝をフォークで半分に切ったあと、さらに半分にし、パスタを少し巻きつけて口へ運ぶ。

そしてのけぞった。

「ソニア、絶品よ」

「本当に？」ソニアはサラダは飛ばして、自分も食べてみた。「うん、おいしい。加熱しすぎてない。ブリーにさんざん念押しされて縮みあがっていたの」

「あら、ブリーって？」

「ああ、トレイの元恋人よ――高校時代のね。いまはよき友人で、〈ロブスター・ケージ〉で料理長をしているわ。村にあるすごくいい感じのレストランよ。これは彼女のレシピなの」

「わたしもほしいわ。今度、友だちを夕食に招いたときに作りたい。それじゃあ残りの話を聞かせて。幽霊話のね」

「柱時計が――二番目の応接間に振り子時計があるの」ソニアは母に話した。

「スウィーティー、なんて怖い話なの。シャーリイ・ジャクスン（幽霊屋敷が登場する『丘の屋敷』などの小説で著名な作家）の分野じゃない。腕に火傷《やけど》を負わせるなんて。見せてちょうだい」

「もう何も残ってないのよ」けれども母を安心させるためにセーターの袖をまくる。

「怖くなかったふりや、何度も飛びあがらなかったふりはしない。だけど――」

「あなたは心を決めているのね。顔を見ればわかるわ」

「ここはわたしの家よ、お母さん。本当ならお父さんのものであるはずの家だった。本当ならお父さんは自分のお兄さんとここで育てられていた」

「もしもそうだったら、わたしはドリューと出会うことはなかったかもね。わたしたちがあなたという子どもに恵まれることはなかったかもしれない」

ソニアは微笑み、かぶりを振った。「魔法でしょう」母に思いださせる。「ふたりは魔法の絆《きずな》で結ばれていた。きっとお互いを見つけ、この屋敷はやっぱりわたしのものになっていたと思う。もうひとつホタテをもらうわね、だってすごくおいしいもの。わたし、指輪を見つけるわ。どうやって？　とはきかないで。それはまったく見当がついてないから。だけど、見つけるわ」

「わたしが休職して、何カ月かこっちへ来ましょうか」

「だめよ。来てくれたらうれしいけど、お母さんの生活と住まい、仕事はボストンにあるんだもの。生きてもいない魔女に負けてたまるもんですか」

「心を決めている顔つきね」ウィンターはつぶやいた。「狙われるのは常に花嫁、新しい妻か母親なのね。あなたとトレイは結婚は考えていないんでしょう？」

「お母さん、つきあい始めたばかりなのよ」

「独身の大人同士がつきあうのがどういうことかは承知しているわ。彼にもっと泊まってもらってはどうかしら」

「わたしには忠実なヨーダがいるし、もうすぐ勇ましいクレオも来るわ」

「それでわたしも安心よ。少しはね」

「でも、自分で心配していたよりは平気みたい」

「あなたのお父さんが見た夢や、それがお父さんには現実に思えたことを覚えているもの。こういう話には免疫があったんでしょう」

「コリンがそうしたように、お父さんが自分の家族の歴史を探しあてていたら、どうしていたかしら？」

「ここへ来ていたでしょうね」ウィンターはためらわずに言った。「あなたがやろうと心に決めていることとまったく同じことをしたはず。ドリューも意志の強さが顔に表れていた。だからわたしは彼のために常にそうしたように、あなたのために常にそうあろうと努力するわ。あなたの意志を応援する」

「愛してるわ、お母さん」

「ソニア、あなたはわたしの人生で一番大事なの。ここに何があるのであれ、あなたは幸せそうだわ。あなたがどれだけ幸せなのかは見ればわかる。どれだけエネルギーに満ちているかも。エネルギーいっぱいのわたしの娘が、ボストンでは少し元気を失っていた」

「あれはボストンのせいではなかったわ」

「わかってる、あなたが元気を取り戻したこともわかってる。それに、本当に驚いたけれど、いまやあなたはすばらしい料理を二度も作ったんですもの、テイクアウトのピザや中華料理頼みにはならないのもわかった。明日、わたしがもうひとつ料理を教えましょう」

ソニアが反論する前に、ウィンターは片手をあげた。すると意を決したソニアの顔に譲歩の表情が浮かんだ。「これまでに作ったのは牛肉料理とシーフード料理ね。だったら——前に教えるのを失敗した——簡単なチキン料理にしましょう。でも、いまはお皿を片づけましょうか。そのあとはワインのおかわりを注いで、グラスを持って屋敷のなかをもっと見せてちょうだい」

「ヨーダを外へ出さなきゃ。犬の散歩へ行ったあと、お皿を洗って家のなかを案内するのはどう？」

「あなたの家だもの、あなたのルールでいいわ」

輝く庭園灯とまたたく星たちが見守るなか、穏やかな風に吹かれて、ふたりは散歩を楽しんだ。戻ってきたとき、キッチンはぴかぴかになっていた。

「まあ、驚いた！」

「これを見せたかったの。すぐに片づけないと誰かがやってくれるのよ。じゃあ、サンルームのなかを見せるわね」

週末は飛ぶように過ぎ、ソニアがこの屋敷では普通のことに感じるようになった現象——歓迎するように燃える暖炉、勝手に開く戸棚の扉——以外は何も起きなかった。振り子時計の針は三時に戻っていたが、夜中になっても何も聞こえず、三階はしんとしていた。

ソニアはフライパンひとつでチキンとポテトが料理できるように——たぶん——なり、ウィンターを満足させた。

それにこの料理は作り始めてから完成するまで一時間もかからず、いざというときに役立ちそうだとソニアは思った。

日曜の午後、ウィンターは足元にバッグを置いて玄関で娘を抱きしめた。

「あと何日かしたらクレオが来るわ。今度わたしが来るときは、彼女のお母さんもきっと一緒よ」

「期待してる」

「サマーもあなたに会いたがってるの。いつか連れてきてもいいかしら？」

「サマーおばさんのことは大好きよ、お母さんも知ってるでしょう。もちろん、連れてきてちょうだい」

「よかった。安心したわ。トレイシーは愚かなことをしたけれど、あなたの役には立った、ソニア。だって、あなたはいま幸せなんですもの」

ソニアの肩をつかんで優しくさする。「こんなに幸せそうなあなたを見るのは久しぶり。ブランドンを家から蹴りだす前、あなたはどんどん元気をなくしていたから」

シャキーラの絶縁ソング《放っておいて《ドント・ボザー》》がソニアのポケットの携帯電話から流れた。

「あらあら、そうね」ウィンターは笑い声をあげた。「わたしの娘はもう平気ね」

「お母さんとクローバーは馬が合ったでしょうね」

「どんなに奇妙でも、彼女があなたを見守ってくれているとわかってほっとしているくらいにはね。体に気をつけて。あなたはわたしの大事な娘なんだから」

「安全運転でね。着いたらメッセージをちょうだい」ふたりはきつく抱きあって体を揺らした。「わたしの大事なお母さんなんだから」

「バイバイ、ワンちゃん」ウィンターはしゃがみこみ、ヨーダを撫でてキスした。

「それから、あなたがおつき合いしている男性に、今度来るときは顔を見せてちょうだいと言っておいて」

「わかった。それからね、お母さん、お母さんとお父さんが魔法の絆で結ばれていたと聞いてうれしかった」

「その魔法があなたを生みだしたの。幸せでいてちょうだい」

ソニアは立ち去る母を見送り、ヨーダは戸口で跳ねまわって、くうんと鳴いた。

「寂しいのね、でもまた来てくれるわよ。それにわたしが向こうへ行くときは、あなたも連れていく。でも、わたしたちはここで元気にやっていきましょう」

開け放した玄関にたたずんで犬を見おろした。大気には忍びこむ春の気配が感じられる。

「引っ張りっこであなたを疲れさせるつもりだったわ――それには相当がんばらないといけないけど。それから夕食に残り物のチキンを食べるまでは仕事をしようと思ってた。でもね、いい？」

なんだろうとヨーダは首をかしげ、彼女をじっと見あげた。

「仕事が何よ。日曜の午後じゃない。ジャケットと――今日のお天気ならそれで充分よね――この前、街に行ったときに買ったボールを取ってきましょう。お散歩に行って、ボールで遊ぶわよ。それが終わったら、戻ってきてソファに寝転んで読書か、映画の気分ならそっちにする」ソニアはかがみこんだ。「どう？」

ヨーダがくるくる走りまわってみせたのを、ソニアはオーケーの印と受け取った。

「ちょっと待っててね」

ジャケットと小さな赤いボールを取ってきた。

ふたりはぬかるんだ雪の上で〝取ってこい〟を練習した――ヨーダはボールを取ってくるのをいやがった。

遊んでいると、人影が窓辺を横切った。こっちを見ている。

それを見あげて、ソニアは目の上に手をかざした。衝動的に反対の手をあげて振る。

すると、人影が動くのが見えた。

間違いない、手を振り返したのだ。

「オーケー」ソニアは声に出して言い、うなずいた。「わたしたちは大丈夫ね」

ばたんという音がしたので、三階へ視線を移した。〈黄金の間〉の窓が勢いよく開いてばんと閉まるのが見えた。

ヨーダが鋭い吠え声を三度あげる。

「わたしも同感」ソニアは犬に告げ、中指を突きたてた。

わざと窓に背を向け、ふたたびヨーダにボールを投げてやる。

「あなたのことなんて屁とも思ってないのをようくご覧なさい」

遊び終えるころには窓がばんばん音をたてるのはとまり、ボールを取ってくるだけでなく、彼女の手にぽとりと落とすことも、ソニアはなんとかヨーダに教えることができた。

「いい子ね、お利口さんだわ。ご褒美におやつをあげなきゃね」

ヨーダは百パーセント賛成とばかりに、うれしそうにぐるぐるまわったあと、彼女と競争して屋敷へ走った。

クローバーはジョン・フォガティの《年寄りの悪い魔女《ウィキッド・オールド・ウィッチ》》でソニアを迎えた。

「ほんと、そうよね」

だけど、とヨーダのおやつを取りにキッチンへ向かいながら思い返した。呼び鈴が鳴ったのと、時計の針が動いたのをのぞけば、母の滞在中、屋敷はおおむね静かだった。

お茶をいれたあとは本を持って、うたた寝するヨーダとともに図書室に落ち着いた。クローバーはさまざまな年代のアーティストの曲をメドレーで流し、ソニアは被害者の眼球をコレクションする連続殺人鬼を追う小説を読んだ。

「ぞっとする」本を閉じてつぶやいた。「でも、すごくおもしろい」

夕食と映画をどうしようかとぼんやり考えていると、トレイからテキストメッセージが送られてきた。

〈なぜ結婚式で週末を丸ごと潰さなきゃいけないんだ？　今朝はウエディング・ブランチ、そのあとは式後のドリンク・パーティーとディナーへ引っ張られていくが、運転手として祖父母を送らなきゃならないから、ビールは一杯しか飲めない。しかもいつ帰宅できるのかは不明。

きみの週末がこうもエネルギーを消耗するものではなかったよう祈ってる。明日きみをディナーへ連れていけるかな?〉

〈結婚式は一生に一度のイベントだもの。とにかく、みんなそう願ってる。母とはすばらしい週末を過ごしたわ、それにブリーのレシピも成功して母をびっくりさせた。これも料理長のおかげね。どうぞ明日、わたしをディナーへ連れていって〉

〈おめでとう。七時に迎えに行く〉

〈大おばさんのマリリンと大おじさんのロイドは元気だった?〉

〈マリリンとロイドはあいかわらずで、いまもあの調子だよ。アンナとぼくのいとこのリアムの妻、グウェンがふたりともおめでただから余計に拍車がかかってる。テーブルへ戻るよ。明日の夜会おう〉

最後にハートの絵文字をつけるのは早すぎよね、とソニアは判断した。あれこれ悩んだ末に、ここはふざけてみせることにし、赤い唇に長いまつげのスマイルマークをつけた。

絵文字で悩むなんて、デートのスキルが鈍っているわね。

またキッチンまでおりて、犬に餌をあげ、残り物を温め直した。〝帰宅したわ〟と母からメッセージが届いたときは、絵文字に悩むことはなかった。

自分へのご褒美にフェイスマスクをし、ついでにヘアマスクまでしたあと、長いシャワーを楽しんだ。

九時にはパジャマに着替えて図書室の二階にヨーダと落ち着いた。連続殺人鬼のあとは口直しに何か軽いものにしたい気分だった。

少し残念に思いながらカーソルをスクロールしてホラー映画を飛ばし、コメディを選んだ。

十時にはソニアはうとうとと舟を漕《こ》いでいた。そしてほどなく夢のなかにいた。

22

鏡が光を発している。ガラスは色を帯び、波打っている。縁を囲む獣の目が光って見える。

かすかではあるが、音楽や話し声、短くほがらかな笑い声が聞こえる。

ソニアは鏡のなかへ足を踏み入れた。

すると、きらめく光を放つ三つのシャンデリアに照らされた舞踏室に立っていた。

布のかかった家具が詰めこまれた部屋ではなく、濃い色の背もたれのない長椅子と背もたれつきの椅子が壁際に並び、床が明るい光を受けて輝いている。

楽団が演奏を始めた。ハープ、バイオリン、フルート、いやピッコロだろうか。音楽室からピアノの音色も響いてくる。

高い襟のシャツにベストを重ねた男性たちが、丈の長いドレスをまとった女性たちと踊っている。趣向を凝らした袖に釣鐘形のドレス姿が多い。髪に羽根飾りや精巧な飾りピンをつけた女性もいる。

人々がワルツを踊りながら部屋をめぐり、宝石がまばゆい光を放っている。壁沿いの椅子に座る者もいるが、飲み物を片手に料理が並ぶテーブルのそばに立っている者も多い。シャンデリアから降り注ぐ光で、クリスタルのシャンパングラスがきらきらしている。

ふと花嫁の姿が目に入った。堂々としたたたずまいでレースのついたサテンの白いドレスに身を包み、黒髪にティアラを飾っている。

男性が――長身で黒みがかったブロンドに鋭い顎、プール家特有のグリーンの瞳を持つ男性が――花嫁の手を取って口づけた。

花嫁はシャンパングラスを使用人に渡し、男性とともにダンスフロアへ出ていった。

ふたりが向きを変え、くるりとまわる姿はまさに人目を引いた。男性は満足げに微笑んで花嫁の顔を見た。けれどもソニアは、花嫁が室内に目をやったことに気づいた。

誰が自分に注目しているのか、誰が見惚れているのかを確かめるために。

結婚したての花嫁の晴れやかな笑顔というよりも、取り澄ましたような傲慢な笑みを浮かべている。

ワルツが終わると、男性は彼女の手にふたたび唇を寄せた。

「そろそろ階下《した》で夕食にするかい、ミセス・プール？」

「いいえまだ、もう少しあとにしますわ、ミスター・プール。休暇の時期には舞踏会を開くでしょう？　年越しに仮面舞踏会というのはどうかしら？　きっと華やかになるわ」

「ぼくの美しい花嫁の前ではかすんでしまうがね。ほんの少しだけ妹のそばにいてやってもらえないか。妹にとっては、それがとても意味のあることなんだ。ぼくにとっても」

「もちろんよ。夫にしたがうと誓わなかったかしら？」

「ぼくは妻を慈しむと誓ったよ」男性は妻を赤と金のふたりがけのソファへ導いた。そこには臨月に近い女性が座っていた。淡いピンクのドレスを着て、兄と同じ黒みがかったブロンドを高い位置で上品にまとめている。

「少しご一緒させてもらえるかしら、ジェーン？」

「まあ、もちろんよ、アガサ。なんてすてきな日なのかしら」

「シャンパンを取ってくるよ、アガサ。ジェーンはどうする？」

「ありがとう、でもけっこうよ、オーウェン。いまはとても満たされた気分なの。おなかの子は音楽が気に入ったみたいで踊っているわ」ジェーンがそう言って顔を輝かせた。「ジョージは子どもたちの様子を見に行ったの。アガサ、子どもたちのために託児室を設けてくれて感謝しているわ」

「退屈した子どもを足元に置いておくわけにもいかないでしょう。世話をしてくれる子守役と一緒のほうがいいわ」

「ええ、そのとおりよ。でも少しだけのぞきに行きたくなって、ジョージが代わりに行ってくれたの」

音楽がカントリー・ダンスに変わったところで、ヘスター・ドブスがひそかに部屋へ入ってくるのを、ソニアは目撃した。黒い服を着て髪をおろし、使用人が小さなケーキを皿に盛りつけている場所へ近づいていく。

ドブスはそこに赤黒い粉砂糖をまぶして金色の王冠をのせたケーキを加えた。使用人がアガサに歩み寄って皿を差しだすと、ドブスがソニアのほうを見てにやりと笑った。

「起きたことはおまえにはとめられない。これから起きることも」

そうかもしれないけれど、試してみることはできる。

ソニアは部屋を突っ切ろうと駆けだした——どうしてシロップのなかを泳いでいるみたいなのだろう——まさにそのとき、アガサが赤いケーキを口に運んだ。

ソニアは踊る人たちをかき分けて進んだ。人々の体温を感じ、香水のにおいが鼻をかすめる。ソニアに押されたひとりの女性が軽くよろめいた。

アガサはすでに立ちあがり、酸素を求めて片手で喉を押さえている。

アガサのそばではジェーンが腰をあげ、水を求めて叫んでいる。水では助からない、とソニアは思った。アガサは目に取り乱した表情を浮かべて倒れこんだ。体が震え、ウエディングシューズが床を打っている。オーウェンが駆けつけて膝をつき、アガサを両腕でかき抱いた。だめだ、とめられなかった。ソニアは花嫁の目から生気が失われていくのを見つめた。

女性の悲鳴があがり、ひとりが卒倒した。混乱にまぎれてヘスター・ドブスはアガサの指から結婚指輪を抜き、自分の指にはめた。

「わたしが最初に手にしたナイフとわたしの血によって、この屋敷は呪いをかけられた。ここに嫁いできた女は順に死んでいく。わたしのものを手に入れようとするからだ。そして金の指輪がある限り、呪いが解けることはない」

ドブスがふたたびソニアに笑みを見せた。そして両手をあげ、指を鳴らして姿を消した。

目が覚めると、ソニアはソファの横に立っていた。身震いしたのは恐れからではなく、怒りのせいだ。

また女性がひとり死ぬところを目撃した。彼女の死をとめることができなかった。すでに起こったことは変えられないのだろうか？　アガサ・プールの死因は……なぜわたしの記憶に刻まれているのだろう。四番目の花嫁は百年以上も前に亡くなったというのに。

それでもソニアはその場に、舞踏室にいた。あのとき、あの場所に。そしてもうひとつの殺人を目撃した。

ヨーダが鼻を鳴らして体を震わせた。ソニアが腰をおろすと犬は膝に飛びのってきた。「わたしはどこに行っているの？　あれは本物の鏡？　それともただ夢に出てきただけ？　実際の鏡ではなく……意識に潜む何かなのかも」

いまはそんなことを気にするには時間が遅すぎる。

「ごめんね、ヨーダ。眠ってしまってあなたを外に出してあげられなかったわね。大丈夫。いまからすませましょう」

ヨーダをマッドルームから出して戻ってくるのを待つあいだ、ソニアは立ったまま水を飲んだ。この場でもれなく書き留めたいという衝動に駆られたものの、詳細は忘れない自信があった。

朝でいいわ。いずれにしてももうすぐ朝だ。

犬を連れて二階にあがった。ヨーダとソニアはそれぞれのベッドに入った。

ろう。

暖炉のほのかな明かりのなかで、ソニアは横たわったまま思い返した。

いいえ、怖くはない。もし母親がここにいたら、娘の決然とした表情に気づいただろう。

ソニアは朝のコーヒーを飲みながらすべての出来事を書きだし、そこにスケッチを加えた。そしてそのことはいったん脇に置いた。

ケータリング会社の依頼を完成させて、ドイルの案件に意識を向ける。写真がほしかったのでコリーン・ドイルに連絡を取った。

コリーンに頼んでみたところ、快くカメラマンを引き受けてくれた。

「これは完了」ソニアは宙でチェックマークをつけた。

午前中の残りの時間はデザインと構成に費やした。

それからうまい具合にいまや日課となった、仕事、散歩、仕事の順で進めることができた。

写真を入手する前に作りこんでしまいたくなかったので、ソニアは花屋の依頼に取りかかった。

そこにも新しい写真があった――ソニアの構想に合うものを、あらかじめ花屋から取り寄せておいたのだ。これは使えるかもしれない。ソニアは写真を見ながら考えた。

このなかから選べば依頼主はカメラマンにお金をかけなくてすむ。

クローバーがいきなり《青いドレスを着た悪魔《デビル・ウィズ・ア・ブルー・ドレス・オン》》をかけた。

「ちょっと、音が大きすぎ」ソニアは自分で音量をさげてから時計を見た。

「ああ、なるほど。もうすぐ六時なのね。仕事はこのくらいにして着替えなきゃ」

いつの間にかベッドの上に赤いドレスが置かれていた。

「それはまだだめ。いつかはその選択がぴったりなときも来るだろうけど、今夜は……」ソニアはクローゼットのなかを吟味して、ウエストにベルトがついた濃紺のジャケットと細身のスカートを取りだした。

「街での食事にはこっちのほうがいいわ」

いまだに美容室に行く気にはなれないので、髪はなんとなく後ろで結いあげてクリップでとめた。

ヨーダが階段を駆けおりるとドアベルが鳴り、ソニアは最後にもう一度鏡の前で体をひねって全身を確認した。

二匹の犬は数年ぶりに再会したかのように挨拶を交わした。そして、いつもは落ち着いているトレイがソニアをすばやく抱きしめ、長々と血の沸きたつようなキスをして彼女を驚かせた。

「ずっとこうしたかったんだ。会いたかった」

「そんなふうに言ってもらえるなんて、すごくすてき」ソニアは少なからず動揺しながら後ろにさがり、トレイをなかへ通した。「コートを取ってこなきゃ」

「この子たちをしばらく外で走らせてくる。念のためにね」

ソニアはクローゼットでしばし呼吸を整えた。戻ってくると、振り向いたトレイから微笑みかけられた。

「いいコートだ」

ソニアは腿の半分あたりまである黒革のコートを見おろした。「会社を辞めてフリーランスになったときに、自分をふるいたたせるプレゼントとして買ったの」

「効果はあったようだね。マッドルームから犬を入れて足を拭いてこようか？」

「いいわね」ソニアはふたたび息を吐きだした。「トレイ？」

トレイがソニアに目を向けた。

「わたしも会いたかった」

「そうだといいなと思っていた」

ソニアが待っていると、クローバーがビートルズの《恋におちたら《イフ・アイ・フェル》》を流して発破をかけた。

「せかさないで。まだ心の準備ができていないの」

「時計の針が三時に戻ってる」駆けてくる犬に続いてトレイが戻ってきた。

「毎朝そうなってるわ。とっておきの話があるんだけど、車のなかで話すわね。あなたたちはいい子にしているのよ。お酒には近づかないこと。いたずら電話もだめ」

「いまので悪さを覚えたな」

ふたりで外に出ると、ソニアの車の隣に光沢のあるグレーのセダンがとまっていた。

「あなたのトラックじゃないわね」

「ああ、だがぼくの車だ」

ソニアは車に乗りこんだ。「すてきだわ。それで、結婚式のダメージからは立ち直ったの？」

「ほとんどね。そうしたら今日、母が写真攻撃を仕掛けてきた。顔写真でもなく、ポーズを取っている写真でもない。あれはきみが頼んだんだろう？」

「そうよ。いまはあなたたちからの依頼が最優先なの」

「〈ライダー・スポーツ〉はどうしたんだ？　ぼくたちは待てるよ、ソニア。もしきみがそっちに取り組みたいのなら」

「〈ライダー〉の仕事は一日一時間までにしているの」ソニアには計画があり、進め方も決めていた。「全体をまとめるまではそれで充分だから」

「ただ頭に置いておいてくれればいい。〈ライダー〉にもっと時間を割きたくなったら、ぼくたちは急いでいないということを。ところで、話っていうのは？」

「わたし、また鏡を抜けたの。待って」トレイが口を開きかけたので、ソニアは片手で制した。「あなたに電話をしなかったのは不安を感じなかったから。本当よ。最後にはすごく腹が立ったけど、怖くはなかった」

「なるほど」

「納得していないみたいだから最初から話すわね」

話し終えるとトレイがソニアを横目で見た。「ドブスは最後に詩を読みあげたのか？」

「ええ、でも詩というより魔法とか呪文に近いと思う。それについてはクレオにきいてみないと。とにかくわたしがぶつかった相手はそれを感じたの。あの夜、わたしがドブスを感じたように。あなたの言葉を借りれば、興味深いということになるわね。それに走ろうとしたとき、アガサがあのいまいましいケーキを食べるのをとめようとしたときに、シロップのなかを進んでいるみたいな感じがした」

「アガサの死因は窒息死と書いてあったが、その話からすると毒殺のようだな」

「アナフィラキシーショックよ。まず間違いないわ。大学時代にピーナッツアレルギーの子がいたの。みんなで外へ繰りだした夜に彼女が何かを食べてしまって、あれには震えあがったわ。彼女が症状緩和薬《エピペン》を持っていてもそうだった。今回、あのときのことを思いだしたの。ただあっという間の出来事だったから毒が入っていたのかもしれない。ヘスター・ドブスは症状を引き起こす何かをケーキに仕込んだのよ」

あのときの情景が鮮やかによみがえり、ソニアは体をずらしてトレイに向き直った。

「アガサは息ができなかったの、トレイ。ドブスは、わたしにはどうすることもできないと知っていた――彼女にはわかっていたの。本当に頭にきたわ。それで考えてみたの」

トレイが〈ロブスター・ケージ〉の前で車をとめた。

「夕食はここでもいいかな？」

「ええ、もちろん。ブリーに直接レシピのお礼も言いたいし」

「何を考えてみたのかは忘れないでくれ」

トレイに気のある前回と同じ接客係が、前回と同じ角のボックス席へと案内してくれた。トレイがワインを注文し、ソニアにうなずきかけた。「考えてみたって話だったね」

「思ったんだけど彼女じゃないわ。つまり、わたしにこういう夢を見せたり、経験をさせたりしているのはヘスター・ドブスじゃない」

「どうしてそう思うんだ？」

「わたしにその状況を見せて詳細を知らせたい理由は何？　彼女にはなんの得もないわ。得をするのはわたしだけ」

ワインが運ばれてくるとトレイはソニアに注ぐよう手で示し、テーブルの接客担当と――今度は年嵩《としかさ》の女性だ――彼女の孫娘について世間話をした。

「もう少し時間をもらえるかな、ダナ？」

「もちろん。でもわたしの言葉を信じて。今夜のロブスターリゾットは絶品よ」

接客担当がテーブルを離れると、トレイがすぐさま口を開いた。「スケッチは残したかい？」

「ええ」

「それを見たいな。それから、さっきの意見には説得力があると思う。自分が何をしたか、あるいはどんなふうにしたのかをきみに見せてもドブスにはなんのメリットもない」

「ここまでで曖昧な点はある？」ソニアの問いにトレイが首を振った。

「きみは目撃者だ。詳細を見て記憶している。だからきみの言うことは正しい。ドブスが目撃者を望む理由があるかい？　で、リゾットを食べてみる？」

「ぜひ頼みたいわ」

「それなら注文しよう。ぼくはクラブ・ケーキだ」

注文を終えるとトレイが話を戻した。「アストリッドじゃないかな」

「どうしてアストリッドなの？」

「アストリッドは最初の花嫁だ。明らかに初めからそこにいた。彼女があれからずっと屋敷にいることをぼくたちは認めている。彼女は何が起きたか見てきた。彼女も目撃者だ」

「それは論理的ね――この非論理的な状況にしては」そして論理的な人がいるということに、信頼してすべてを話せる人がいるということに、ソニアはとても助けられた。

「詳細といえば、アガサはオーウェン・プールを愛していなかったと思う。彼に夢中で心から愛しているという感じには見えなかった。それに……とりわけいい人という印象も受けなかったわ。どちらかというと、お高くとまっているというか。オーウェン・プールはアガサのことが好きだったみたい。でもやっぱり熱愛とは違って――といっても、彼がいかにも俗物という意味ではないのよ。彼女よりあたたかみが感じられたわ。ただ、ああいうのを当時はお似合いの夫婦と言ったんでしょうね。うまく説明できないけれど」

「その後、オーウェン・プールは再婚した。二年も経たないうちに。二年以内だったのはまず間違いない」

「およそ一年半後よ――確認したの。オーウェン・プールと後妻のモイラは六人の子どもをもうけて、五十年近く一緒に過ごしたの。重要なことかどうかはわからないけど、二番目の妻に危険がおよばないのは確かだわ」

「一世代にひとりというわけか」

「ということは、わたしね。あるいはわたしの世代で結婚して屋敷に住むようになった花嫁か、屋敷に移り住むようになった人に害がおよぶのかもしれない。あの屋敷でなければならないのよ。ドブスもあそこから出られないから。日曜日に母が帰ったあと、外に出てヨーダとボール遊びをしたの。ヨーダもこつがわかってきたみたいだから。そうしたら図書室の窓に人影が見えて、手を振ったら振り返してきたわ」

トレイが声をあげて笑ったので、ソニアは口元をゆるめた。

「そのあとドブスが〈黄金の間〉の窓をばたんと閉め始めたの。ものすごく頭にきたから中指を立てて挨拶しておいた」

トレイに見つめられたとたん、ソニアは心臓がゆっくりと一回転したような気がした。

「きみは特別だな、ソニア」

「それはわからないけど、頭にきたらすぐさまやり返す方法は知っているわ」

メインディッシュが運ばれてくると、ソニアは自分の皿に目をやってダナを見あげた。「あなたの言うことが正しかったってすぐにわかったわ」

「間違っていたことはないの」ダナがウインクしてふたりきりにしてくれた。

「結婚式のことを聞かせて。花嫁が死なずにすんだ結婚式の話を」

「その話はさせないでくれ。代わりにきみの週末の話をしよう」

「じゃあひとつだけ――いいえ、ふたつ聞かせて」ソニアは言い直した。「ハイライトをふたつ話してくれたらあなたの週末の冒険談は終わりにして、わたしの話をするわ」

「花嫁のおじのジェリーが酔っ払って、バンドのステージに飛びのってエーシー・ディーシーの《おれをひと晩中揺さぶった《ユー・ショック・ミー・オール・ナイト・ロング》》を大声で歌ったんだ」

トレイがひと呼吸置いた。

「服を脱ぎながら。ズボンを脱ぐ前になんとかとめたけど――子どももいたから――危ないところだった」

ソニアが笑っているあいだに、トレイが彼女のリゾットを味見した。

「ふたつ目は、男子トイレで新郎の付添人と花嫁の兄との非常に人目をはばかる場面を見てしまったことだ」

「その現場に出くわしたってこと？」

「ドアに鍵をかけてほしかったね」トレイが指で目を押さえた。「個室を使うとか、部屋を借りるとか。ふたりはぼくが退散する前に、新郎新婦によろしく伝えてくれと声をかけた。彼らは婚約していたんだ」

「あら。それで伝えたの？」

「お祝いの言葉を？　ああ、目を血走らせてね。二度も見てしまったせいだ、記憶から消せないような出来事を。新郎新婦に、お幸せにと言って一目散に逃げだしてきたよ」

「お騒がせなふたりの関係がうまくいくといいんだけど。あなたの親戚の結婚式は刺激的だったみたいね。その場にいたかったわ」

トレイがワインを飲みながらソニアを見つめた。「本気で言っているんだな。きみのことが心配だよ」

「結婚式は好きよ。色彩豊かで、ドラマティックで、喜びにあふれているもの」

「酔っ払った親戚もだ」

「一番はそれね」

「次はきみの番だ」

「わたしの週末はあなたのものとは比べ物にならないわ。でも母が週末に亡霊と過ごしてどういう反応を見せたかについてなら話せるかも。びっくりするくらい落ち着いていたの」

ソニアはトレイに話して聞かせた。

「それを聞くと、思ったとおりだという気がするね。きみはお母さんからしっかりしたところをたくさん受け継いでいる」

「父が亡くなったときは、母がどれほどの責任を負うことになったのか、わたしはわかっていなかった。十二歳でそんなことは考えないもの。わかる程度に成長したときにはそれを受けとめるしかなかった。落ち着いているのは母親譲りね」

「お母さんはお父さんの存在を感じられるんだろうな」

「どういう意味？」

「愛と才能は引き継がれるということさ。きみに与えられた才能は強さだ」

「きっとあなたの言うとおりね。ウィンター・マクタヴィッシュよりも強い人を知らないもの。ところで、母はわたしの〝つきあっている〟という言葉を文字どおりに解釈したわ」ソニアはトレイを指さしてから、自分を指した。「今度こっちに来たときは必ず紹介しなさいって」

「楽しみにしているよ」トレイが奥に目をやった。「ほら、ブリーだ」

料理長はトレイを押しやって隣に座り、ソニアを正面から見つめた。「メールだと目を合わせることができないでしょう。もう一度きくけど、ホタテやパスタに火を通しすぎたりしなかった？」

「その点は前もって充分注意されていたから、タイマーをセットしたの。母はすごく驚いて感動しちゃって、土曜日にわたしをまたキッチンへ追いやって、わたしにチキン料理を作らせたわ。だからびくびくしたし閉口したけど、その価値はあったとあなたに感謝しているの。母もこれからは来るたびに違う料理を教えてくれると言っていたわ」

「大人になるときに一度も教わらなかったの？」

「教えようとはしてくれたわ。わたしだってどうしようもないときは切ったりかき混ぜたりするのよ。でも、うまくできなくて。母の数少ない失敗作がわたしってわけよ」

ブリーがうなずいて思案した。「それでもあなたが好きよ。来週、オガンキットにロック・ハードが帰ってくるの」ブリーがトレイに言った。「あたしは来週の月曜日に行くからあなたも来なさいよ。ソニアも連れて。さてと、そろそろ戻らないと」

ブリーが勢いよく立ちあがって去っていった。

「ということは」ソニアはワイングラスを手にした。「彼女とマニーはつきあっているのね」

「そうらしいな。来週、音楽を聴きに行くかい？」

「そうね。ロック・ハードとマニーのイメージはすっかりできあがっているんだけど、あと数日でクレオが来るでしょう。来たばかりの彼女をひと晩残して出かけるのは気が進まなくて」

「彼女は音楽は好きなのか？」

「ええ、好きよ」

「オーウェンは間違いなく行きたがるだろうから、みんな一緒に行くのはどうだろう」

「楽しそうね。クレオにきいてみる。でもヨーダの問題があるわ」

「家を二時間以上空けるときは両親がムーキーの面倒を見てくれるんだ。ヨーダも預かってもらおう。考えておいてくれ。クレオにもきいてみて」

ソニアはそうしようと思い、実際に帰りの車のなかで考えをめぐらせた。「ヨーダには犬小屋を用意してあげるべきね。天気が崩れそうだし、外にいるときにやり過ごせる場所が必要だから」

「オーウェンに頼んで作ってもらえばいい」

「オーウェンは犬小屋を作っているの？」

「誰にでも作るわけじゃないが、オーウェンはなんでも作れる。ぼくらがジョーンズのために作った犬小屋を見せたいよ。あれはまさに犬の御殿だ。Ｗｉ－Ｆｉまでついている」

「信じられない」

「暖房もある。空気を循環させる送風機もついていて、夏には温度をさげられる。小屋はふたつ。ひとつはムーキーが先週泊めてもらったような来客用だ。いまいましいことに玄関ポーチも窓もある――網戸つきのね」

「さっき〝ぼくらが作った〟と言ったけど」

「ぼくは気ままに手伝うだけで、才能があるのはオーウェンだ」

それでトレイは労働者のような手をしているのだとソニアは思った。

「ムーキーにも犬小屋はあるの？」

「ムーキーの小屋はどちらかというとおもちゃの家に近い。まだほんの子犬だから、ジョーンズのように本物を見極める目はないんだ」

「Ｗｉ－Ｆｉは？」

「ついてない」トレイが屋敷の前で車をとめた。「ムーキーにはジョーンズみたいな恐ろしく高い知能もないんだ。それについては残念でもないけどね。だが快適な設備はついている」

「ヨーダにもほしいわ」

「オーウェンと話してみるといい」玄関に向かいながらトレイが言った。「物々交換ならやってくれるだろう」

犬たちが挨拶をすませてみんなで散歩をしたあと、玄関でトレイがソニアの手を取った。

「今夜は泊めてほしい」

ソニアはトレイの手を引いて招き入れた。「どこかへ行くつもりだったの？」

時計が三時を告げるとトレイは目を覚ました。隣でソニアが身じろぎした。トレイはソニアを抱き寄せて髪に唇を押し当てた。

「今夜はそのまま眠るんだ」

ソニアは夢を見たとしても覚えておらず、なんの問題もなく日常に戻った。

昼までには〈ドイル法律事務所〉の案件に使う写真を選んだ。コリーンに頼んだのはやはり正解だった。写真がすばらしいだけでなく、彼女は被写体を全員知っていて、それが写真に現れている。

トレイに関してはどの写真を使うか迷いもしなかった。

トレイの母親は彼が電話を耳に当て、デスクにもたれている姿をおさめていた。シャツはズボンにたくしこんでおらず、濃い色のジーンズに傷のついたブーツを履いて足首を組んでいる。

写真はトレイの冷静な情熱をとらえていた。言葉にすると矛盾しているが、それがトレイ・ドイルだ。

コリーンの義父にしてもそうだ。三つぞろえで鼻先に眼鏡をのせ、書棚から法律書を取りだす瞬間を切り取っている。

「いい写真だわ。本当にすてき。さあ、これを生かしましょう」

残りの時間をこの案件に費やし、翌日もほぼ同じ調子だった。

個人的にはうまくいっていて、しかもなかなかのできに思えた。

明日にはクレオが到着するだろうと予想し、ソニアはヨーダを連れて村まで食料品と花を買いに行くことにした。

車を出したとたん、携帯電話が鳴った。ソニアはハンドルのボタンを押して電話に出た。

「ソニアです」

「もしもし、ソニア、アンナよ。いまあなたのすぐ後ろを走っているの」

ソニアはバックミラーにちらりと目をやった。「あら、こんにちは」

「Uターンしてとは言えないんだけど、コーヒーでもどう？　あなたに連絡しようと思っていたところだったの。いくつか話しておきたいことがあって」

「Uターンはできるけど、犬が一緒なの。屋敷に寄ってもらうのはどうかしら？　お好みのカフェイン抜きの飲み物を買っておくわ」

「いいわね、ありがとう。じゃあ、またあとで」

ソニアがクレオの部屋に飾るラッパズイセンを選んでいるとき、クレオは屋敷の前に車をとめていた。

ソニアの車が見あたらなかったので、一日早めるサプライズは名案ではなかったと認めた。クレオは肩をすくめ、正面玄関に荷物を置いてからソニアにテキストメッセージを送ることにした。

スーツケースを引きだしながら、冬の凍《い》てつく寒さではなく春のそよ風を感じられることをありがたく思った。ソニアがすぐに戻るつもりなら待っていよう。そうでなければ、車で村に出かけて彼女が帰るまで散策してみよう。

スーツケースを玄関まで引いていくと、ドアが開いた。

「あら、家にいるとは思わなかったわ。てっきり……」

そこにソニアは立っていなかった。誰もいない。

クレオはためらってから肩をそびやかした。ここに住むのだから慣れておいたほうがいい。足を踏み入れると音楽が流れだした。ニール・ヤング・アンド・クレイジー・ホースの《おかえり《ウエルカム・バック》》だ。

「いい兆候だと受けとめるわね」

それでもいざというときのために、スーツケースをドアに立てかけた。服を詰めこんでいるので相当重い。そのことを後悔してはいなかった。

ふたつ目のスーツケースをおろし、続いて週末旅行用のかばん、それから残りの箱をいくつか取りだしてドアを閉めた。

階段に目をやり、スーツケースを見おろす。ため息が出た。

それでも後悔はない。

最初のスーツケースを引いてどうにか踊り場まで運んだところで、ドアが音をたてて開閉を始めた。

続いて使用人用のドアがきしみながら開いた。

呼び鈴の音が聞こえた。かすかな音だが執拗に鳴り響いている。クレオは音のする方向へ足を踏みだした。

23

角を曲がったところでクレオの車が目に入ると、ソニアの気持ちがぱっと明るくなった。

ソニアは車をとめて外へ飛びだした。スーツケースや箱が積まれているだろうと思いながら彼女の車をのぞきこむ。

「車をもう一台持っているか、すでに友だちができたか、ね」

アンナがソニアのほうに歩いてきた。

「クレオの車なの。来るのは明日だと思っていたんだけど」

「一緒に住むお友だちね。すてきなサプライズじゃない。ねえ、わたしは帰るから荷物の片づけを手伝ってあげて。話はまた今度でいいもの」

「だめよ、入って」ソニアは自分の車から花と買い物袋をつかんだ。「クレオに会ってほしいの。どこにいるにしても屋敷のなかに違いないわ。どうやって入ったのかしら。出かけるときはいつも鍵をかけるのに」

ふたりは一緒に屋敷へ向かった。

「ほらね」施錠されたドアの前でソニアは鍵を取りだした。ヨーダが最初に家に駆けこみ、スーツケースのにおいをかいだ。

「彼女の荷物だわ。クレオ！」戻ってきたのは反響したソニアの声だけだった。「どうしちゃったのかしら」ソニアは携帯電話を出してメッセージを送った。

〈どこにいるの？〉

返事が来るまでに間があった。

〈いま行く〉

「いま行くってどこから？」ソニアはつぶやいた。「あそこにあるのも彼女のバッグよ。たぶん――」

使用人用のドアが開いた瞬間、ソニアは言葉を切った。

なかからクレオが出てきた。髪を手ですいて、両手をあげる。「サプライズ！」

「ちょっと、びっくりしたじゃない！」

「ごめん。準備が全部できたから、明日まで待つ必要はないかなと思って。それでここにいるってわけ」そう言いながらクレオが階段をおりた。

「どうやって入ったの？」

「ドアが開いたの。ちょうどあのドアが開いたみたいに」クレオが指さした。「とはいえ、母が言うように挨拶が先ね。初めまして、クレオ・ファバレーよ」

「アンナ・ドイルよ」

「わかってる。あなたのウェブサイトを見たもの。すてきよね、サイトも作品も。あら、見て！　もう五時二分よ。ワインが飲みたいわね、ソニア。初めてひとりで冒険したんだもの」

「アンナと応接間で座ってて」

「アンナに応接間は必要ないわ」アンナが自分で言った。「キッチンで充分。ひとりで体験した冒険話を聞かせて。不安そうには見えないけど」

「寒気はしたわ、文字どおりね。でもたしかに不安ではなかった。この獰猛《どうもう》な番犬がついているから」クレオは優しくヨーダに話しかけ、愛情をこめて撫でてやった。

「実際に見るとますますかわいいわ」

クレオが体を起こして話に戻った。「それにおばあちゃんのお守りがポケットに入っているから」

「彼女のおばあちゃんはクレオールの魔女らしいの」

「興味津々だわ」

「飲み物を用意して、ソニア。あたしは食料品を片づけるから」

「あなたは何を飲む、アンナ？」

魅了されたようにクレオを見つめていたアンナが答えた。「もしジンジャーエールがあればそれをいただくわ」

「さてと、最初から話すわね」クレオがアンナに言った。「友だちにアパートメントを占領されたの。その子のことは好きなんだけど、彼女が越してきてから日を追うごとに好きという気持ちがしぼんでしまって。一緒に暮らすには難しい相手なの。ソニアは違うわよ。それで、できることは全部したと思えたときに逃げだした。不意打ちも好きだからソニアには事前に知らせなかったの。悪かったわ」

「わたしは家にいるはずだったのに」

「そうね。でも、だとしたら初の単独での冒険はできなかったわね。冷凍ペストリー《トースター・シュトルーデル》も買ってきたのね！　ソニアはあたしの弱点を知っているの。それで、ソニアの車が見あたらなかったとき、あたしのびっくり大作戦は準備不足だったかもしれないと気づいたの。でもそれが何よ。そのうち戻ってくるわ。そう思ってばかみたいに重いスーツケースをひとつ玄関まで引きずっていったら、ドアが開いたのよ」

クレオはソニアが目の前に置いたワインを手に取った。「だから、なかに入った」

「自分が臆病者だとは思わないけど」アンナが飲み物を口にしながら考えた。「わたしなら入らなかったかな」

「クレオはこういう人なのよ」

「入ったら屋敷が《おかえり》《ウェルカム・バック》を歌ってくれて。というか、クローバーがあたしのために流してくれたと言ったほうがいいかもしれないけど」

「クローバー？」

「話してないの？」

「そうだったみたい」

「それならその説明はまかせるわ」

ソニアは自分のグラスを手に取った。「テーブルにつきましょう」

ソニアはアンナに伝えていなかったことをいくつか補足した。

「つまりそれを知っていたのに、それでもなかに入ったの？」

「クローバーとならうまくやっていけると思う。彼女以外とどうなるかはこれからわかるわ。それで、最初のスーツケースを引きずって、あのものすごい階段をのぼったの――服が大好きなのよ」

「わたしもよ！」

「今度買い物に行きましょう。スーツケースを階上《うえ》に運んだら、秘密の扉が開いたってわけ」

「それで入っていったのね？」

「どうしようか、一瞬考えたわ。呼び鈴の音が聞こえたから。一階の呼び鈴のことだけど」

「呼び鈴ならもちろん覚えているわ。実際に鳴っていたの？」

「ひとつはね。それで階段をおり始めたら、背後でドアがばたんと閉まった」

クレオは頭を振って髪を後ろに払ってからグラスを手に取った。

「率直に認めるけど、たしかにあれにはぞっとした。でもスイッチを見つけて明かりをつけると、怖さもやわらいだわ。階下《した》に着くと〈黄金の間〉の呼び鈴がすごい音をたてていて、ドアがばたんと閉まった。ホームシアターのテレビがついて大音量が響いた。たくさんの悲鳴が、映画『ハロウィン』の最新作みたいに響いていたの。あたし、ジェイミー・リー・カーティスのファンなのよね」

「まったくクレオったら」

クレオが肩をすくめてワインを飲み干した。「そのときは、いわゆるお気楽な気分って感じでもなかったんだけど。そうしたら、すべてがぴたっとやんだの。ドアが乱暴に閉まるのも、呼び鈴の大きな音も、悲鳴も。それから冷気を感じた。音をたてて吹きつけてくるのを。部屋から出てきたときのあたしの頭を見た？　まさに風が髪を吹き抜けていったの。あなたからテキストメッセージが届いたのはそのときよ。だからおばあちゃんのお守りか、あなたが帰宅したことか、あるいは両方が彼女をとめたのよ」

「わたしもワインが飲めたらよかったのに」アンナがつぶやいた。

「このグラスはあなたとあなたの見事にふくらんだおなかに捧げるわ。あそこにはホワイトセージを置くことにする」クレオが宣言した。「それでこと足りるとは到底思えないけど、それでも置くわ」クレオはすでにくつろいでいて、空いた椅子に両足をのせるとアンナに顔を向けた。「ところで妊娠何週目なの？」

「もうすぐ二十週よ」

「ちょうど半分ね」クレオが乾杯の印にグラスを持ちあげた。「いろんな性別があるけど、どれだかもうわかったの？」

アンナが笑って大きなおなかを軽く叩いた。「ちょうど昨日知ったわ。とりあえずは、ピンク色のものをそろえることになりそう！」

こうしてあっさりと話題が心霊現象から赤ん坊へ変わった。ほかの人を引きこむのはクレオの得意技のひとつだ。

「〝この世をまわしているのは誰《フー・ランズ・ザ・ワールド》？（女性たちよ）〟」クレオがビヨンセの曲を口ずさ

んだ。「名前は決めた？」

「ミドルネームを決めるのは簡単だった。義理の母のファーストネームとわたしの母のミドルネームがケイトだから。ファーストネームのほうはリストにしてあって、そうね、候補は十以上ある。保育園に行く前にはリストを短くしたいと思っているんだけど。でも性別がわかったから、子ども部屋の飾りつけが最優先事項ね。たまたま芸術家の知り合いがひとり、いいえ、ふたりほどいることだし、アドバスをお願いしてもいいかも」

「ぜひまかせてちょうだい！」

今度はソニアが笑った。「クレオは赤ちゃんを引きつける力があるの。赤ちゃんがクレオを引きつけるのかもしれないけど。ところでわたしに話って子ども部屋の内装のこと？」

「やだ、違うの。それはいま思いついただけ。話というのはほかのことよ。ひとつは仕事がらみだったけど、どれも急ぎじゃないから」

「いまでかまわないわ。ウェブサイトをどこか変更したいとか？」

「変更ではないの。〈ベイ・アーツ〉が数週間後に五月祭のオープンハウスを開催するんだけど、わたしもメインアーティストのひとりに選ばれていて、自分のサイトで何かイベントの宣伝ができないかと思って」

「もちろんできるわ、やるべきよ」ソニアはメモを取ろうと携帯電話を取りだした。

「日にちと時間は？」

「五月の二週目の週末。土曜日は十時から八時、日曜日は十二時から六時よ」

「毎年恒例なの？」

「週末の催しはいつも五月の二週目の週末に、休暇の時期の催しは十二月の二週目の週末に開催されている。目玉のアーティストを招いたり、実演があったり、特売をしたり、軽食を出したり、抽選で賞品を配ったりするのよ」

ソニアはうなずきながらすべてをメモに残した。「向こうは向こうで宣伝したり、チラシを用意したりするでしょうけど、あなたのサイトでSNSで簡潔に紹介する手もあるわね。通信販売はやるの？」

「もちろん」

「わかった、あなたのサイト上でオークションを開催する作戦でいきましょう。盛りあげるの」

「いいわね。自分では思いつかなかったわ」

「それがわたしの仕事だもの。明日にはいくつか案を送れるわ」

ソニアは携帯電話を脇に置いた。「ほかにも何かあるんでしょう？」

「そっちは……ちょっと、個人的な話で」

「あたしはもうひとつのスーツケースを階上《うえ》に運んでくるわね」

「いいえ、行かないで」腰をあげかけたクレオをアンナが引きとめた。「あなたたちが親しいのはよくわかっているから、ソニアとトレイがつきあっているのは知っているんでしょう」

ソニアは身構えてグラスの縁を指でなぞった。「彼が話したのね」

「違うわ、トレイは自分から言ったりしない。わたしが直接きかない限りは。でも〈ロブスター・ケージ〉で何度か一緒に食事をしていたし、このところトレイがたびたびマナー通りのほうへハンドルを切っていくから」

アンナがにっこりして肩をすくめた。「噂はあっという間に広がると言うけど、プールズ・ベイでは違うの。あっという間もないの」

「わたしがトレイとつきあうのは問題かしら?」

「あらまさか、そんなことはないわよ」アンナが両手をあげて身振りで否定した。「その反対。真逆よ。兄のことは大好きなの。脚のあいだを蹴りつけてやりたいと思うときでも。トレイってほんとに論理的なんだもの。論理的すぎてぶれないから、けんかで勝てる人はいない。本当にいらいらするわ。でも、なんだかんだ言ってもやっぱり好きなんだけど」

「論理的」ソニアも認めた。「それに冷静。冷静沈着。うんざりと尊敬の両方ね。うんざりするほど尊敬に値する」

「ほらね？　兄のことをわかっている」

テーブルの上でソニアの携帯電話が《なんていい男《ワッタ・マン》》を流した。

アンナがゆっくりと椅子の背にもたれて、大きなおなかの上で腕を組んだ。「そもそもこれって慣れるものなの？」

「どういうわけか慣れるのよ」

「わたしはどうだか。こんなことが起こると本当にワインが恋しくなるわ。それはさておき、トレイが彼のことをわかってくれる人と一緒にいるのがうれしいの。みんなで夕食をとったとき、火花が散りそうな気持ちをお互いに注意深く抑えようとしているのに気づいたわ。でも兄がクリスマスの前に関係を築こうとしたことには驚いてる」

「わたしがせっついてスケジュールを早めすぎたのかも」

「もう一度言うわ」アンナが腕を伸ばしてソニアの手を握った。「あなたもトレイもわたしの承認なんて必要ないけれど、もう承認済みだから。さてと、そろそろ失礼するわ。こんなに長居をするつもりはなかったのに。本当に楽しかったわ」アンナが腰をあげた。「去年の夏、仲のいいお友だちがモンタナへ引っ越しちゃったの。彼女に会えないのが寂しくて。ワインやマルガリータや二杯目のコーヒーが飲めないことより寂しいわ」

「お友だちはカウボーイを探しているの？」そろって玄関へ向かいながら、クレオが思いをめぐらせた。

「レナの場合、求めていたのはカウガールよ。いま牧場で働いているの――それが彼女の幼いころからの夢だった――夢をつかんだってことね」

「また来てね」ソニアはアンナに声をかけた。「用事なんかなくても」

「そうさせてもらうわ」図書室に置かれたタブレットからキャロル・キングの《きみの友だち》《ユーヴ・ゴット・ア・フレンド》が流れてきた。「それはそうと、プールズ・ベイに、そして〝失われた花嫁の館〟へようこそ、クレオ」

アンナが車に向かうのを見届けると、ソニアはドアを閉めた。「これでふたりきりになったわね」

「やったー！」クレオがソニアに抱きついた。「これであたしも正式に幽霊屋敷の住人になったのね。まさに夢のような生活だわ」

「正式に、と言えるのは荷ほどきが終わってからよ」

「それならさっそく始めましょう」

ソニアは週末旅行用のかばんと箱をひとつ持ち、ソニアはふたつ目の大きなスーツケースを引きずった。

「あなたの服のことを考えたら、あの部屋のクローゼットには——ところで、いままでもあのときと同じ部屋にしたいの？」

「あそこはあたしの部屋だもの。その箱はアトリエ行きね。適当になかに入れておいて」

「あの部屋には充分な収納スペースがないから、入りきらなかった分は廊下をはさんだ向かいの部屋の収納を使えばいいかと思ったの。着る機会とか季節ごとに分けるとか」

「最高のアイデアね。まずは着る機会で分けてみる。近いうちに夜のデート用の服とかカクテルドレスを着る機会が頻繁にあるとは思えないから。少なくともしばらくは。さあ、あたしの部屋に到着よ！　あたしのすてきな部屋に」

「実は、トレイの友だちでバンドのドラマーがいるの。昔はトレイとオーウェンと一緒にバンドをやっていた人なんだけど」

「えっ？　待って。トレイってバンドを組んでいたの？」

「話していなかったっけ？」ソニアがクローゼットに設置された棚に力を合わせてひとつ目のスーツケースをのせた。「あなたがここにいてくれてうれしいわ。これでもう何かを伝え忘れることもないし。トレイは高校時代、アマチュアバンドをやっていて、マニーはそのまま続けたのよ」

「荷ほどきもしないうちから、あたしをロックバンドのドラマーとくっつけようとしているの？　女神みたいな友だちね」

「その称号はいただきたいけど、そうじゃないわ。マニーとトレイの元恋人は――彼女の話はしたわよね」

「料理長ね」

「そう。ふたりは友だち以上恋人未満の関係なの。それで来週、ロック・ハードがオガンキットで演奏するらしいの」

「ロック・ハードというのはバンド名ね？　マニーにアタックできないなんて、余計に残念」

「ブリーが――料理長が――来週の月曜日に行くから一緒にどうかって。きっと楽しいわ」

「絶対そうよね」クレオが相槌を打ちながらスーツケースを開けた。「でも、あなたとトレイのお邪魔はしないわ」

「オーウェンも来るだろうから、トレイがみんなで楽しもうって言ってるわ。ヨーダはトレイの両親の家でムーキーと遊べるし」

クレオが服の仕分けをしながらヨーダを見おろした。「このかわいい犬を利用するようになったのね。いいわ、みんなが行くならあたしも行く」

「やった。ねえ、クローゼットふたつでおさまるかしら」

「なんとかするわ」

最初のスーツケースの中身を一時間かけて片づけたあと、階下におりて犬に餌をやり、オーブンに冷凍のピザを入れた。

「明日から夕食はあたしが作るわ。トレイも一緒に食べたいときはいつでも知らせて。ふたりで外食したいときも同じよ」

夕食後の散歩をすませたヨーダを家に入れると、クレオがキッチンを見まわしてうなずいた。「まったく問題ないわ。ねえ、こうしない？　荷ほどき大会はあと三十分で終わりにして――完全に片づかなくても、あれだけやれば正式に住んでいることになるでしょうし――それから荷物をアトリエにあげるの。セッティングはあたしが朝やるわ」

「その計画に賛成」

ふたりはアトリエ行きの残りの箱を二階へ運び、寝室に向かった。

「大学四年のときに一緒に借りたアパートメントからこの屋敷なんて、大きな進歩だわ」

「史上最少のシャワーつきアパートメントね」ソニアは昔を懐かしく思い起こした。

「お風呂のお湯を流すと、本当にごぼごぼ音がしたのよね」

「あのころは楽しかった」

ふたりはクレオの寝室に入った。きちんと整えられたベッドの上には服が一枚もなかった。床に置いてあったスーツケースもない。

「ちょっと待って、すごい。そうね、慣れないといけないことがあるのよね」クレオがクローゼットを開けた。「ここにつるしてある服が増えただけじゃなくて、種類と色で整理されてる」

「わたしの服もそうしてくれるの。絶対に女性だわ」

クレオがうなずいて化粧台に歩み寄り、引き出しのなかを確認した。もう一度うなずくと、今度はバスルームに足を向ける。

「シャンプー、コンディショナー、シャワージェル。ぱっと全部移動してる。スキンケア用品は洗面台の最上段の左の引き出し」クレオが説明する。「高機能化粧品はその下。メイク用品は右手側。種類ごとにまとまってる。それから髪に使うものは飾り戸棚の真ん中。効率的ね」

クレオが後ろにさがった。「これはありがたいわ、とっても」そう言って振り返った。「向こうのクローゼットも見てくる」

もうひとつの寝室のクローゼットにも服がかけられ、床にスーツケースが重ねられていた。

「人のお世話が好きなんだわ」ソニアは言った。「そう、絶対に女性よ」

「名前がわかればいいんだけど」

「同感。きっとメイドだったのよ。実は名前をつけてみたけどしっくりこなくて」

ソニアの携帯電話からリトル・リチャードのヒット曲《おやおやミス・モリー《グッド・ゴーリー・ミス・モリー》》がいきなり流れだした。

「モリー！」ふたりは同時に叫んだ。

「これでほかにもわかったことがあるわ」クレオが言った。

「クローバーとモリーは知り合いだってこと。クローバーが生前にモリーを知っていたのか、それとも……」

「死んでから知りあったのか。ありがとう、モリー。おかげでずいぶん時間が節約できたわ。春物と秋物のジャケットが見あたらないわね」

「きっと下のコート用のクローゼットにあるのよ。有能だから。彼女は――モリーは――いろいろなもので遊ぶのが好きなの。香水とか、かわいいもので」

「あたしのもので好きなだけ遊んでちょうだい。残りをアトリエへ運ぶ元気はある？」

「その予定だったでしょう。それにモリーのおかげで三十分は節約できたことだし」

ふたりは最初の荷物をどうにか運んだ。アトリエに入ったところでクレオがデスクに箱をおろしてくるりとまわった。

「ああ、すてき！　この空間が気に入ったわ。まさに最高よ。見て、月が出てる、海の向こうに」

〈黄金の間〉から叩きつけるような音が聞こえた。

「もう、やめてよ」クレオが嚙みつくように言った。「この楽しい気持ちをだいなしにはさせないわよ」

ソニアは運んできた箱をクレオが置いた箱の隣に並べてから室内を見まわした。

「完璧ね。景色はすごいけど、本当にここでいいの？」

「もちろん。最後の箱を取ってくるわ」

「母がアトリエ用と印をつけた箱はトレイがクローゼットに入れてくれたわ。あの大きな箱には何が入っていたの？　ものすごく重かったけど」

「ほとんどはキャンバスと絵の具で、あとは追加の道具類。仕事の合間に時間を取って――仕事の合間にもっと時間を作って――絵を描くつもり。自分のために。すぐに戻るわ」

クレオが急いで出ていくと、ソニアもくるりとまわってみた。ドアを叩きつけるような音は弱まり、怒りをこめて閉める音がときおりする程度になっている。

たしかにここはすでにクレオのアトリエだと感じる。ソニアはあの大きな箱を引っ張りだそうと思い、クローゼットに向かった。

するとクローゼットの箱の上に絵がのっていた。

肩の下まであるストレートのブロンドに花の冠をつけた花嫁の絵だ。幅の狭い素足のくるぶしまであるシンプルな白いドレスは豊かな胸の下で絞られていて、胸からくるぶしのあいだの丸みを帯びたおなかを覆っている。

右手に小さな花束を持ち、左手の薬指にはふたつのハートが組みあわさった金の指輪をはめている。

ソニアは彼女を写真で見たことがあった。そうでなかったとしても、愛情に満ちた肖像画の詳細からそれがクローバーだと、父の生みの親だとわかっただろう。

鼻の形や大きな弧を描く口は息子に受け継がれている。そして孫娘にも。

予期せぬ強い感情がソニアの胸にあふれた。

「正真正銘、これが最後」そう言いながらクレオが入ってきた。「だから正式に正式

なーーどうしたの?」

ソニアは黙って肖像画を指さした。

クレオが横に並んでソニアの肩に手を置いた。「ひょっとして、前にはこの絵はここになかったんじゃない?」

「そう。トレイがあなたの道具を入れたときにはクローゼットはからだった。これは

クローバーよ。わたしの父の生みの親。おまけにクレオ、これは父の作品だわ。父が描いたものかどうかは見ればわかるの。わからないとしても父の署名がある」

ソニアはクレオの手に自分の手を重ねた。「父はどうやってクローバーを――自分を産んで亡くなった女性を描いたの？　どうしてこの絵がここに、この屋敷にあるの？　父は彼女の夢を見たのかしら？　屋敷やあの鏡や兄の夢を見たように？　そうとしか思えない」

「その絵の写真をウィンターに送って、見たことがあるかどうかきいてみたら？　いずれにしても夢に関してはあなたの言うとおりだと思う。これも双子ならではの現象なのかしら？」

「屋敷の絵みたいに。コリンはどこかで、どういうわけかこの絵を見て手に入れた」

「そういうことよね」

「少し座らないと」

ソニアが床に座りこむとヨーダが膝にのってきた。クレオが身をかがめた。

「水を持ってくる」

「いいえ、大丈夫。一瞬ふらついただけだから。頭がいっぱいになって、同時にからっぽになった感じ。父がクローバーを描いて、コリンが彼女をここに連れてきた。三人がつながった」

「いまはあなたの手元にあるんだから、あなたともつながっている。ソニア、これはすばらしい作品よ。彼女は……そう、愛らしい。階下《した》へ運ぶべきよ。クローバーをしまいこんだままにしておくべきじゃないわ」

ソニアは片手でヨーダを撫でながら、クレオに頭を預けた。「そのとおりね。音楽室へ運びましょう、ジョアンナがいるから」

「絵はあたしが持つわ。言いだしたのはあたしだもの。あなたは写真を撮って携帯電話で送って。それから最後にワインを一杯飲みましょう」

「その意見に賛成よ」

ふたりは音楽室でジョアンナの肖像画の下の壁に絵を立てかけた。

「そこにある静物画も悪くはないわ」クレオが口を開いた。「でもそれを外して、代わりにクローバーの絵を飾るというのはどう？」

「そうね、クローバーはちょうどジョアンナの前の花嫁に当たるから」

「あなたのお母さんに送って。わたしはワインを持ってくる。それからクローバーをあるべき場所に飾りましょう」

ソニアは後ろにさがって肖像画をもう一度しげしげと眺めた。本当にまだ若い。その若々しい顔が幸せで輝いている。おなかのふくらみとは裏腹のあどけない表情に心を打たれた。

ソニアは慎重に写真を撮って携帯電話で送った。

〈この肖像画を見つけたの。お父さんの作品よ。見たことはある?〉

一分も経たずに返信が着た。

〈ないわ。あの人を産んだお母さんね? 顔がお父さんに似ているもの。クレオもそこにいるの? 何か困ってない?〉

〈そう、クローバーよ。クレオはここにいる。何もかも順調。今夜は彼女の五百キロはあるスーツケースを運んで、大量の服を片づけるだけでほぼ終わったわ。でもこの絵を見つけたから、お母さんにきいてみなきゃと思ったの。お父さんは夢でクローバーを見て描いたんじゃないかな。花嫁姿の彼女を〉

〈お父さんは夢で見たことをしょっちゅう絵にしていたから。すてきな人ね。愛らしくて、それに優しそう〉

〈ええ、そうよね。彼女は優しい人だったし、いまも優しいの。だから心配しないで。これからクレオとワインを飲んで寝るところ。ふたりともここで楽しくやってるわ〉

〈その調子よ。クレオによろしくね。愛してるわ。おやすみ〉

ソニアはハートの絵文字を送って、やりとりを締めくくった。振り向くとクレオが戻ってきた。

「母はこの絵を見たことがないそうよ」

「それならお父さんが結婚前に描いたのかもしれない。単にお母さんに見せなかった理由があるのかもしれないけど。ソニア、彼女を壁にかけて、それからこのワインを飲みましょう」

ふたりは絵を入れ替え、後ろにさがって互いの腰に腕をまわした。

「ここにあるとしっくりくるわね」

「本当に。それにソニア、あなたのお父さんもあそこにいるのよ。お父さんと、お父さんのお兄さんもあの絵のなかにいる。すごく特別なことだわ」

ポケットのなかでソニアの携帯電話から《母と子の絆《マザー・アンド・チャイルド・リユニオン》》が流れだした。

クレオが笑ってワインを手に取り、ソニアにも渡してグラスを合わせた。「音楽を知りつくしたクローバーに」

「もちろんクローバーに」

「ねえ、これは知ってた？　ジョアンナはクローバーの義理の娘になっていたかもしれないのよ。あなたのお母さんの義理の姉、つまりあなたのおばってこと」

「それってすごく変な感じ」

「すてきなことだと思うわ。ジョアンナに乾杯」

「ジョアンナに。おかしな一日だったわ。といっても、この屋敷ではありきたりな一日だけど」

「あたしが正式な住人になった最初の日でもあった」

「そのことにも乾杯しましょう。でも、ヨーダが外に行きたいみたい」

「一緒に行くわ。今夜はこのへんでお開きにしましょうか。明日は朝からアトリエのセッティングがしたいし。ヨーダは保護施設で猫と一緒に暮らしていたのよね」

「そうよ。猫が飼いたいの？」

「いい子がいたらね。いままで住んでたアパートメントでたまらなくいやだったのは、ペット禁止だったことよ」

ふたりはジャケットを取った——クレオのジャケットはやはりコート用のクローゼ

ットに入っていた。

「あすごい、壮観だわ。すべてがそろってる。こんなことにはすっかり慣れっこだなんて、どうか言わないでちょうだい」

「まさか」ワインを飲み干すとふたりは犬を連れて散歩した。「この屋敷はいまだにわたしの心を引きつけるの。もうほかでは暮らせないという気持ちにさせる。それにこの数週間、あなたなしでどうやって暮らせたのか、すでに不思議に思っているわ」

「もうそんなことを考える必要はないわよ」

のちにベッドに入ったソニアはまた思い返していた。おかしな一日だった。でもい一日でもあった。ヨーダは自分のベッドで丸くなり、クレオは廊下の奥の部屋で眠っている。岩を打つ波の音が音楽のように気持ちを落ち着かせてくれる。

それでも時計が三時を告げるとソニアは寝言をつぶやいた。けれど身じろぎすることも、起きあがることもなかった。

24

朝にはさらにいいことがあった。ソニアがキッチンに入っていくと、コーヒーのにおいとクレオに迎えられた。ジーンズにトレーナー、スニーカーという格好で、カールした糖蜜色の髪を後ろで弾むようにまとめ、自宅で過ごすときのメイクをしている。

「珍しく早起きね」

「正直言って、アトリエに手をつけるのが待ちきれないの」クレオのすばやい腰の動きにもそれが表れている。「コーヒーをいれておいたわ。冷凍ペストリーを温めるけど、あなたもひとつ食べる?」

ソニアは首を振って昨日半分残したベーグルを取りだし、ヨーダをマッドルームから外へ出した。

「残念。あの子のために新しい水とドッグフードを用意しておいたのに」

「ヨーダもわたしも感謝しているわ」

ソニアがベーグルをトーストしているあいだに、クレオはスツールに腰かけた。

「ねえ、もしよかったら休憩するときに配置を見に来て。あなたは、どうすれば効率的になるか見極める目を持っているから」

「あとでお邪魔するわ。それから、わたしの基本的な生活パターンを伝えておく。心がけているのは、週に三日の運動ね――だいたいは朝にするけど、今朝はその日じゃないわ。仕事はヨーダが外に行きたいと知らせてくるまで、もしくは立ちあがって外に出る必要があると気づくまで続ける。散歩をしたら、また仕事に戻る。夕食は何か適当なもので間に合わせるか、トレイが来るときは何かテイクアウトしてきてもらうわ。街には週に一度は行くようにしてる。花屋とか、たまには書店とか、食料品店に」

「これから食料品の買い出しはまかせて」

「喜んでおまかせします」

「あなたの生活のリズムはわかっているわ、ソニア。あたしのリズムも知ってるでしょう。ここでお互いの新しいリズムを見つけましょう。あたしが出かけるとき――村を散策して、あの灯台を見に行って、外で絵を描く場所を見つけたくてうずうずしているの――あなたがもし仕事中ならテキストメッセージで知らせるわね」

「わたしもそうする」

「これで決まりね。大丈夫、あたしが行くわ」ヨーダがなかに入れてくれと吠えているのを聞いてクレオが立ちあがった。「いい子ね、あなたはほんとにいい子だわ。朝食の支度ができてるわよ」

そうね、とソニアは思った。きっと新しいリズムが見つかる。

ソニアは正午まで休みなく仕事をした。〈ドイル法律事務所〉の案件は進展を見せ、アンナの要望に対しては三つのデザインを用意した。そわそわしているヨーダを玄関から出し、コーラを取りにいったん引き返した。ジャケットをつかんで合流しようとするとヨーダは戻っていて、マッドルームのドアに向かって吠えていた。

「はいはい、散歩はまだよ。いまは休憩時間だからクレオの様子を見に行きましょう」

ソニアの賢い犬は明らかにその名前の主を理解したらしく、階段に向かって駆けだした。

ソニアがアトリエに着く前にクレオの声が聞こえてきた。「あたしに会いに来てくれたの？　クレオに会いに？　そう、来てくれたのね！」

「わたしも来たわよ。まあ、クレオ！」

絵の具――アクリル絵の具、油絵の具、水彩絵の具――が棚に並び、絵筆、パレットナイフといったアーティストに必要なすべての道具がきちんと分類されている。予備のスケッチブックや、デッサン用の鉛筆、色鉛筆、木炭、パステルもある。異なるさまざまな大きさのキャンバスは、使いこまれて絵の具の染みだらけになったクレオの道具入れの横に立てかけられている。イーゼルの上にはまっさらなキャンバス。その隣にどこからか調達してきた古びたテーブルがあって、絵筆を一本のせたパレットが置かれている。デスクにはコンピューターのモニター、蓋の開いた鉛筆入れ、大判のスケッチブック、いくつかの水晶、濃いオレンジ色のガラスでできた小さなドラゴンが並んでいる。

「どう思う？」

「まだ見ている最中よ」

ソニアは部屋のなかをゆっくりとまわった。ソファテーブルの中央にはかわいい皿とダークブルーのホルダーに立てた白いずんぐりとしたキャンドル。南向きの窓には光を受けてきらめく飾り玉《サンキャッチャー》がつるされ、クリーム色のクッションをのせたソファの横には人魚のランプが配されている。

「あの小さなテーブルを見つけたとき、収納箱が目についたの。海賊船に積まれていたかのような箱で、何も入っていないのに重いのよ。あなたの大きくて力持ちの彼があたしのために運んでくれるかしら」

「間違いなく運んでくれるわ。それに、ここはわたしの助けなんかいらないのも間違いない。さすがね」

「整理された状態は長くは続かないだろうけど、こんなふうに始めるのはいいものね。飲み物を入れる小型の冷蔵庫を買おうかな」

「いいわね」

「もっといいのは、あたしは型にはまった有酸素運動が嫌いだから、喉が渇いたら階段をのぼりおりすることね。それにしても廊下の奥にバスルームがあるのはありがたいわ。トイレットペーパーと石鹼《せっけん》とタオルを入れておいたの。もうちょっといろいろ置くかもしれないけど、とにかく近くてよかった」

「例の女性とはその後どう？」

「ああ、しばらくドアをばたんと閉められたり、ちょっとした意地悪をされたりしてたわね」まるで太陽の前を雲が流れていっただけとでも言うようにクレオが肩をすくめた。「パワーストーンを――ラブラドライトとかブラックトルマリンを置いているから、なんてことないわ。それにクラレンスもいてくれる」クレオがドラゴンを軽く叩いた。

「クラレンスには初めてお目にかかったわ」

「先週見つけたばかりなの。カーネリアンでできたドラゴンよ。カーネリアンは勇気と創造力を授けてくれる。おまけにドラゴンだし」

ソニアはもっとよく見ようと近寄った。

「クレオ！　これはあの人魚の本？」

「そう。アクリル絵の具で描いているの。コンピューターソフトを使うより手描きにしたかったから。描けたものを何枚かスキャンしたけど、クライアントにはまだ送っていないわ」

ソニアは書きかけのイラストを見つめた。「完成したものを見てもいい？」

人魚が泳いでいる。長い尾を振り、頭をあげて目は閉じている。金色の髪が背中を流れ、尾はさまざまな色が合わさってきらめいている。

もう一枚のイラストでは、ふたりの人魚が岩に座って見つめあい、満月の下で海が渦を巻いている。別の人魚が勢いよく水面に顔を出し、両手で椀を作って飛び散る水を受けとめている。

美しい色彩、躍動感。そして魔法。

「知っていると思うけど、わたしはあなたの作品のファンなの」

「知ってるわ。そのあとに〝でも〟と続くんでしょう」

「わかっているじゃない。でも、これはいままでの作品のなかでも最高傑作だわ。クレオ、あなたは実際にここに何かを封じこめている」

「ああ、よかった」クレオが椅子の背もたれに体を預け、両手を顔に押し当てた。

「だって自分でも本気でそう思っていたから。それに、あなたの審美眼は信頼している。この仕事が好きでたまらないの」彼女が息を吐いた。「逃したくない」

「このイラストを編集者に送るべきよ。そうすればぴったりの人に仕事を依頼できたと安心してもらえる。ああ、このイラストはすごくすてき。霧に包まれて人魚が赤ちゃんを抱いている。とっても女性らしい」

「もっと頻繁にここへあがってきて。この仕事にあまりに夢中だから、のめりこみすぎてるんじゃないかと心配なの」

「裏を返せば、夢中になってのめりこむからこそ、最高の仕事ができるのよ。そんな仕事にそろそろ戻らせてあげないとね」

「必ず定期的に見に来てね。アドバイスどおり、これから編集者にイラストを送るわ」クレオが両手をあげ、中指と人さし指を交差して幸運を祈った。「夕食にはハムとポテトのスープを作ろうと思っているの。トレイも誘う？」

「彼に確認してみるわ。あなたがハムとポテトのスープを作れるなんて」

「何週間か前に作れるようになったの。思ったよりも簡単よ」

「わたしはパンを作れるわ」

「冗談でしょ」

「ほんと。作ってあげるから、やり方を覚えてわたしにご馳走《ちそう》して。あとでキッチンで会いましょう。そうね、五時半くらいでどう？」

「じゃあ、五時半に」

ソニアは部屋へ戻りながらトレイにテキストメッセージを送った。トレイの返信は、男同士の約束があってオーウェンとハンバーガーを食べに行くことになっているから、代わりに金曜の夜はどうか、クレオによろしく、というものだった。

「あなたの行動パターンもわかってきたわ。わたしがクレオとの生活に慣れる時間をくれたのね。すてきな人。それだけじゃなくて思いやりがあるし、直感力もある」

五時を少し過ぎたころにクレオが図書室の前で足をとめた。「まだ終わりそうになければ、出直すわよ」

「ちょうど今日はもう終わりにしようと思っていたところ。夕食はあなたとふたりきりよ。トレイはオーウェンとハンバーガーを食べに行くんですって」

「オーウェンも連れてくればいいのに」

「きっと女の子だけにしてあげようと思ったのよ。明日、トレイは来るわ」

「了解。それじゃ、あたしの作品を見せたから今度はあなたの番よ」

「いまは〈ドイル法律事務所〉の案件に取り組んでいるわ。トレイのお母さんがカメラマンだって話したわよね。すばらしい素材を提供してくれたの」

ソニアが画面をトップページに戻すと、クレオがデスクをまわりこんで隣に並んだ。

「これがドイル家の事務所？　ヴィクトリア朝風とは聞いていたけど見事ね。すてきだわ。いかにも法律事務所という堅苦しさがまったく感じられない。建物の色調とか、色遣いがいいわね。威圧感がない。文字のフォントはすっきりしていて、情報も伝わりやすい。これはエースね！」クレオが感激して両手を頬に当てた。「魅力的とはこのことね。粋！　まさにその言葉がぴったり。〝粋〟なんて言葉を使う機会がどれくらいある？」

　クレオがうなずきながら経歴に目を通した。「ぐっとくるわね。ハーバード卒、十五年前とか二十年前に引退することもできたのに、いまだ現役として、粋な三つぞろえを着て法律書を手にしているなんて。それで次は誰？」

「デュースよ」

「うーん。ハンサム、優しい目、ゆるめたネクタイ。それがどうしてこんなにセクシーに見えるのかしら？」

　まったく同感という意味をこめて、ソニアはクレオの腕を叩いた。「わかってる、本当にそうよね」

「法律用箋《リーガルパッド》にメモを取っている写真がいいわ。ハンサムで優しい目をした男性が真剣に仕事をする姿。ああ、今度は〝ミスター・三代目〟の登場よ。長身ですらりとしていて魅力的。最高の写真ね。リラックスしているけれど、きちんと話に耳を傾けているって感じ」

クレオがスタッフに目を通していった。

「ミセス・デュースは本当に腕がいいわ、あたしの親友と同じく。すごく見やすいサイトになっているところも気に入ったわ。それに――あらやだ、ソニア！」

クレオが笑い転げた。

「ムーキー・ドイル、法律アドバイザーですって」

「採用されるかどうかはわからないけど、彼女がムーキーの写真も撮っていて、どうしても載せずにはいられなかったの。この顔のあげ方に、このまなざしを見て」

「〝ぼくがついてる。ぼくを信じて〟って顔ね。ああ、この写真は絶対に使うべきよ。天才的だわ。もし弁護士が必要になったら、あたしはここを訪ねる」

「結果はあとのお楽しみね。もう少しでレイアウトを提案できる段階まで来ているの。そろそろ電源を落とすわ。今日の仕事は終わり」

キッチンでクレオがにんにくを刻み、じゃがいもとにんじんの皮をむいて細かく切る様子を、ソニアはあっけに取られて見つめた。

「本格的ね」

「腕を磨いているの」クレオが言った。「夢みたいな生活を送らせてもらっているんだから、それくらいしたってかまわないでしょう。あたしの管理のもと、ふたりでそこそこちゃんとした食生活を送りましょう。これを仕上げるから、あとでパンを作るところを見せて。パン作りといっても何時間もかかるわけじゃないんでしょう？」

「このパンはそれほどかからないわ」配膳室に入ったソニアはボトルを手に戻ってきた。「秘密はビールにあるの」

その夜、キッチンのテーブルでクレオと過ごしながら、トレイは正しかったとソニアは気づいた。女同士で過ごす時間はいいものだ。

ときおりクローバーが間奏曲とともに仲間に加わった。そしてときおり、ドアが開いたり閉じたりした。

ふたりが犬の散歩から帰ってくると、食器棚のすべての扉が開いたままで、カウンター沿いに並べられたスツールがすべてさかさまに置かれていた。

「ここで子どもが亡くなったのかしら」クレオが扉を閉めていく。「これってばかげてる。子どもがやることよ。悪ふざけってやつ」

「家族史を途中まで読んだ限りでは、子どもがみんな成人まで生きられたわけではなかったみたい。あなたの言うとおりかも」ソニアはスツールをもとに戻した。「ヨーダがときどき誰かと遊んでいるの」

そう言うそばから、マッドルームにしまっておいたボールが弾んでキッチンに入ってきた。ヨーダが瞬時に追いかける。

「あんなふうに？」

「あれは初めてだけど、あんな感じで。それから、いま気づいたわ。あなたってトレイによく似てる」

「やめてよ」クレオが気取って髪を払った。「あたしみたいな人はいないわ」

「ボールが飛んできても、まばたきひとつしなかったわね。それを冷静というのよ」

駆けていったヨーダを追ってソニアがマッドルームへ入ると、犬はボールを落としてしっぽを振った。

何も起こらない。

「まだ姿を現す段階じゃないってことね」クレオがそう判断し、ソニアを引っ張ってキッチンに戻った。ボールがまた跳ね返ってきた。「ほらね？」

「とにかく遊ばせておけばいいのかしら」

「そっとしておきましょう。映画でも観る？」

「悪くないわね」

「そのあとで、ひと晩だけプール家の家族史を借りてもいい？ ちょっと読んでみたいの」

「もちろんかまわないわ」

映画が始まって数分後にヨーダが仲間に加わったかと思うと、ほぼ同時に眠りに落ちた。亡霊のお友だちと遊んでくたびれたのだろう。

最後にヨーダを外に出してやったとき、ボールは洗濯機の上の棚にのっていた。どうやら目に見えないヨーダの友だちは、すぐ手が届くところに置いておきたいらしい。ベッドに入る準備ができたころには、ヨーダと遊ぶのが好きな亡霊を怖がったり、わずらわしく思ったりするわけにはいかないと悟った。

時計の音で目を覚ましたクレオは、すばやく起きあがった。ソニアを起こす必要はない——そう思ったものの、念のために携帯電話をつかんだ。階下をちょっとのぞきに行くだけ。今回は何かを見られるかもしれない。

クレオが見たのは、部屋の前を横切るソニアの姿だった。

「あなたも起きたのね。あたしはちょうどこれから——ねえ、待ってよ」

クレオが追いついて、ソニアの腕をつかんだ。

少しのあいだ友人は無表情で突っ立ったまま、まっすぐ前を見つめていた。そして、急にびくりとした。

「何?」ソニアが一度身震いした。それから首をめぐらせて息をのんだ。「いったいどういうこと?」

「眠ったまま歩いていたか、夢を見ていたか、そんなところでしょうね。あたしは時計が、時計の音が聞こえて起きだしたの。そうしたら、あなたがあたしの部屋の前を通り過ぎていったのよ」

「起きあがったことも覚えてない。何かを聞いた記憶もない。わたしはどこに向かっていたの？」

「わからない。あなたの腕を取るまで気づかなかったのよ……目覚めていないなんて」クレオはソニアを落ち着かせるために彼女の背中をさすった。「大丈夫？」

「ええ、平気よ。なんだか――目覚めたばかりみたいな感じ。目は覚めかけているけれど、寝返りを打ってまた眠りに落ちるときみたいに。音楽が聞こえるわ」

「聞こえるわね。階下《した》へ行って様子を見てくるわ」

「わたしも行く。なんともないから」ソニアが言い張った。「少し脚がふらつくだけ」

ふたりは階下へおりた。話し声で目を覚ましたヨーダも加わる。

ヨーダが先頭を切って進むと、音楽がとまった。

「ああ、いつも間に合わないのよ」

それでもクレオは音楽室へ向かった。

「特に変わったところはないみたい」

「肖像画を見て。肖像画が結婚指輪をしていない」

クレオは振り向いた。「いいえ、指輪ならはめてるわよ。見えないの？」

「その――見えるわ。でも……ぼやけてる」ソニアが言い直した。「一瞬、指輪が見えなかったのよ。ねえ、せっかくここにいるんだから柱時計を確認しましょう」

時計の針は三時を指していた。

「針の位置を変えても無駄ね」ソニアがきっぱりと言った。「きっと午前三時に何かがあったのよ。それ以外に、毎日決まった時間に音楽が鳴る理由がある？　でもヘスター・ドブスの仕業とは思えないの、クレオ。寝ているあいだにわたしをあの鏡まで導いて、向こう側へ連れていくのも彼女じゃない。それについてはトレイと話したわ。彼女がわたしにことの詳細を見せたり、知らせたりしたいはずがないでしょう？」

「説得力のある意見ね。そうだとしても、夢遊病者みたいに暗闇のなかをさまよってほしくないけど」

「望んでそうしたわけじゃないわ」

「階上《うえ》に戻りましょう。あたしが寝かしつけてあげる。そばについていてあげてもいいわよ」

「大丈夫よ、本当に」頭がくらくらして、手足がだるいのを別にすれば。「疲れてぼうっとしているだけ。今夜のあの瞬間は過ぎたのよ」

「たしかにそうね。屋敷は静かだわ。いまは静まり返っているみたい。すべてが落ち着いたようね」

それでも部屋に着くと、クレオはソニアのベッドの端に腰かけた。「ひとりで歩きまわるのはなしよ」

「もちろん、そんなことをするつもりはないわ」

「じゃあ、また朝にね」

それからクレオは居間に座り、十分待ってからこっそり引き返した。そしてソニアが眠っているのを見て安心すると自分のベッドに戻った。

ソニアが朝起きると、屋敷はひっそりとしていた。そのことをありがたく思いながら、いつもどおり朝食の支度を始めた——自分とヨーダの分の朝食だ。クローバーが《おはよう、スターシャイン》《グッドモーニング》で迎えてくれた。

「おはよう、クローバー」

いつか自分も死後の世界へ行くとして——まだずいぶん先のことだけれど——クローバーのように四六時中、上機嫌でいられるだろうかとソニアは思った。

八時半にはデスクについた。ヨーダは足元にいる。

一時間ほど経ったころ、クレオが足を引きずるように階段へ向かう音が聞こえた。

「ねえ！」

パジャマ姿で髪があちこちに跳ねているクレオが眠そうな目をちらりと向けて、それからうめいた。

「ただお礼が言いたくて。ゆうべはそばにいてくれてありがとう」

「あなたにはあたしがついてるし、あたしにもあなたがついてる」クレオがあくびをしながら腰を曲げ、デスクの下から飛びだしてきたヨーダを撫でた。「そんなうれしそうな顔をされたら、寝起きで不機嫌なままではいられないわ。でもコーヒーを飲まなきゃ。コーヒーなしじゃだめ」

ヨーダはクレオが立ち去るのを見送り、暖炉のそばで横になることにした。

〈ドイル法律事務所〉の案件が順調に進んだので、ソニアは花屋の基本的なデザインに手を加え、そのあと〈ライダー・スポーツ〉のプレゼンテーションの準備に取りかかった。

あと一時間だけ仕事をしよう、と言い聞かせた。それから休憩をとって〈ドイル法律事務所〉の案件に戻ろう。

一時間経つと、もう十分だけ仕事を続けることを自分に許した。

満足したソニアは、ヨーダに声をかけようと振り返った。「外に行きましょう」

けれどもヨーダは暖炉のそばにいなかった。デスクの下にもいない。クレオを探しに行ったのかと思い、ソニアは音楽をとめた。

すると、階下からボールが弾む音と犬が駆けだす特徴的な爪の音が聞こえた。

「クレオも休憩中なのね。みんなで散歩に行けるかもしれない」

ソニアがおりていくと、弾みながら戻ってきたボールをヨーダが追いかけていた。

「ねえ、クレオ。ボール遊びは外でしない？　休憩時間が一緒になったみたいだから」

けれども長い廊下にクレオはいなかった。誰もいない。

ヨーダがボールを落として横を向き、今度は逆を見た。それからふたたびボールをくわえるとソニアのもとへ走ってきた。

「クレオが休憩中にボールで遊んでくれているわけじゃないのね？　遊びの邪魔をしてごめんなさい」

ソニアはボールを拾い、廊下を進んだ。ヨーダは先に行ったり、彼女のそばに戻ってきたりを繰り返している。

キッチンに入ると戸棚がすべて開け放たれ、犬のおやつの箱がアイランドカウンターに置かれていた。箱は開いている。

「おやつをもらったの？　それとも、あげてということかしら？　犬好きのおばけを必要以上に怖がったりはできないわね。おやつはひとつだけよ」ソニアはヨーダに念を押した。「食べたら外に行きましょう」

ソニアは箱に手を入れて小さな四角いおやつを取りだした。ヨーダがおすわりをして目を輝かせている。それからずんぐりとした後ろ脚で立って前脚を振った。

ソニアは驚いて笑い声をあげてから、犬にご褒美をやった。

「それを教わったの？　きっと男の子、まだ少年ね」ソニアは棚の扉を閉めながら話しかけてみた。「あなたが外に出られるのかどうかわからないけど、もし出られるなら一緒に来てもかまわないわよ」

ソニアはマッドルームに置いていた古いジャケットを取り、身が引きしまるような四月の空気のなかに踏みだした。

あたたかく穏やかな天気になるのはまだ数週間先かもしれないが、ところどころ雪が解けて地表が見えている。メイン州での最初の冬をどうにか生き延びたようだ。うれしいことに、建物の横でクロッカスが紫の花をいくつか咲かせていた。さらに歩いていくと、緑色の茎が勇敢にも地面から顔を出していた。

ラッパズイセンかもしれない。まもなくわかるだろう。

「きっとかわいいでしょうね」ソニアは犬に話しかけて、ボールを投げてやった。

「劇的な冬にお別れして、幸せな春を迎える準備はできてるわ」

家のまわりを散策しながら、ソニアはほかにも春の兆しが見あたらないか探し、疲れ知らずのヨーダはボールを追いかけた。

ソニアは石壁に向かって歩きながら、一週間前と比べても海風をさほど厳しいとは感じなくなったのに気づいた。

「ねえ、ほら見て！　あれはきっとイルカよ！」ソニアはうきうきしながら一頭のイルカが——いや、二頭——三頭だ！——ジャンプをしたり、潜ったりするのを見つめた。うっとりしながら犬を抱きあげて指をさす。「ほら、あれが見える？　きっと遊んでいるのよ」

ヨーダは明らかにソニアのほうに関心があるらしく、彼女の顎をなめた。

「気持ちよく感じられる程度にあたたかくなったら、屋根上の見晴台《ウィドーズ・ウォーク》に椅子を並べるわ。あと性能のいい双眼鏡を買うの。もう屋敷のどこかにあるかもしれないけど。それか小型望遠鏡ね。小型望遠鏡は絶対にほしいわ」

ソニアは犬をふたたびおろして顔をあげ、深呼吸をした。

すると鳴き声がしたので、ソニアは振り返った。開け放たれた三階の窓から何かが飛びだしてきた。

鳥だ。真っ黒で長い鉤爪《かぎづめ》を持つ鳥が、もう一度鳴き声をあげて急降下した。

ソニアは本能的にヨーダを引き寄せて覆いかぶさった。あの鉤爪で襲われたときのことを思って身構え、脚に走るよう命じる。けれど危険を冒して顔をあげたときには何もおらず、見えるのは青空と雨を予感させるグレーで縁取られた雲だけだった。

呼吸を整えていると、クレオのアトリエの窓が開いた。「いまの鳴き声、聞こえた？　あれはなんだったの？」

「鳥よ」ソニアは思い起こした。「本物かどうかはわからないけど。もうどこかへ行ったわ。わたしたちもなかに戻るわね」

「あたしも階下《した》におりるわ」

ソニアは震える脚で小走りに屋敷へ向かいながら、いまは閉じている〈黄金の間〉の窓を見あげた。「怖かった?」犬に鼻をすり寄せる。「わたしは怖かったわ」

ソニアはヨーダを抱いたまま屋敷に入った。「キッチンに行くわ！　脚を拭いてあげるわね。そう、いい子。何も心配ないわ。わたしが守ってあげる」

クレオはマッドルームでソニアがヨーダを拭いているのを見つけた。

「鳥があんなふうに鳴くのを初めて聞いた」クレオが口を開いた。「人の叫び声みたいだった」

「ドブスがいる部屋の窓から飛びだしてきたの。黒い鳥で、カラスにしては大きすぎると思う。はるかに大きかった。それがわたしたちに向かって急降下してきたの」

「あたしには何も見えなかった。急いで立ちあがって窓辺に走り寄ったときには何もいなかった。でも……あなたに声をかけようとして窓を開けたでしょう。そのとき一瞬、何かにおいがしたの。硫黄みたいなにおいが」

「彼女はわたしたちを怖がらせたかったのよ。その目的は果たしたわね。でも傷つけることまではできなかった」

「たぶん家の外では充分な力が発揮できないのね。本当に血も凍るような声だった」

「イルカがいたのよ」

「そうなの？　コーラが飲みたいわ。あなたの分も持ってきましょうか」

「イルカを見ながら、なんてすてきなんだろうと思っていた。ドブスはそれが気に入らなかったのね。それに、外へ出る前にヨーダは棚を開けるのが好きな誰かさんとボール遊びをしていたの」

「その子を見たのね！」

「いいえ、でもヨーダには見えていた――というか、見えているみたい。わたしはあなただと思ったの。ヨーダのためにボールを投げてくれているのかなって。でも、おりていったらヨーダとボールだけだった。そのあと――待って、見せてあげる」

おやつの箱はやはり片づいていたが、片づけたのは少年ではなくモリーではないかと思った。ソニアはおやつを取りだした。

ヨーダがおすわりをした。

「これを見て」

ソニアがおやつを持った手を上にあげると、ヨーダが後ろ脚で立って前脚を振った。

「あらあら、そんなにかわいいなんて州によっては違法かもしれないわ」

「わたしが教えたわけじゃないの」

「それってここには悪い霊よりいい霊のほうがたくさんいるという証拠ね。ソニア、あたしたちは大丈夫。みんなとせいぜいうまくやっていきましょう」

「でもあの部屋には近づかないで。いまはまだだめ。お願い」ソニアは必死でクレオの腕をつかんだ。「約束して」

「約束する。でも遅かれ早かれ行かないと」

「遅いほうに一票入れるわ。仕事のあとにしましょう」

「あなたが仕事を終えるころには、あたしはここに来て夕食を作っているわ。トレイも来るのよね？」

「最後に連絡したときはそう言ってた」

「今夜は団子入りチキンスープ《チキン・アンド・ダンプリング》よ」

「信じられない！　ダンプリングを作れるの？」

クレオが意を決したようにコーラをごくごく飲んだ。「じきにわかるわ」

ソニアが仕事に戻ると、クローバーが《心配しないで《ドント・ウォーリー》、ベイビー》で迎えてくれた。

「心配しないように努力はしているの。大きな醜い鳥のことじゃなくて、ボールで遊んでくれる子どものことを考えようって言い聞かせてる」

ソニアは子どもと鳥のことを書き留めてから〈ドイル法律事務所〉の案件に戻った。

そして、最後にコリーン・ドイルに電話を入れた。

「別の仕事のお話がしたいんです。ご意見をうかがいたいのと、撮影をお願いしたくて。ミーティングをさせていただけませんか?」

「明日の朝なら空いているわ。どのみち外出するから、そちらに立ち寄ってもかまわないけど。十時半ごろでいかが?」

「その時間なら助かります」

「概要を聞かせてもらえる?」

「いまプレゼンテーションの準備をしているんです、〈ライダー・スポーツ〉の」

「〈ライダー〉なら知っているわ」

「スポーツ写真を使いたいんですが、プロのモデルは使いたくない。一般の人の写真がいいんです」ソニアは説明を始めた。

ソニアが階下へおりたときには、クレオはたしかにキッチンにいた。「作れると思う。うまく作れますようにと願ってる。チキン・アンド・ダンプリング、豆とにんじん――家庭的な響きだわ。家庭的にするのってどれくらい難しいの?」

「わたしにきかないで」ソニアは鍋のなかの鶏肉を見た。「家庭的って感じよ。それに、いいにおいがし始めてる。あなたにとってもすてきなヨガウェアを買ってあげようと思うの」

「夕食のお礼に?」

「そうじゃなくて、それを着てコリーン・ドイルに写真を撮ってもらうの――わたしのプレゼンテーション用に。あなたはヨガが好きだから、ちゃんとヨガをしているように見えるわ」

「〈ライダー〉の件ね？　あそこのヨガウェアなら持ってるわ。それを着たらすごくかっこいいんだから」

「だったら話は簡単だわ。トレイにも写真を撮らせてもらえるよう説得しなきゃ――トレーニングしているところか球技をしている写真を。誰か自転車を持っている人も必要ね。それから〈ドイル法律事務所〉のインターンにも――ほれぼれするほどハンサムなんだけど――彼にも頼んで何かの撮影に協力してもらいたいわ。年齢に幅があるほうがいいの。最低でも子どもがひとりと五十歳以上がひとりは必要ね。サンプル写真がほしいだけなの。もしこの仕事が決まったらもっと必要になるけど」

「〝もし〟じゃなくて、〝決まったときには〟でしょう。強い意志が大事なのよ。あたしがダンプリングを作ってあなたをびっくりさせようと決めたみたいに。さあ、こんなところでしゃべっていないでメイクでもしてきなさい」

「ノーメイクの顔をすでに見られてるわ」

クレオが黙ってソニアをとくと見つめた。

「わかったわよ」

ソニアが言われたとおりにして、また階段をおりかけたところでドアベルが鳴った。トレイは花を手にしていた。かわいいピンクのベビー・ローズだ。

「この花はクレオに」トレイが言った。「彼女が料理を作ると聞いたからね」

「たしかにこれは彼女がもらうべきね」ソニアがそう言っているあいだに、ムーキーとヨーダが再会を果たした。「わたしはこっちをいただくわ」

ソニアはトレイの肩に手を置いて、体を寄せてキスをした。

「お好きなだけどうぞ」

「もう一回だけ。いまはね」ソニアはトレイがコートをかけるのを待った。

球技よ。ソニアの心は決まった。野球のボールを受けとめようと腕を伸ばしている写真。目に浮かぶようだ。

ソニアはトレイと腕をからめた。「提案があるの」

「どんな提案だい？　プライベート、仕事、セクシーなもの、政治がらみ？」

「まったく根っからの弁護士ね。あとで話すわ。それから夕食がすんだら、あなたの事務所のウェブサイトの進捗状況も確認して。食事をしながらわたしたちが経験した最新の出来事を教えてあげる」

キッチンからクレオの声が聞こえてきた。「食べ終わったらあなたたちにもあまりをあげるわ」

二匹の犬の期待のこもったまなざしを受けながら、クレオがダンプリングの生地を両手にのせたまま顔をあげた。「プレゼントを持ってきてくれたのね。あたしの好きな花よ」

「この薔薇はあなたへのプレゼントだけど、わたしが花瓶に生けるわね。これがダンプリング？」

「そうなる予定」

「いいにおいだ」トレイがふたりに言った。

「クレオにはいろんな才能があるの。ところで明日、お母様に会うことになったわ」

「そうなのか？」

「そう」ソニアは配膳室にある花瓶のなかからひとつを選んだ。「〈ライダー〉用の写真撮影のことで。構想は話したでしょう。被写体は一般の人で、いろいろな動きのある写真を載せたいの。クレオにも協力してもらうわ。次はあなたよ」

「いや、その、ぼくは――」

「グローブと野球帽は持っているでしょう？」

「もちろん。だが――」

「靴も必要ね。片足でベースを踏みながらボールをとらえようと伸びあがっているところとか。お母様の意見もきいてみないと。自転車は持ってる？」

「持っていないな。車を運転できるようになってからは」

「自転車に乗っている写真がどうしてもほしいの」

「エディなら本格的に自転車に乗ってるぞ」

ソニアはにっこりした。「きいてよかった。ジムの写真もあるといいわね。男の人がちょっと汗をにじませて筋肉を鍛えているような」

一瞬のためらいもなくトレイは親友を見捨てた。「オーウェンが〈ライダー〉のダンベルを持ってる」

「完璧だわ。あとはバスケットボールで遊んでいる子ども――女の子と男の子がひとりずつ――に、ジョギング中の年配女性。あるいは夫婦で一緒にジョギングしていてもいいわね。フットボールの写真もほしい」

「それならジョン・ディーだ。彼は高校と大学でフットボールをしていた」

「すてき。説得してみるわ。いい滑りだしね」

「よかった。だけど仕事はそこまでよ」クレオがソニアに言った。「ワインを注いでテーブルをセットしてちょうだい。あたしはこのダンプリングをどうにかうまく仕上げるから」

すぐにクレオの言葉どおりになったことがわかった。みんなでテーブルについて最初のひと口を食べたとき、ソニアはただかぶりを振った。

「この才能をいままでどこに隠していたの？」

「きちんとした食事なら前にも作ったことがあるでしょう」

「本当にたまにだけど」

「いまはこれがあたしの仕事だもの。なんて言うか、作ることにやりがいを感じているの。お味はどう、トレイ？」

「悪い、何か言ったかな？　食べるのに夢中で聞いてなかった」

クレオがトレイに笑みを見せた。「ロック・ハードへ連れていく手間賃だと思って。何時間か家を空けて出かけるなんてきっと楽しいわ」

「あなたはここに来たばかりじゃない」

クレオがソニアの手を軽く叩いた。「あたしじゃなくてあなたのことを思って言ったのよ、ソニア。この子は屋敷にこもりがちだから」

「たしかに。それは否定できない」

「ゆうべのことはトレイに話したの？」

「まだよ」

その瞬間、トレイの注意がダンプリングからそれた。「ゆうべのことって？」

「その話から始めましょうか」

25

ソニアは、午前三時に無意識で廊下を歩いているところをクレオに発見されたことをトレイに話した。それから少し話を戻して肖像画を見つけたことを伝え、ヨーダの幽霊の友だちのことも織り交ぜ、鳥の事件で締めくくった。

「モリーのことを伝え忘れてるわ。クローバーが音楽で教えてくれたの——わたしたちのハウスキーパーの名前を」

尋ねもせずにクレオがトレイの皿におかわりをよそった。

「ありがとう。数日間の出来事にしては盛りだくさんだったな」

「ここで暮らす前なら、一生分以上の経験をしたと言ったでしょうね」ソニアは肩をすくめた。「慣れたわけではないけれど、心の準備はできてきたかもしれない」

「肖像画を見てみたいな」

「きれいなのよ。クローバーを——じかに？——見たことがあるのはあなただけだから、父がきちんと彼女をとらえているか教えて」

「きみのお父さんはこの屋敷を正確にとらえていた。コリンがその肖像画を購入したのなら、どうして何も言わなかったのかな。目録になかったのは間違いない」

「そうすると疑問が浮かぶわね。あの肖像画はどこにあったのか?」

「仮説を立ててみたわ」

ソニアがクレオに目を向けた。「おっと」

「そこまで突拍子もない話でもないと思う。そう、この特殊な道の法則にしたがって考えれば。あなたは言ったわよね、まるで鏡を通り抜けて違う時代に行くみたいだって。亡霊というのは、彼らが生きた時代からやってきた人々に過ぎないと考える学派もあるのよ。タイムスリップみたいに。これはいくつかの現象が組みあわさっているのかもしれない。そして二枚の肖像画は――ジョアンナとクローバーの絵は――もとは鏡の向こう側にあったのかも」

「興味深いね」

ソニアがぐるりと目をまわしてトレイを見た。「調子に乗らせないで」

「興味深い考えだよ」トレイが繰り返した。「タイムスリップってことだろう? ふたりの肖像画はこの屋敷にはなかった。ぼくが知らない、そして父も知らない場所がこの家にあるなら別だが。にもかかわらず、二枚ともアトリエで見つかった。そしていまは、失われた花嫁の最後のふたりが音楽室にいる。コリンが片方を描き、きみのお父さんが――コリンの双子の弟が――もう片方を描いた」

トレイがチキン・アンド・ダンプリングをすくった。「やはり興味深い。ただし、〈黄金の間〉から飛びだしてきた鳥は別の話だ。描くことはできるかい？」

「よく見えなかったの。あっという間だったし。ヨーダを抱き寄せてかがむことしかできなかった。そうしてるうちに、いなくなっていたわ」

「あたしは見てはいないけど、鳴き声が聞こえたわ。窓を開けてソニアに声をかけたときには、硫黄のにおいがした」

「それについてのクレオの仮説はわかってるし、理にかなっていると思うわ――この奇妙な道の法則を考えれば」

「仮説って？」トレイが尋ねた。

「彼女が呪いの力であの鳥を生みだしたのよ、ヘスター・ドブスが。でも屋敷の外に出たら数秒でぱっと消えた。彼女には限界があるから。あの力は限定的なものなの。それでも……彼女がキャサリンを――二番目の花嫁を――猛吹雪のなかへおびきだしたのはわかってる」

「ドブスはキャサリンに呪文をかけたのよ」クレオがあっさり言った。「キャサリンは呪文をかけられた状態で外に出て、呪文が解けたときには手遅れだった」

「そうかもしれない」

「あるいは……ドブスは当時、もっと強い力を持っていたのかも。あれから二世紀近く経つんだから」

「あの夜、彼女はわたしを誘いだそうとしたの。正面玄関を叩く音がして、窓の外は吹雪《ふぶ》いているように見えた」

「でもドアを開けたら、吹雪いてなんかいなかった」クレオがあとを引き取った。

「どうしてそう思うのかはわかった」トレイが言った。「吹雪いていなかったとしても、もしソニアが外に足を踏みだしてドアが開かなくなっていたら――長くて寒い夜になっていただろう」

「ドブスは喜んだでしょうね。そのころは、ヨーダもクレオもいなかったし。それに、あなたも。でもいまは、こんなことを言うとクレオみたいだけど、クローバーもわたしたちのことを見守ってくれていると思う。できる範囲で」

ソニアの携帯電話から《そばにいるよ《アイル・ビー・ゼア・フォー・ユー》》が流れだした。

「ほらね」

「そろそろ肖像画を見せてもらえるかな？」

「ええ、行きましょう。感想が聞きたいわ」

三人はそろって音楽室に入った。

「この顔」トレイがつぶやいた。「たしかにクローバーだ。美しい絵だね。幸せそうで……でも穏やかで」

「あなたは彼女の写真も二度見たことがあるのよね。でも妊娠はしていなかった」

「ああ、こんなふうではなかった」

「それについても考えたのよ」

ソニアがクレオに目を向けた。「また仮説の時間？」

「クローバーは死んでしまったから、自分の赤ん坊をあやしたり、お乳をあげたり、腕に抱いたり、歌を歌ってあげる機会が一度もなかった」クレオが息をついた。「もし選択できるとしたら、あたしは心から望んだのに決して手に入らなかったものをしょっちゅう思いだしたくないな」

ソニアは今回は目をぐるりとまわす代わりにクレオの手を取った。「それなのに彼女はいまでも音楽をかけてくれるし、幸せそうな雰囲気を感じさせてくれる。少なくとも不満は感じさせない。きっとすてきなお母さんになったでしょうね」

携帯電話から《レット・イット・ビー》が流れた。ソニアはポケットの上から電話に手をのせた。

「ふたりの絵がここに、まさにここにあるのはしっくりくる」トレイが感想を口にした。「ふたりそろって。もしかすると……きみならほかの絵も見つけられるかもしれないな。アストリッドとクローバーのあいだに存在した花嫁たちの絵を」

「今朝、あたしも探してみたの」クレオが肩をすくめた。「見つかるかなと期待したけど、ソニアがこの二枚を見つけたということはソニアしだいなのかもしれない。見つかるかどうかも、いつ見つけるかも」

「わたしも考えたわ。もしゆうべ歩き続けていたら、もし最終的に……どこか別のところへしばらく行っていたらって。次は起こさないでもらおうかな」

「そんな、ソニア」

「これはヘスター・ドブスの仕業じゃない。こうした出来事のどれも彼女がしたことではないと確信を持てる。呪いを解く鍵は――自分が呪いなんて口にしているのが信じられないけど――指輪を見つけることにある。わたしが見たり聞いたり感じたりするほどに、それが重要に思えてくる」

「ソニアが歩きだしたら、ぼくに電話してほしい」トレイがクレオに言った。「そして彼女から離れないでくれ。鍵が必要だな。いざというとき、家に入れるように」

「ええっと」

ソニアは反射的にブランドンに鍵を渡したときのことを思いだしたが、すぐに頭から追いだした。

トレイはブランドンとは違う。これっぽっちも似ていない。

「わかったわ。たしかに鍵は持っていてもらうべきね。すぐには午前三時にさまよって……その……タイムスリップはしないかもしれないけど。でも、ふたりがいてくれると思うと気持ちが楽になる」

ソニアは首を振った。「ほかにも考えなければいけないことがあるわ。たとえばお皿を洗うとか、犬を外に連れだすとか」

三人が戻ってみるとキッチンは、予想していなかったわけではないが、ぴかぴかになっていた。

「うっかりしてた。モリーは仕事が早いのよ。あの鳥がまた出てこないと思えるまではヨーダにつき添って歩いたほうが安心だわ」

「ぼくはコートを取ってくる」

「さてと」トレイがいなくなるとクレオが言った。「あたしは引っこむとするわ」

「そんな必要ないわよ」

「いいの。一時間は絵を描いて、それからタブレットで何か観るか、本を読むから。そのあとは一緒に丸くなって寝る人がいるあなたをうらやまないように努力する」

「夕食はすごくおいしかったわ、クレオ」

「よかった」

人は歩き、犬は駆けまわった。

屋敷の周囲を歩きながら、ソニアはクレオのアトリエの明かりを見あげた。

「クレオがあそこにいると思うと本当に安心する。屋敷で起きることに、彼女はほとんど動揺しないの」

「冷静な人がそばにいてくれてよかった」

ソニアは頭をもたげてトレイを見あげた。「たくさんの人が――本当にほとんどの人が、少なくとも最初は――クレオのことを冷静だとは思わないわ。でも冷静なの。どんなことも受け入れてくれて、なおかつ冷静だなんてなかなかいないでしょう。大学で彼女のルームメイトになれてラッキーだった」

「ぼくに言わせれば、お互いにそうだと思うよ」

「それはそうかも。初日にわたしが部屋に入ったら、クレオはすでにすごく狭い自分のスペースにいろいろ置いていたの。壁には自分の作品、小さな棚にはクリスタルと写真と本、ふわふわの赤い羽根布団の上には枕が置いてあって、〝想像せよ〟と書かれてた」ソニアは犬をせかして家のなかへ入れた。「それまで一度も誰かと同じ部屋で暮らしたことがなかったから、他人と暮らすこととか、どうすればうまくいくかとか考えて神経質になっていたの。ふたりとも専攻が美術で、その共通点があるのはわかってた。でもわたしはボストン育ちで、彼女はルイジアナ出身。暮らしてみるまではなんとも言えなかった。だけど彼女の作品を見て、間違いなく通じるものがあるとわかった」

ソニアは犬の脚を拭いてから体を起こした。「そして彼女がジーナをくれた」

「図書室にある植物だね」

「当時はまだ本当に小さかったの。クレオのおばあちゃんが別のセントポーリアから株分けをして、ルームメイトにあげなさいってクレオに渡したんですって。幸運を呼ぶ植物だからって。それから必ず名前をつけるようにと言われた。わたしがジーナにすると伝えた瞬間に、クレオは顔を輝かせたわ。わたしが荷ほどきを終えるころには、ずっと前からの知り合いみたいになってた」

二匹の犬はわれ先にと階段をのぼっていった。

「運がよかったね。ぼくの大学での最初のルームメイトは……待ってくれ、彼にぴったりの言葉を考えるから。ああ、そう、〝ゲス野郎〟だ。聖人ぶったゲス野郎」

「驚きだわ。あなたは誰とでもうまくやれる人だと思ってた」

「ぼくは白人でゲイでもなく、おかたい家庭――しかも高額納税者――だった。ぼくのことを自分と同じようなクリスチャンだと判断したんだろう。自分のグループに属する人間だと考えたんだ――そうした部類に入らない人たちを目の敵にする人間だとね。やつの戯言《たわごと》を無視しようとしたり、言い争ってみたり、さえぎったりしてみたが、数週間経ってから、ぼくはバイセクシュアルで、無神論者で、曾祖父《そうそふ》はパイユート族で、両親は夫婦以外の相手と性的関係を認める主義だと言ってやった。相手は出ていったよ。これがやつとうまくやった方法だ」

感心してソニアは図書室のドアの前で足をとめた。「嘘をついたのね」

「そうするか、顔を殴りつけるか、ふたつにひとつだった。やつの衝撃を受けた顔を見て、顔面を殴ったのと同じくらいの満足感を味わったね。とにかく、そのあとは別のルームメイトが来て、そいつとはうまくいった」

「彼がどうなったかは知っているの？　聖人ぶったゲス野郎のことだけど」

「考えてみたこともない」

「そうでしょうね。あなたにはそういう意志の強さがある。さてと、わたしが作成したあなたの事務所のウェブサイトを見てどう思うか感想を聞かせて。実際に使えるところまではまだいっていないんだけど」ソニアは言った。「いくつか追加したり、微調整したりしてからテストをするから。でも雰囲気は伝わると思う」

ソニアは画面にウェブサイトを立ちあげてから脇によけた。

「すでにかなりよくなっているな。印象もずいぶん変わった。オフィスと建物の写真を使うというきみの考えは正解だったな。それにこの色彩とフォント。凝りすぎている感じはしないが単調でもない。事務所を設立した年が目立つ配置になっているのも気に入った」

「業界で半世紀の歴史があるならそれをひけらかさないと。〝弁護士〟のタブを見て」

トレイがタブをクリックして微笑んだ。「このエースを見てくれ」

「あなたのお母様はわたしのメインのカメラマンになる危険にさらされているわ。ほかにも選択肢はあったけど、それがわたしのお気に入り。もしトップページの文章か経歴に修正があれば原稿を送ってね」

「修正したい箇所はいまのところ見あたらない。ああ、父がいた。かしこまっていない写真もいいね。これもきみの言ったとおりだ。ということは、ぼくも載っているのかな」トレイが画面をスクロールしていった。

「あなたたちは三人とも親しみやすくて相談しやすく見える。背景、法律書、デスクなんかはプロという感じがするし。コリーンの腕は本当にすごいわ」

「いつもそう思っていた」

「スタッフも見て」

トレイがクリックして口元をゆるめた。「これはこれは。セイディーは片足立ちでジャグリングができそうだ。まあ、それは彼女の日課だけど。申し分ないよ。経歴にも必要な個人情報だけが載っている。エディは本当に熱心な人間という感じがする。実際そうなんだが。それから……」

トレイが言葉を切って爆笑すると、二匹の犬が駆けてきた。

「ここにムーキーを載せたのか。見てみろ、ムーク、おまえは法律アドバイザーだぞ」

「この写真を加えることで、何か、そうね、親近感がさらに増すと思って。でもやりすぎだったら——ごめんね、ムーキー。エースとデュースがどう思うか確認してみて」

「これは満場一致で賛成だろう。かわいいし、おもしろいし、いい案だ。おまけにムーキーの経歴もつけたのか」

トレイの反応を見て、個人的にも仕事の面でもソニアの気持ちは高揚した。

「詳細はルーシーから聞いたの。あなたには新鮮な目で見てほしかったから」

「このサイトを言い表す言葉がまだあった。〝新鮮〟だ」

「インターンシップ制度のタブもあるわ。まだ完成していないんだけど、枠組みは載せてある」

「どれどれ、これまでのインターンを十人以上も掲載したのか。彼らの現状も添えて」

「あと数人は返事待ちよ。この制度を二十年近く続けているなんて知らなかったわ」

「ぼくの前の代から始まったんだ。これはすごいよ、ソニア。本当に期待をはるかに超えている」

「それこそ聞きたかった言葉よ」

ソニアは便箋と名刺のデザインを見せた。

「一貫性を持たせると言っていたが、そのとおりだね」

「実際にこの案で進めて納品するまでにはあと一、二週間かかるけど、レターヘッドと名刺に関してほかのふたりの弁護士さんの了承が取れたら、セイディーに発注してもらうこともできるわ。今夜の相談はこんなところね」

ソニアはコンピューターの電源を落としてトレイの腰に両腕をまわした。「泊まってくれるとうれしいわ」

「バッグは車に積んである、念のために」

「取ってきたら？　でも、あとでね」

「あとでだ」

トレイにキスをされると一日の出来事が頭から消えていった。

しばらくしてトレイはバッグを取りに行き、また服を脱いでベッドに横たわるソニアの隣に戻った。

「クレオがうらやむのも当然だわ」

「なんだって？」

ソニアが脚をからめてきた。「彼女には体を寄せて一緒に丸くなる人がいないんだもの。こんなふうに」

「ボストンにもいないのか?」

「特別な人はいないわ。彼女のおばあちゃんが言うには、恋人というのはくっついては離れていくものだけど愛はひとつしかなくて、どんな嵐が来ようとその人が彼女の錨《いかり》になってくれるそうよ。その考えをクレオは気に入っているの」

「クレオの部屋の明かりはまだついているね」

「たいてい夜遅くまで起きているの。あなたが朝九時前にクレオを見かけることはほぼないわ。十時過ぎに姿を見せることが多いから」

「それなら帰る前に彼女には会えないな」

「その確率が高いわね。トレイ、もし今夜わたしが起きだそうとしたら、その、前みたいに無意識にという意味だけど、引きとめてくれる? 今夜はああいうことはいっさいしたくないから」

「引きとめるよ」トレイはソニアの髪に軽くキスをした。「ぼくがここにいるときにそうした行動を取ったことはないだろう。だけどよく寝言は口にしているね」

それを聞いてソニアが頭をあげた。「わたしが? なんて言ってる?」

「聞き取れたことはないな、これまでは」

「寝言なんて言ったことはなかったのに」

「どうしてわかるんだ？　眠っているのに」

ソニアは笑いながらトレイに体をさらにすり寄せて、うとうとし始めた。「大学一年のときにクレオと過ごした部屋は、宮殿とはほど遠かった。寝言を言っていたなら彼女が耳にしたはずだし、話してくれたはずよ。それに三十代が迫っている女性だから、ほかの人とベッドをともにしたことがあるのを打ち明けるけど、わたしが寝ながらしゃべっていると言った人はいなかった」

「最近のことなんだね。納得した」

「うーん、今夜は鏡の向こうに行きたくない」

「ぼくがついてる」トレイはささやいて、ソニアが眠るまで起きていた。

トレイが時計の音で目を覚ますと、ソニアがため息をついて身じろぎした。彼女がつぶやくのが聞こえた。「わかった。ええ。いま行くわ」

体を起こそうとするソニアをトレイは引き寄せた。「今夜はぼくのそばにいてくれ」

ソニアがふたたび身をよじろうとしたが、トレイは放さなかった。「いいから一緒にいてくれ」

ソニアが口をつぐむ前に、リジーだかリシーと言った気がした。

「彼女が待ってる」

「もう少し待ってくれるよ」

静けさのなか、ピアノの音色が流れてきた。女性のすすり泣きが聞こえ、どこかでドアが閉まる音がした。


翌朝にトレイが服を着ながら昨夜のことを教えてくれた。

「リシー」ソニアは言った。「そうに違いないわ。オーウェン・プールはアガサが亡くなったあと、二年もしないうちに再婚したの。その長女がリスベス。だからたぶんリシーと言ったのね。彼女は結婚したその日に亡くなった。家族史に載っていたわ、クロゴケグモに何カ所も刺されたって——一九一六年のことよ」

「全部覚えているのか？」

ソニアは自分のこめかみをつついた。「いまでは亡くなった七人の花嫁全員の名前が刻まれているの。いつ、どんなふうに亡くなったかも。もっと読まないといけないけど、そこまではわかってる。クレオから家族史を返してもらうわ。でもリシーの名前については確かよ。リスベス・アン・プール。彼女が誰と結婚したかは思いだせない」

「行くぞ、ムーク。聞いてくれ、今週の土曜はミーティングがあるけど、終わったら戻ってくる。保管場所をもう一度見てみたいんだ」

「ええ、わたしも見直すべきだと思う」

「オーウェンにも来てもらおう。たくさんの目で見たほうがいい」

「助かるわ、トレイ。本当に感謝している。ただ、あの鏡が見つかるとは思えないの。鏡が見つけてほしいと思わない限りは」

「それがなんだろうが、生き物じゃないんだぞ」

「そう？　わたしはもしかしたらと思い始めているわ。コーヒーを飲んでいく時間はある？」

「コーヒーのためならもちろん時間はあるさ」

トレイがコーヒーを飲んでベーグルを半分食べているあいだに、二匹の犬は外に出てまた戻ってきた。ムーキーは朝食をがつがつと食べ、トレイは九時前には出かけていった。

二十分後、クレオがキッチンに入ってきた。服を着替え、家で過ごすときのメイクをし、髪をまとめている。

「今日は土曜日よ、忘れたの？」ソニアはきいた。

「そうじゃないわ。普段はどんなときでも土曜日の十時前に起きるなんて反対だけど、ゆうべ絵を描き始めて気分が乗っていたから、どんな感じで進んだのか朝に見てみたくて。トレイと忠実な猟犬は？」

「朝のミーティングですって。でも戻ってくるわ。たぶんオーウェンと一緒に。トレイは保管場所を見直したいらしいの」

「やった」クレオが自分のカップにコーヒーを注いだ。「あたしも同じことがしたかったし、ふたりにあの収納箱をアトリエまで運んでもらえるでしょう。よく眠れた？」

「いつもの時間にまた起きだそうとしたら引きとめてほしいと、あらかじめトレイに頼んでおいたの。そうしたらやっぱり起きようとしたから、彼がとめてくれたわ。おまけにわたしは寝言を言ったみたい」

「いやだ、言わないわよ。言うならあたしも聞いたことがあるはずだし」

「ところが、いまは言うの。ゆうべは誰かに〝これから行く〟と言ったらしいわ。それに〝リシー〟と口にしたそうよ」

「リシーってリスベスのこと？」

「それしか考えられない。順番としてアガサの次は彼女だから」

「亡くなった原因はなんだっけ？」クレオが目を閉じて、ソニアが答える前に手で制した。「待って、思いだすから。そうだ、クモに嚙まれたのよ！」クレオが言葉を切って身震いした。「クモってどうしてあんなに脚が必要なの？」

「クモだから?」

「四本以上脚がある生き物ってぞっとする」

「何人もの霊と、死者と、悪意を持った魔女が住み着いている屋敷と比べても?」

「そのとおりよ。どんなときでもクモより亡霊を選ぶわ。何カ所も嚙まれたのよね。いま思いだした」

「たしか十カ所以上とか? そんな気がする。わたしもちょうど思いだしたけど、クロゴケグモに嚙まれて死んだのよ」

「十三カ所――ウエディングドレスとか残りのものを脱がせてわかったのよ。クモは一匹だったのかもっといたのかわからないけど、そのときにはすでに多すぎる脚で逃げたあとだった。ドレスか下着にどうにかして入りこんだみたい。もちろんいまなら抗毒素を打っていたはずよ。そうすれば病気にはなっただろうけど――おそらく――死ぬことはなかった。とはいえ、わからないわね、そんなにたくさん嚙まれたら。二十世紀の初めには大勢の人が毒グモのせいで死んでいるの。あたし、調べたのよ」

クレオがコーヒーを飲み干した。「彼女は踊っていた。そろそろさがって新婚旅行用の服に着替えるころあいだった。でも、その機会は訪れなかった。花婿は打ちひしがれたけれど、彼についてもう少し読んでみたら、悲しんだ最大の理由はリスベスが金持ちの相続人だったからだと思うわ」

「悲観的な意見ね」

「あたしはそんなふうに読み取ったわ」

ソニアはじっとしていられずにポケットに手を入れて、窓辺まで行ったり戻ったりした。「トレイに引きとめてもらうんじゃなくて、ついてきてもらえばよかった。ただ、ゆうべは鏡の向こうに行きたくなかったの」

「ソニア、あなたにはそうする資格がある。ほかの女性が人生で一番幸せな日に死ぬところを目にするとわかっていたら、あたしだってつらいと思う。ひと息入れたいのなら入れるべきよ」

「ひと息つけたと思うわ。今日は村を散策したいと言っていた気がするけど」

「そのつもりだったんだけど、あの絵にはまっちゃった。散策はたぶん明日ね。これからアトリエに直行して、自分が思ったとおりに描けているか見てくるわ。あなたは大丈夫？」

「平気よ。土曜日にはしなきゃいけないことが山ほどあるから。まずは運動ね。いいえ、それはやめておく。コリーンが来るから」ソニアは時間を確認した。「もうすぐね。トレイが何時に戻るかはわからないけど」

「あたしのアトリエは正面に向いているからトレイが来たら見えるはず。それか、帰ってくるのが聞こえるわ。たぶんだけど。もし気づかなかったら誰かが呼びに来て。

あの収納箱がどうしてもほしいし、もう一度ざっと目を通してみたいの」

ソニアは洗濯機に洗い物を放りこんで、見苦しくないように身支度を整えた。

コリーンは仕事を頼みたいカメラマンであるだけでなく、トレイの母親だ。

十時半ちょうどにコリーンがドアベルを鳴らした。

娘は母親に似るとはよく言ったものだとソニアは思った。コリーンは土曜の朝にふさわしく、黒のパンツにふわりとした白いシャツを合わせ、細い縦縞《たてじま》のベストを着ていた。

「わざわざ来てくださってありがとうございます」

「あなたの話には興味をそそられたもの」

「コートをお預かりします。説明はすべて階上《うえ》でさせてもらいます。そうすれば構想の一部を見ていただけると思うので」

「あなたがこんなふうに暮らして屋敷を有効に使ってくれたら、コリンもうれしいと思うわ。トレイの話によれば、お友だちが越してきたとか」

「はい。クレオはアトリエにいます。彼女にぴったりの空間なんです。彼女はあの場所を有効活用しているだけでなく愛しているので、コリンに喜んでもらえるといいなと思っています」

「いま、あなたのそばにはこのかわいいワンちゃんといいお友だちがいるのね。そして……トレイも」

「はい」

「トレイは一人前の大人よ」コリーンは最後にヨーダをぽんと叩いてから体を起こした。そしてソニアの目をまっすぐにのぞきこんだ。

「わたしはあの子がいい選択ができるように育てたつもり。あの子の母親としては当然、あなたはいい選択をしたと思っている。トレイと一緒にいるという選択をね。この話はここまでにしておきましょうか」

「トレイはとても親切です」

コリーンが眉をあげた。「この子犬もね」

ソニアは感謝をこめて笑った。「トレイがどれほどすばらしいかまだまだ言い足りないけれど、おっしゃるとおり、ここまでにしておきますね。どうぞ階上《うえ》へ」

「センスがあるじゃない？」コリーンが図書室に足を踏み入れた瞬間に言った。「コリンは——また彼の話を持ちだして悪いけれど、彼は本当に大事な友人だったの。これを見たらきっととても喜ぶわ。創造性があって実用的で」

コリーンが向きを変え、アイデアやコンセプトをまとめたムード・ボードに目をやった。「〈ライダー・スポーツ〉ね。ええ、あなたが何を求めているのかわかる」

「躍動感のある写真は見つけたんです。もちろん、そのうちの何人かはモデルでポーズを取っているだけですが。新聞や雑誌の記事から選んだものもあります。高校の陸上競技会、ヨガのクラスなどから。それは実際にクレオが戦士のポーズを取っているところです。彼女がボストンで通っていたスタジオで自分たちのウェブサイトに載せるために撮ったんですよ」

「魅力的な人ね。それに柔軟性がある」

「彼女は両方を兼ね備えています。広告イメージに動きがほしいんです。場合によっては、努力や満足や汗を表現したいんです。手をつけ始めた基本的なデザインをお見せしますね」

ふたりは並んでデスクに座り、ソニアが画面を切り替えていった。

「さっきも言ったけど、あなたにはセンスがあるわ」

「この仕事に値するほどあればいいんですけど。それぞれに一番適していると思う人物とスポーツ、器具をリストにしました。いまのところ、クレオとトレイの協力は取りつけてあります」

コリーンが振り向いてゆっくりと目をしばたたいた。「トレイにうんと言わせたの？」

「トレイは野球が好きですから、ボールを受けるシーンをお願いしました。オーウェンがジムを利用しているとトレイから聞いたので、バーベルを持ちあげる役をお願いしようと思っています」

　息子のゆったりとした笑みとは違い、コリーンは一瞬で破顔した。「待ちきれないわ。ほかには誰がいるの？」

　残りの候補者を聞いてコリーンがさらに助言をくれた。彼女の知り合いや撮影場所について。

「あなたならこのコンセプトをふくらませてくれるアイデアを絶対にお持ちだと思っていました」

「ええ、アイデアなら持っているわ。あなたの知らないわたしの知人に連絡を取らせてちょうだい。わたしはその気になれば押しが強いの」

「それはトレイが口にしていました。せっかく来ていただいたので、あなたの写真をどんなふうに〈ドイル法律事務所〉のウェブサイトに取り入れたか見ていただけますか？」

　トレイと同じくコリーンも画面をスクロールして、それからうなずいた。

「白状すると、ウェブサイトのリニューアルがどうしても必要だとは思えなかったの。でも、これを見たらどう？　やっぱり必要だったのよ。このサイトは事務所とそこで働く人たちを表している。いいチームワークができあがっていることも」

「同感です。アンナの案件や法律事務所の仕事ではお金は受け取られないでしょうけれど、今回の依頼は違います」

「そうね、報酬はいただきたいわ」

「階下《した》でコーヒーか紅茶でも飲みながら、条件について話しませんか？」

「あなたの実力は見せてもらったわ」コリーンが階段をおりながら言った。「自分の実力も把握している。もしあなたが〈ライダー〉の仕事を獲得できなかったとしても、それはあなたのせいでもわたしのせいでもない。向こうにセンスがなかったのよ」

「その考えを念頭に置いておきます」

「あら」コリーンが音楽室の前で足をとめた。「別の花嫁ね。あれは……」

「リリアン・クレスト、クローバーです。ジョアンナの肖像画と同じ場所で見つけたんです。父が描きました」

「なるほどね。もちろん、なるほどと言ってもまったく見分けられないんだけど。あれはあなたのお父様の作品で、それをあなたはここで見つけた。お父様とコリンを産んだお母様の絵を。彼女の写真は見たことがあるわ。デュースが作った家族史でね。でも、きれいに撮れていなかった。これは……すばらしいわ。昔はよく、コリンの口は世界一セクシーだと言ってからかったものだけど、誰から受け継いだかわかったわ。そして、あなたも受け継いでいる」

コリーンがソニアの腕に手を置いた。「それに一度も会わなかった兄弟の絵が並んでいるのもすばらしいわ」

ソニアの携帯電話から《兄弟の誓い《ヒー・エイント・ヘヴィー・ヒーズ・マイ・ブラザー》》が流れた。

「クローバーもそう思っているみたいね。さてと」コリーンがソニアの肩をさっとさすった。「紅茶をいただきましょうか」

26

　お互いに満足できる条件で合意すると、コリーンが椅子に深く腰かけてキッチンと居間を見まわした。

「ここにもちょっとした小物が置かれているのね。銅製の広口瓶、それにあれは――ローズクォーツかしら？　水晶の原石ね。窓辺に並ぶハーブの小さな鉢。特に窓につるしてある青いボールが気に入ったわ。たしか魔女のボールと呼ぶのよね」

「クレオにはいろいろな才能があるんです。あのボールは彼女が作ったんですよ」

「そうなの？」興味をそそられたコリーンは立ちあがってしげしげと見つめた。「手吹きガラスね？　彼女がそんなことまでやっているなんて」

「クレオの知り合いが手吹きガラスをやっていて、年に何度か教室を開くんです。それに参加して作ったとか」

「あなたたちはふたりとも、間違いなくセンスがあるわ」

「もしアンナが一日レッスンを開くとしたら、クレオが真っ先に申しこむことを保証します」

「興味深い意見ね」

「コリーン……ジョアンナについてお尋ねしてもいいですか?」

「わたしたちは友だちだった。親しい友だち。それ以上だった」コリーンがそう言いながら椅子に戻って腰をおろした。「姉妹みたいな感じね。わたしたちの絆は、あなたとクレオの絆のようなものだと思う。だからわかってもらえるんじゃないかしら」

「わかります」

「わたしがふたりを、ジョアンナとコリンを引きあわせたの。それから彼らが恋に落ちるのを見守った。ああ、みんな本当に若かった」コリーンが悲しげな笑みを浮かべて目を閉じた。「自分たちの姿がはっきりと見える。ジョーがわたしのウエディングドレスを選ぶのを手伝ってくれて、数年後にわたしが彼女のドレス選びを手伝った」

コリーンがソニアに視線を戻した。「いい思い出だわ――こうしたいい思い出はいつでも積み重ねておくべきね。彼女は教師だった。ああ、彼女は子どもが大好きだったの。ジョアンナとコリンは屋敷を子どもたちでいっぱいにしたいと言っていたわ」

「トレイから聞いたどの話からも、ふたりがすばらしい父親、母親になっただろうということが伝わってきました」

「それは間違いないわ」コリーンは過去に思いを馳せながら、ソーサーの上でティーカップをまわした。「ジョアンナは聡明でユーモアがあって、しっかりと自立していた。特定の問題に関しては自分の考えを曲げなかった。女性の権利、子どもの身体的、精神的な安全について強い関心を寄せていた。彼女とコリンは時間をかけてゆっくりと恋に落ちていったけれど、ふたりとも独身でいることに満足していたの。デュースとわたしの場合はばちんと衝撃が走って、さあつきあいましょうという感じだったけれど」

コリーンが笑いながらかぶりを振り、紅茶を口に運んだ。「でもふたりが恋に落ちたあとは、その関係は揺るぎなくて強固なものだった。結婚式は、六月の終わりに庭園で行われたわ。いたるところに花が咲いていて美しかった。わたしはジョアンナが屋敷のなかへ戻ったことに、階上《うえ》へ向かったことに気づかなかった。彼女がなんのためにそんな行動を取ったのかは一生わからないでしょうね。わたしが一緒に行っていれば、もしかしたら……」

「いいえ」ソニアはコリーンの手に自分の手を重ねた。「あなたは知りようがなかったんです」

「わたしたちは呪いなんて信じていなかった。亡霊が出る？　いずれにしてもそれは単純に興味の対象でしかなかった。誰もジョアンナが落ちるところは目にしていない。彼女はただ……逝ってしまった」

「とても残念です」

「そのせいで彼のなかで、コリンのなかで何かが壊れてしまった。わたしもそう、しばらくはね。そして、わたしは彼女を見たの」

「ここで、この屋敷でですか？」

「ええ。あなたがジョアンナの肖像画を置いたあの音楽室で。コリンに食事を持ってきたときのことだった。彼女の葬儀から一週間ほど経ったころよ。わたしは音楽室へ入ったの――ふたりで楽しい時間を過ごした場所だったから。座って彼女のために、コリンのために、そして自分のために泣いたわ。そうしたらジョアンナがいたの。わたしが選ぶのを手伝ったウエディングドレスを着て。彼女は言った。〝もう泣かないで、コリー〟って。わたしのことをそんなふうに呼ぶのはジョアンナとデュースだけなの。〝わたしは愛を手に入れた。愛はいまでもわたしのなかに息づいている。コリンに生きるのをやめさせないで。わたしは彼のためにここにいるから〟って。彼女の名前を呼んで、駆け寄ろうと立ちあがったけど、ジョアンナはもういなかった」

「そのあと彼女の姿を見たことは？」

「ないわ。でもときどきジョアンナが好きだった香水の残り香が鼻をかすめたり、ふと気配を感じたりすることはある。それで彼女はここにいるとわたしにはわかるの」

コリーンが椅子の背にもたれて両手をあげた。「わたしは空想にふけるようなタイプではないけれど、ジョアンナがいることはわかる。彼女がいるのがわかるから、それが助けとなってわたしのなかで壊れたものが修復された。あなたは彼女の肖像画を見つけてあの部屋に、あの場所に飾ってくれたでしょう？　そこにあるべきだったと信じずにはいられないわ」

「わたしもそう思います。どちらの肖像画についても。あなたのおかげでジョアンナのことを本当の意味で知ることができました」

「ジョアンナとあなたは気が合ったと思うわ」コリーンがガラスのボールと花を生けた花瓶を手で示した。「わたしにはわかるの。あなたとお友だちがこの屋敷に持ちこんだちょっとしたものを、彼女もきっと気に入るはずだって」

「わたしはこの家が大好きです。クレオも同じです」

「屋敷を見ていればわかるわ」

「紅茶をもう少しいかがですか？」

「もうけっこうよ。でも、ありがとう。ジョアンナのことを尋ねてくれてうれしかった。あなたは彼女のことをもっと知るべきだと思うから。さあ、家に帰る前にいくつか用事をすませないと」コリーンが腰をあげてつけ加えた。「それに何本か電話をかけて、説得して、計画を立てないといけないもの」

「この仕事がもし決まったら——クレオには〝決まったときには〟と言いなさいって

注意されるんですけど」ソニアはコリーンを玄関まで送りながら言った。「それはあなたの写真の力によるところが大きいと思います」

「あなたのコンセプトとデザインでは写真が重要であることは否定しない」コリーンがソニアからコートを受け取った。「だからとびきりの写真を用意するわ。また連絡するわね」

ドアを閉めてからソニアがうれしくて小躍りすると、ヨーダも影響されて走りまわった。

「あえて口にする必要はないけれど、仕事獲得の可能性が跳ねあがったわ」

クローバーが図書室から流してくれる楽しい曲を聞きながら、ソニアはヨーダを散歩に連れていくためにベストとマフラーをつかんだ。

今日は人影が見えないことにソニアは気づいた。ときどきそこに立って外を見ているのは誰なのだろう。

ジョアンナ？　ほかの鳥？　モリー？

いまならジョアンナのことがわかる。肖像画に描かれている以上のことが。自分を信じ、ほかの人に気を配る女性が目に浮かぶ。友人をいたわり、愛する男性に生きることに目を向けてほしいと願う女性の姿が。

邪悪な霊より善良な霊のほうが多いのだ。ソニアは改めて思った。

顔をあげるとクレオのアトリエの窓からイーゼルの背面が見えた。ソニアはヨーダにぴたりとつき添いながら〈黄金の間〉をじっと見つめた。

いまはなんの動きもない。とはいえ、彼女が何か企《たくら》んでいることは間違いない。

車が近づいてくる音がすると、ヨーダにおすわりを指示した。「トラックに向かって飛びだしちゃだめよ。ムーキーが戻ってきたみたいね。おすわり、おすわり、おすわり」執拗に命じているうちに、ヨーダと同時にトレイのトラックが目に入り、ヨーダが勢いよく立ちあがった。「待て、待て、行け！」

犬が互いに挨拶を交わすあいだ、〈黄金の間〉の窓が三度叩きつけるように閉まった。何も飛びだしてこなかったものの、ソニアは警戒を続けた。

「ちょうどお母様と入れ違いね」

「帰っていく車とすれ違ったよ。母もチームに加わるんだね」

「そうよ」ソニアはトレイの厳しいまなざしとこわばった顎に気づいた。「何かあった？」

「いや、大丈夫。仕事のことだ。その話はできないんだが」

大丈夫と言いつつも、明らかにそのことを気に病んでいる。それがトレイの目に表れ、怒りと悲しみのあいだにとどまっているのがわかる。

「こっちのことはまた別の機会にしても――」

「いや、いいんだ。息抜きをさせてもらうよ」トレイが顎で窓を示した。「ドブスはずっと好き勝手なことをしていたのか？」

「いまだけよ。たいしたことじゃないわ」

ふたりは窓に背を向けて家の側面にまわり、マッドルームへ向かった。

「お母様から、すごくためになるアドバイスをいただいたわ」

「ああ、その件だけど。野球の話だ。きみは子どもを使いたいんじゃないかと思って」

ソニアは無邪気な笑みを向けた。「一直線に飛んでくる球を取れないんじゃないかと心配なの？」

「それくらい取れるさ。リトルリーグから高校までずっとセカンドを守っていたんだから」

「セカンド」無邪気さを保ったまま、ソニアはマッドルームのドアを開けた。「その長い腕と脚からして、ファーストだと思ってた」

「マニーがファーストで、オーウェンがショートだった。それで――」

「ああ、つまり順番としてはプールからドイルへ、そこから……」

「ガルシアだ。ダブルプレーもそれなりに取った。だが子どものほうが――」

「子どもはバスケットボールに使いたいの。それにお母様はほかの場面の提案もして

くれたわ。補助輪が取れたばかりの自転車の後ろを、母親か父親が支えているってい
う場面よ。オーウェンといえば、今日は来てくれるの？」

「もうすぐ来るはずだ」

「こうしましょう」ソニアは犬の脚を拭き終えてから、トレイの顔を両手で包んだ。

「お母様に写真を撮ってもらってから、その写真がどうしても気に入らなかったら別
の案を考える」

「それが公平だっていうのがどうにも気に入らないが」

「納得してくれてよかった。さてと、どこから始める？」

「まず階上《うえ》まであがって、あちこち見ながらおりてくるというのはどうだい？」

ソニアはベストとマフラーを小部屋のフックにかけた。

「オーウェンを待ったほうがいいわよね……」両方の犬が吠えながら正面玄関へ向か
った。「待ち時間は終わったみたい」

ドアを開けたとたんにジョーンズが颯爽《さっそう》と入ってきた。挨拶を受けてソニアの靴の
においをかぎ、認めると言わんばかりの顔をした。

「手伝いに来てくれてありがとう、オーウェン」

「おいおい、宝探しが嫌いなやつはいないだろう？」

「ジャケットは着てこなかったの？」

「車にある」オーウェンはジーンズに黒いTシャツ姿で、上にはおったフランネルシャツの前を開けている。「四月だからな」

「まず階上《うえ》にあがって、探しながらおりてこようかと思ってる」トレイがオーウェンに説明した。

　階段をのぼり始めると、三匹の犬が追い抜いていった。

「全員そろったみたいね」ソニアは言った。

「ラファイエット出身のお嬢さんは？」

「アトリエにいるわ。呼んでこないと」

　オーウェンが顔を前に向けた。「おれが行ってくる。屋根裏からか？」

「そこで落ちあおう」トレイがそう言い、オーウェンはふたりと分かれた。

　オーウェンは廊下を進んで小塔《タレット》に向かい、戸口で足をとめた。

　クレオは彼に背を見せる形でイーゼルと向きあっていた。片手に絵筆、もう片方の手には木製のパレットを持っている。

　アトリエの様子は、ほぼオーウェンの予想どおりだった。飾りたてているわけではないが、間違いなく女性らしさが感じられる。

　クレオは豊かな髪のほとんどを高い位置でまとめ、だぶだぶの色あせたシャツを着ている——作業着のようなものだろうとオーウェンは思った。

デスクに置かれたコンピューターからクジラの鳴き声が聞こえている。

ふと、クレオがさがって首をかしげた。すると絵が見えた。

未完成だとわかっていても目の前の絵に腹を殴られたような衝撃を受けた。

人魚が海岸のごつごつとした岩場に座っている。半身は海に、半身は岸辺に向いている。水面をかすめる尾は緑、青、金、赤とひと言では言い表せない、そのすべてにさらなる色を加えて描かれている。

オーウェンは心の目で攪拌《かくはん》された青い海と白い泡のなかで尾が揺れるさまをとらえていた。

完全な茶色でも、完全な赤でもない髪には薄いブロンドのハイライトが入り、むき出しの背中にかかっている。

未完成でも人魚の表情には穏やかさがうかがえる。その穏やかな顔にさまざま色彩が調和した夕日を浴びて、シロナガスクジラと思われるものの鳴き声がする方角を眺めている。

「やあ」オーウェンが声をかけると、クレオが絵筆を短剣のように握ってすばやく振り返った。

「驚かさないで！　いまので寿命が十年は縮んだわ」

「驚かされたと言うわりには武装しているようだが。ほかのふたりは屋根裏から捜索を始めている」オーウェンはそう言いつつも絵のほうに近づいた。「イラストとかそういうのを描くんだと思っていた。子どもの絵本とか」

「イラストも描くけど、ほかのものも描くわ。いまは人魚の本を製作中なの――卓上用の大型本よ」

「たしかに前に話していたな。そのために、まずはそういった絵を描くのか？」

「ええ、ときどきは。でも違うの。普段描くのはこんな絵じゃないわ。ここでは絵を描く時間があるし、この人魚は、その、ぱっと頭に浮かんだのよ」

「シロナガスクジラかい？」

「ゆくゆくはね。すぐに片づけて――」

「彼女は何を持っているんだ？　何かを両手で包んでいるみたいに見える」

「決めてないの。貝殻か、宝石かもしれない。たぶん貝殻ね」

「どれくらいなんだ？」

「どれくらいって何が？」

「彼女の値段だよ」

「まだ考えてないわ」クレオが絵筆を洗いながら肩をすくめた。

「おれが買う。いくら払えばいい？」

クレオが驚いて振り返った。「本気なの？　完成すらしていないのに」

オーウェンが投げかけた視線はいらだちと楽しさのはざまで揺れていた。「絵を売ったことはあるのか？」

クレオはふいにオーウェンが間合いを詰めてきた気がした。「あるわ、でも――」

「それならいくらにする？」

尻ごみさせようとクレオは思いついた金額を口にした。「五千ドル」

「わかった」

「わかった？　ちょっと待って。いまのは適当に言っただけ。そんなのギャラリーの値段よ――金額が上乗せされてるの」

「何が違うんだ？　ギャラリーの値段というのは？」

「ギャラリーに展示して売れたら、ギャラリー側にかなりの取り分が入るの。六十パーセントくらい」

「つまり、作家からじかに買うと二千ドルってところか？　それなら二千五百ドルにしよう」

クレオが黙って見つめていると、オーウェンも見つめ返した。「彼女を手に入れたい。飾る場所はある。取引をまとめてくれ、ナイルの女王」

クレオパトラ――クレオはキャンバスに視線を戻した。絵が売れたときの、つかの間の悲しみなら知っている。以前にも経験があるし、その悲しみが去っていくのもわかっている。

「応じるわ。ところで、小型ヨットの製造にはいくらくらいかかるものなの？」

オーウェンの目に、先ほどとは違うたぐいの興味が浮かんだ。「きみはヨットに乗るのか？」

「自分のヨットは所有したことがないの。でもボストンでは夏にかわいい小型ヨットを何度か借りたわ。ここでもそうしようと思っていたけど、自分のヨットがほしくなっちゃった」

「既製品とか中古のほうが安く買えるぞ」

「そうしたらプールズ・ベイでヨットに乗るあたしのために、プール造船会社が作ってくれた木製ヨットにはならないでしょう？」

その言葉を反芻《はんすう》しながらオーウェンはもう一度絵を見やった。心のなかではあの人魚はすでに自分のものだった。「物々交換をしよう。数週間は取りかかれないが」

「いつ絵が完成するかきかなかったわね」

「せかしたら早く仕上げてくれるのか？」

「それは絶対にない。むしろ、あなたをじらすためだけにもっと時間をかけるでしょうね。あなたも同じだという気がするわ」クレオが手を差しだした。「この絵が完成したら彼女はあなたのもの。ヨットが完成したらそれをあたしがいただくわ」

「商談成立だな」オーウェンは彼女と握手を交わした。「いい取引だ」


屋根裏では、トレイとソニアがかぶせたままだった布を取りのぞいていた。

「あのふたりは迷子にでもなったのか？」

ソニアはちらりとトレイを見た。「クレオは絵を描いていたから、片づけるのにちょっと時間がかかってるんでしょう。でも様子を見てきたほうがいいかしら。もうだいぶ経っているもの」

「あと少し待ってみよう。物音はしないし、犬たちもおとなしい」

「あなたもここでは鏡が見つからないと思っているのね」

「それでも探してみないとな」トレイが側壁に沿って軽く叩いていった。「空洞になっているかもしれない」

「隠し扉とか、使用人用のドアみたいに。わたしも音楽室で同じことをしたわ」ソニアもう一度試そうと反対側の壁に行って叩いてみた。

「鏡の前に立っていたのは覚えていると言ったね。ほかに覚えていることは？」

「鏡がどこにあったかは覚えてない。向こう側が見えたの、鏡を通して。動きが、最初は影みたいな感じで、だんだんはっきりしていった。それが覚えていることの一部だけど、荒唐無稽に聞こえるかしら？」

「いいや」

「わたしもそうは思わなかった」ソニアは別の布に手を伸ばした。犬がそろって頭をあげた。それから足音と、クレオの声が聞こえてきた。

「こっちから順に調べてる」トレイが声を張りあげた。

「ごめんなさい」クレオが髪を後ろに押しやりながら、オーウェンと屋根裏部屋に入ってきた。「取引をしていたの。どうやらこの人は美術品の蒐集家《しゆうしゆうか》みたいね」

トレイがオーウェンに向かって顔をしかめた。「いつからだ？」

「美術品ならいくつか持ってる。クレオはヨットがほしいそうだ」

「そうなの？」布をまとめていたソニアは驚いた。

「夏の日曜の午後に、プールズ・ベイでかわいい小型のヨットを操縦してみたいの。ちなみにあたしがほしい収納箱はあっちのエリアの奥よ。絶対に目につくわ。デイヴィ・ジョーンズの監獄（海難事故での死を表す慣用句。海の悪霊デイヴィ・ジョーンズに海底にとどめられたとする婉曲的な表現）よ。デイヴィ・ジョーンズの！」

笑い声をあげながらクレオが腰を折ってジョーンズを撫でた。「やっと手に入るわ」

「ええ、まあ、自己主張もときには必要ね」

「ふたりは向こうのエリアを見てくれないか？」トレイが指さした。「分かれたほうが広い範囲をカバーできる」

　クレオがトレイに悲しそうな顔をしてみせた。「ホラー映画であっという間に切り裂かれるのは、そんなふうに指示された登場人物なのよね」

「これは映画じゃない」そう言ってオーウェンは左手に向かった。

「はいはい」クレオがあとに続いた。

　作業は少しずつだが、着実に進んだ。クレオは念願の収納箱を手に入れ、ソニアは屋根上の見晴台《ウィドーズ・ウォーク》に置きたかったひと組のチーク材の椅子を見つけた。鏡はいくつか見つかった。壁掛け用、手鏡、姿見。けれどもあの鏡は見つからなかった。

　クレオは階下へおろすものを舞踏室に積んでいった。「史上最高のアンティークショップってところね。この小さなランプを見て」

　ブロンズ製の裸体の女神が土台で、透明感のあるピンク色のかたいシェードはクリスタルで飾られている。

「売春宿から持ってきたみたいだな」オーウェンが意見を言った。

「わかってる！　すてきだわ。あたしの居間のテーブルに置こうっと。あなたがほしいなら別よ、ソニア」

「それはあなたのものよ。アンティークショップ、売春宿、おばけ屋敷。誓って言う部屋は、ここへ来るたびに前は見かけなかったものがあるの。最初に来たときに布を全部はがしておけばよかった。ゆくゆくは、ここにあるもののいくつかを三階の寝室へ運ばないと。三階の寝室はすべてに家具が入っているわけではないし、こんなにいろいろなものがここに詰めこまれているのはもったいないわ。ゆくゆくは、の話よ」ソニアは繰り返した。「だって三階のどの寝室も当面使う予定はないんだもの」

「あの棟全部を使わないつもりか？　意地の悪い魔女の亡霊がひとりいるせいで？」

「オーウェン、あなたは彼女が怒っているときにここにいたことがないからそんなことが言えるのよ」

ソニアはうつむいて次の布を引っ張っていたので、トレイとオーウェンが視線を交わすのを見ていなかった。

「そろそろ犬を外に連れていかないとな。きみとクレオで行ってきたらどうだ」トレイが提案した。「オーウェンとぼくは収納箱を運ぼう」

「冷たいものを飲むのも悪くないわね」

「いまはコーラにして、お酒はあとよ」クレオが三匹の犬に向かって手を叩いた。「さあ、ギャングたち、トイレ休憩の時間よ」

トレイは犬の鳴き声と足音と女性たちの声が遠ざかるのを待った。「それで？」

「行こう。あの棟の部屋は覚えていない。あそこで過ごす理由がなかったからな」

「場所はわかる」

トレイが先を歩いた。

「はっきり言って、こっちのほうは不気味なんだよな。照明が消えているし」オーウェンが指摘した。「おれが消したんじゃないぞ。何かがおかしい。空気がひんやりしている」

「前はそんなことはなかった。少なくとも気づかなかった。でも、いまははっきりとわかる」

「ここがソニアが鏡のなかへ入るときの通り道じゃないかと心配しているんだな」

「ぼくもあの部屋でちょっとした経験をした。だが、ソニアが的を射たことを言っていた。鏡のことはドブスとは無関係だと。ますます冷えてきたな。ここだよ」

ふたりは〈黄金の間〉のドアの前に立った。吐く息が霧のように白く見える。

オーウェンがドアノブに手を伸ばし、あわてて引っこめた。「電気が走った。ぴっときたどころじゃない」

何かがドアを叩いた。

「ドアの木材が外側にたわんだぞ。見たか？」

トレイがうなずいた。ドアがまた叩かれた。

「ドブスは外に出ようとしてるのか？　それともおれたちを閉めだそうとしているの

か？」

トレイがセーターの袖で手を覆った。「おそらく両方だろう。ドアを叩け」

オーウェンが拳でドアを叩き、トレイはドアノブをつかんでまわした。

ドアが勢いよく開いた。疾風のようなあおりを受けてドアが壁にぶつかった。にもかかわらず、なかのものは微動だにしていない。窓辺のカーテンですらまっすぐ垂れさがったままだ。

ふたりの背後の窓が突然開き、叩きつけるように閉まった。暖炉に火がつき、火力を強める薪もないのに燃えあがった。

またもや壁から血がにじみだした。

「こいつはなかなかいけてるな」オーウェンが口を開いた。

一方で、トレイはソニアがドアを開けることを思うとかっとなった。

「こんなものはまやかしだ」

トレイは前に踏みだした。部屋に入った瞬間、ものすごい力で体が持ちあがり、床に叩きつけられた。

ドアがばたんと閉まった。

「おいおい！」オーウェンがトレイのそばにひざまずいた。「落ち着け、無理するな。強く打ちつけられたんだから」

「風にやられた。まずい、まずいぞ！」走ってくる足音を聞いてトレイが繰り返した。

「おい、おまえは死んだ女に空中へ飛ばされたばかりなんだ。恋人のことならなんとかできるだろう。もうしばらく横になってろ」

「ああ、どういうこと？　ふたりで何をしているの？　何を考えていたの？」

トレイは三匹の犬と女性ふたりと目を合わせるのを避けた。

「けがをしているわ。血が出てる。クレオ、救急車を呼んで」

「待ってくれ」トレイは鼻から血がしたたっているのを感じてぬぐい取った。「救急車は必要ない。ほら、ムーク、おまえはさがってろ」

「こいつなら心配ないよ」男同士で腕を取りあい、オーウェンがトレイを立たせた。

「頭を打ったの？　めまいはする？」

「ああ、こつんとぶつけたな。いや、めまいはしない」

「だからわたしたちを外に出したのね。とんでもないことをするじゃない、ふたりして。まったく度を過ぎてる」

腹を立てると同時に怯えている。それに気づいたトレイはソニアの両手を握った。

「きみの言うとおりだ、やりすぎた。すまない」

「聞いてくれ。トレイは氷嚢《ひょうのう》を使ったほうがいいかもしれない。おれたちに腹を立てるのは階下《した》でってことにしないか？」

「いいわ、今日の捜索はおしまいね。腹を立てるのに場所は選ばないし」

「本当にすまなかった」ソニアが手を引こうとしたが、トレイは彼女の手を握り続けた。「〈黄金の間〉をもう一度見たいときみに言っておくべきだった。だが、もう一度見に行くときには、きみは家の外にいたほうが賢明な気がしたんだ。とはいえ、正直に話さなかったことの言い訳にはならないが」

「アンナの言っていた意味がはっきりわかったわ」

「なんの話だ？」

ソニアがかぶりを振った。「氷嚢とビールを持ってくる。それから全部説明してちょうだい」

オーウェンはクレオがためらっているのを感じ、彼女に合わせて歩調をゆるめた。

「やっぱり怒っているのかい？」

「ソニアのために怒ってる。ただ問題は、あたしもあなたたちとまったく同じことをしようと考えていたこと。だから、できるだけ口を開かないようにしているの」

「賢明だな。だが、ひとりでは試さないでくれ。頼むから」

「なかに入ったときに助けになるかもしれないものをいくつか持っているの」

「おれは目に見えない何かがトレイを床に叩きつけるのを見たばかりだ。二メートル以上も飛ばされて、壁に激突した。まるで超人ハルクに放り投げられたみたいに。ひとりで行こうとしないでほしい。まさにビールが飲みたい気分だ」

キッチンでソニアはそっけなく無言のまま氷嚢を用意してタオルを濡らした。

「これで鼻を押さえて」

「血はとまったよ」

「わかってる」ソニアは腹を立てながらもトレイの後頭部を指で優しくたどった。

「小さなこぶができているけど、血は出ていないわね」

ソニアは氷嚢を渡した。「これをぶつけたところに当てて」

「わかった。ありがとう。ソニア、あの部屋を永遠に閉鎖しておくことはできない」

「どうかしら。いまあるドアの上にスチール製のドアを取りつけようかと思っているんだけど」

ソニアはビールを二本取りだして栓を開けた。一本をトレイに、もう一本をクレオと一緒に入ってきたオーウェンに勧める。

「あなたはけがをしたのよ。もっとひどいことになっていたかもしれない」

「だが、そうはならなかった」

クレオがソニアの腕を軽く叩いた。「ワインを持ってくるわね。あたしたちが外にいたら、あの部屋の窓が音をたてて閉まったの。ガラスが割れなかったのが不思議なくらい、すごい勢いで。それで犬たちが騒ぎ始めた」

クレオが開封済みのワインボトルのストッパーを外して、ふたつのグラスに注いだ。

「犬が大騒ぎしたから、みんなで急いで家に戻ると、犬が吠えたりうなったりしながら上階《うえ》へ向かったの。そうしたら、ばんっと扉が閉まる音と何かがぶつかる音がして。あなたが叫んでた」

オーウェンがビールをまたごくごく飲んだ。「そうだったか?」

クレオがうなずいた。「次はあなたたちが説明して」

「おれのせいなんだ。あの部屋のことは知りつくしていたが、ドブスのことはまた聞きしただけだった。だから、それなら見に行ってみるかってね」

「友だちをかばうなんて、すばらしい友情ね」落ち着いてきたソニアはワインを口に運んだ。「でも、トレイはいい歳をした大人よ——どう見ても——自分の行動には自分で責任を取れるわ」

「それはそれとして。そうしたらあっちの棟の明かりが消えて——陰気な感じになって。空気が冷えてきて。気がついたか?」

「いいえ」ソニアはクレオに目を向けてから首を振った。「でも、わたしたちは床でぐったりしているトレイに気を取られていたから」

「あれをぐったりとは言わない」トレイが口を出した。

トレイがどんな詳細ももらさないように慎重に話しだした。ソニアに対して不誠実にならないように。誠実でなかったことは認めなければならない。

「それなら前のときとほとんど同じね」ソニアの怒りは消え、かすかな不満だけが聞き取れた。

「ほとんど同じだ」トレイが言った。「だが、まったく同じだったわけじゃない。今回はドブスを見た」

「彼女を見た?」クレオが即座にトレイの横の椅子に腰をおろした。「それなのに、真っ先にそのことを言わなかったの?」

「一瞬だったんだ。女性で黒いドレスに黒い髪。きみたちよりももっと怒っていた」

トレイはオーウェンのほうを向いた。「おまえは見なかったのか?」

「吹っ飛ぶおまえを目で追うのに忙しくてね。おまけにドアがばたんと閉まったし」

「ソニアが何枚かドブスをスケッチしていたんだ。それに、言ったとおり、吹き飛ばされながらちらっとしか見ていない。とはいえ、誰なのかはすぐにわかった。というか、あそこで目にしたもののほとんどがまやかしだと気づいた」

「吹き飛ばされる前にもそう言ってたな」オーウェンが思いださせた。

「カーテンが揺れていなかった。部屋のなかは風が吹き荒れているのに、カーテンが動かないなんておかしいだろう?」

オーウェンが顔をしかめて腰をおろした。「たしかにそうだ。おまえの言うとおりだった」

「幻想だ。ごまかしだよ」

「鼻血と頭のこぶは幻想じゃないけどな」

「たしかに」トレイは自分にも恋人にも慰めが必要だと思い、立ちあがってソニアを抱きしめた。「ドブスはあのドアを抜けてこられなかった。もしくは抜けてこようとはしなかった。窓から飛びだしてあっという間に消えてしまった鳥と違って」

トレイはソニアの額にキスをした。「その謎をみんなで解明しよう」

「食べながら解明するって手はあるか？」オーウェンが提案した。

「しまった！　夕食の準備をするのを忘れてた」

「前に作ってくれたあれはどうだい。ウオッカソースのパスタ。どうやって作るのか見てみたい」

「あれならできるわ」

「上階《うえ》の確認はそろそろ終わる。明日は地下に移ろう。おまえは都合がつくか？」トレイはオーウェンにきいた。

「あんなことがあったばかりなのにきくのか？　おれをのけ者にはさせないぞ」

「もう女性たちに隠れての寄り道はなしよ」

トレイはソニアに向かってまじめな顔でうなずいた。「了解」

「ふたりともよかったら泊まっていって。充分な寝室があるのは確かだし――あの棟をのぞいても」

「着替えがないな……この屋敷に泊まったことは一度もないんだ。作業着なら車にあるけど。予備の歯ブラシは一本くらいあるかな？」

「一本どころか、いくらでもあるわ。好きな部屋を選んで」

「わかった。みんな、朝食はどうする？」

「日曜でも？」

「そこは各自でなんとかして」クレオがオーウェンに答えた。きっぱりと。

「そう。わたしは最後の冷凍ペストリーを食べるから、それを食べようなんて考えないで」

「リンゴが入った、上に白いのがかかってるやつか？」

「考えないで」

オーウェンが肩をすくめて冷蔵庫を開け、戸棚を確認した。「明日の朝食はおれが作ろう」

「休憩しているあいだにききたいんだけど、トレイの話によれば、体を鍛えているんですって？　バーベルを持ちあげたりとか？」

オーウェンがソニアに肩をすくめてみせた。「ああ。そうそう、地下にジムがあったよな。使ってもいいかい？」

「どうぞご自由に。ところで、まだ決まったわけじゃないんだけど、わたしはいま〈ライダー・スポーツ〉のプロジェクトに取り組んでいるの」

「なるほど」

「写真が必要だからトレイのお母様に撮ってもらうことになったわ」

「彼女は腕がいい」

「そうね。それで、あなたの写真も撮らせてほしいの。たとえば基本的な二頭筋カールをしているところとか」

「おれの？　なんで？」

目的達成の手助けをするために、クレオがオーウェンの上腕二頭筋に手を伸ばした。

「うーん」目をしばたたいてみせる。「これが理由よ、色男さん」

オーウェンが笑い声をあげると、ソニアがとどめを刺しにかかった。「大きな仕事なの。チャンスは一度だけ。わたしは一般の人を起用したいの――プロのモデルじゃなくて。普通の人が日々の生活で〈ライダー〉の製品を使っているところを見せたいの。あなたは普段から二頭筋カールをしている。だから、それはあなたの担当なの。クレオはヨガで、トレイは野球の担当よ」

オーウェンがふたたび笑った。「彼女はおまえも引き入れたのか？　弁護士の写真の次はこれか？　こいつは写真を撮られるのを毛嫌いしているんだ」

「〝毛嫌い〟は言いすぎだ」トレイが口をはさんだ。

「だって……」クレオがまた目をしばたたき、片手でトレイの頰をたどった。「すごくいい男なんだもの」

「ああ、やられたな。おれ？　おれはかまわない。行くぞ、ジョーンズ。泊まりの荷物を取ってこよう。戻ってくるまでパスタを作るのは待ってくれ」オーウェンがクレオに言った。「作り方を見たいんだ」

「おもしろい人ね、あなたのお友だちって」

トレイがクレオを見てゆっくりと笑みを浮かべた。「やつにはいろんな面があるんだ。映画のシュレックみたいにね」

27

翌朝、トレイがキッチンに向かうと、ベーコンとコーヒーのにおいが漂ってきた。魅惑のデュエットだ。

オーウェンが古びたデニムシャツの袖をまくり、前を開いて同じく古びたTシャツをのぞかせて、ボウルで何かを泡だてている。

「犬に叩き起こされたな。やつらは外でミーティング中だ」

トレイはうなずきながらまっすぐコーヒーを注ぎに行った。

「時計が鳴るのが聞こえたよ」オーウェンが続けた。「午前三時に」

「ああ。ソニアは眠ったままだった。それから音楽が聞こえた」

「誰かが泣いている声がした。廊下の奥の図書室から聞こえるのかと思ってそっちへ歩いていって、それから階下《した》におりた。何も、誰の姿も目にしなかった。でも、知ってるだろう、おれは目がいいんだ。音楽室に入ったとき一瞬だけ、どっちの肖像画も指輪が見えなかった。結婚指輪だ。すぐに見えるようになったけどな」

トレイは目を細めてカウンターに寄りかかった。「同じことをソニアも体験したらしい。ゆうべ話してくれたんだ」

「そうなのか？　プール家特有のことかもしれないな」

「たぶんな。ということは、指輪を見つけられるのもたぶんソニアだけじゃない。それがどこにあるとしても」

「つまり――これもたぶんの話だが――魔法の鏡を抜けられるのも彼女だけじゃない。それがどこにあるとしても」

「このことを、いとこの誰かに話したか？」

「やつらは興味もないよ。いとこの誰かにコリンが屋敷を遺《のこ》さなかったのには、それなりに理由がある。やつらはあっという間に売り払っただろうからな」

「だが、おまえは違う」

「そうだな。自分ならどうしたか、まるで見当もつかないが。それにコリンがソニアに遺したのにはほかの理由もある。この屋敷は二世紀以上もプール家に受け継がれてきた。いまいましいことにその点が重要なんだ。事業も同じ点が重要で、いとこたちはそっちを手に入れた。たとえ収入のためだけ、少なくともほとんどはそのためだけにそうしたとしても」

「だが、おまえは違う」トレイは繰り返した。

「おい、おれだって金を稼ぐことに反感を持っているわけじゃない。おれたちは自分の強みを生かす。それで事はうまくまわる。クラリスはヨットの作り方は知らないかもしれないが、どんなときも企業の本分を見失わない。コナーは砂漠をさまよう男にだって砂を売ることができる。マイクはその気になれば船の建造もできるかもしれないが、一番得意なのはデザインだ。キャシーとコールはふたりともヨーロッパに移って家族も向こうにいるし、そうすることで生じるもろもろの問題には対処している」

オーウェンが弟のことをつけ加えた。「それからヒューは、コリンが遺してくれた分け前で満足しているし、おれがそれをどうするべきか指示すればなんでも言うとおりにするだろう。ただ、あいつはニューヨークで暮らしたいんだ。しゃれたスーツを着て金融界で働きたい。うまくやっているからな。ところで女性たちはランチまでにおりてくると思うか？」

「ソニアはもう起きている。まずはオフィスで何かを確認したいそうだ。クレオはわからないが」トレイはボウルをのぞきこんだ。「フレンチトーストか？」

「日曜だからな」オーウェンがフライパンをふたつ取りだした。「皿洗いはほかの誰かがやってくれるだろう。おまえは何枚食べる？」

「ベーコンのにおいもする。卵も焼いてるのか？」

「日曜だからな」

「それなら二枚だ」

ソニアが入ってくると、オーウェンは卵液に浸したパンをフライパンに追加した。

それから溶き卵をもうひとつのフライパンに流しこんだ。

「ちゃんとした朝食ってことだったのね」

「日曜だからな。何枚ほしい？」

「一枚だけいただくわ。ありがとう」

「そいつは残念だ。だが、きみがそう言うのなら」

オーウェンが全部を一枚の大皿にのせたところでクレオがキッチンに入ってきた。

オーウェンがちらりと見やった。

「寝起きはいつもそんな感じか？」

クレオは口元をゆるめただけだった。「さてと、たしかに日曜の朝食ね」

「きみが顔を出そうと思ったときのために余分に作ってある」

「日曜だもんね」クレオがそう言ってトレイを笑わせた。

食べながらソニアはオーウェンに顔を向けた。「ところで、犬小屋を作れるってトレイから聞いたんだけど」

「作れるってほど作ってはいない。ふたつくらいだ」

「ルーシーのために二世帯住宅を作ったとか」

「そうだな、三つ作った」オーウェンが訂正した。

「ヨーダにも自分の家がどうしても必要なの。ほら、いまみたいにお客様が来ること
もあるでしょう。みんなで入り浸ってスポーツ専門チャンネルを観たいかもしれない。

それか子犬たちが活躍する『パウ・パトロール』を」

オーウェンが卵をすくい、笑いかけるソニアに目を向けた。

「作るには何が必要？」

「さあな。考えたこともない。まずはデザインとサイズだ」

「それならたまたまあるわ」ソニアがさっと立ちあがり、階下におろしてあったスケッチブックを持ってきた。「これなんだけど」

「おまえが用意しておけって言ったのか？」オーウェンはトレイにきいた。

「うっかりな」

オーウェンは食べながら、ソニアのスケッチにじっくり目を通した。縮尺どおりに丁寧に描かれている。

「二重勾配の屋根、小塔、アーチ型の窓」

「この屋敷のヴィクトリア朝様式を継承しないといけないの。ヨーダの屋敷だから」

「ああ。内部装飾、奥まった天井、送風機に床暖房。キャスターつきの背の低いベッドときたもんだ」

「宿泊客用よ」

「電気暖炉」

「本当に小さいものを見つけたの。それか床暖房。そうすれば冬でもあたたかいでしょう。どう思う？」

「彼女はヨットをほしがっている」オーウェンはフォークでクレオのほうを示した。

「で、おれたちの取引はすでに成立している。だが、考えてみることはできる。もし引き受けるとしたら、おまえを奴隷としてこき使うぞ」トレイに言った。

「問題ない。犬といえば、三匹をなかに入れて朝食をやってこよう」

「あたしは皿洗い担当ね」クレオが立ちあがった。「そろそろ捜索を始めないといけないし。地下を見てみましょうよ」

一時間もしないうちに四人は作業に没頭していた。またもや埃《ほこり》よけの布を外し、迷路のように入り組んだ部屋を順に見てまわった。大きなロールトップデスクの布を取ったソニアは引き出しと整理棚を調べていった。

「油をささないとな」オーウェンがデスクに手を走らせた。「単板のマホガニー材、前面にはS字を描く蛇腹の蓋、斬新な彫刻を施した取っ手。おそらくヴィクトリア朝後期の作品だ」

ソニアはオーウェンの口調が何を意味するか気づく程度には彼のことがわかってい

る。

「これはあなたのものよ」

「まさか、とんでもない。この価値は――」

「オーダーメイドの犬小屋くらい?」

「くそっ。そうきたか。取引成立だ」

抱きついてきたソニアに音をたててキスをされると、オーウェンは目を白黒させた。

それから得意げにトレイを見やった。「友よ、おまえももうおしまいだな。おれが女性にキスするとどうなるかわかっているだろう」

「彼女がキスしたんだろう」トレイが指摘した。

「修繕ならできる」オーウェンはデスクのそばへ戻った。「だが、これをここから出すとなると一筋縄ではいかない」

作業を進めていると呼び鈴が鳴りだした。

「ドブスだわ」ソニアはつぶやいた。

トレイが呼び鈴を押さえて動きをとめた。それでもまた呼び鈴は手の下で振動を始めた。

「彼女をいらだたせるだけよ」クレオが部屋を横切ってトレイのそばへ行き、自分の手を重ねた。「執拗。それに冷たい。そうでしょう?」

「ああ、だんだん冷えていく」

トレイが手を離すと、呼び鈴が激しく揺れた。

「呼び鈴盤から外すこともできるな」

「それはわたしも考えた」ソニアがふたりのそばに行って首を振った。「でもこれは、いわゆる早期警報システムなの。それに、無視するのは彼女に中指を立てるようなものだから」

「ほかの呼び鈴も鳴るのか？」オーウェンが尋ねた。

「わたしが気づいた限りではここだけよ。クレオ、このデスクを見て。蓋に傾斜がついている。これもマホガニーでしょう？　あなたが使うといいわ」

「デスクならもうあるわよ」

「ひとつは仕事用で、これは観賞用に。オフィスを開けばいいじゃない。こんなに部屋があるんだから。それに実際に使う部屋が増えれば増えるほど、ドブスを痛めつけてやっている気分になるの」

「あなたがそう言うのなら」

「どうやらおれたちの腕力が必要らしいな」オーウェンが指をさした。「向こうはどうする？」

ソニアは地下室のドアに目をやった。「地下にはおりたことがないの。一度も」

「地下室は外せないだろう」

オーウェンが歩いていってドアを開けると、ソニアの予想どおりきしむ音がした。オーウェンがスイッチを入れる。「明かりはつくぞ」そう言って、急で狭い階段をおり始めた。

「ざっと見てくる」トレイが言った。「ふたりはここで待っていてくれ」

「ここで待つつもりはないわ」トレイがおりていくと、クレオがソニアに向き直った。「役立たずの小娘みたいにここでじっとしているの？」

「わかったわよ。あなたが先に行って」

薄暗い照明のせいで、部屋の隅が余計に気味悪く見えた。コンクリートの床はさえない陰鬱なグレーで、数々の部屋や天井の低いむき出しの壁からなる迷路へと続いていた。

クモの巣があるはずだとソニアは思ったが、地下室は屋敷のほかの場所と同じくらい清潔だった。

「モリーは忙しくしているのね」ソニアはクレオにぴたりとくっついていた。

「あなたがあんなにたくさんホラー映画を観ていなければ、『エルム街の悪夢』のフレディとか、『13日の金曜日』のジェイソンとか、あと誰だっけ、『ハロウィン』のマイケル・マイヤーズのことなんて考えずにすむのに」

「名前を挙げないで！」

男性たちがタンクのない温水器やボイラーや支持梁《はり》の話をしているのが聞こえる。

ソニアはその方向へ足を進めた。

階段の上部でドアが勢いよく閉まった。

そして明かりが消えた。

「もうなんなのよ。まったく、どういうこと。クレオ？」ソニアはクレオを手探りし、手をつかんだ。

「あたしはここよ。あなたはどこに――」

クレオの声が左側から聞こえ、自分は右側にある手をつかんでいると気づいたとき、ソニアは悲鳴をとめようともしなかった。

向きを変え、走りだして誰かに――何かに――ぶつかり、また悲鳴をあげた。

「あたし！　あたしよ！」クレオに抱きしめられたところで、駆けてくる足音が聞こえた。ぼんやりとした光が弾んでいる。

「ソニア！」

「何かがここにいる」

トレイがそばに来て片腕でソニアを抱え、もう片方の手で懐中電灯をつけた携帯電話をかざした。ドアの向こうで犬が狂ったように吠えている。

「けがは?」

「いいえ、してない。でも――」

「携帯電話は持ってるか?」

「ええ、ごめんなさい、持ってる。ドアが。明かりが」

震える手で携帯電話を取りだすソニアの脇を抜けて、オーウェンが階段へ向かった。

「閉まってる、外側から」

「奥に工具があったはずだ」

「それを持ってきてくれ。ドアを外そう」

「待って」明かりが点滅すると、クレオが手をあげて制した。「もう一度ドアを確かめてみて」

「たったいま確認したばかりだ」

「いいからもう一度」クレオが言い返した。「照明を見て。ドブスはもうやめたか、これ以上続けていられないのよ。試してみて」

握ったドアノブがまわると、オーウェンが振り返った。「きみの言うとおりだ」

ドアが開き、明かりが完全についた。犬たちが飛びあがり、しっぽを振ってぶるりと体を震わせた。ソニアは恐怖を隠そうともせず、階段を一段飛ばしでのぼっていった。

「ごめんなさい、パニックになって。〈黄金の間〉と地下室はドブスにあげる。明かりが消えたとき、誰かの手をつかんだの。クレオの手じゃなかった。だって彼女はわたしの左側にいたから」ソニアはつけ加えた。「クレオの手でも、あなたの手でもなかった。誰かの手を取ったの。握ったの」

キッチンに着いて水の入ったグラスを手にしたときも、ソニアの両手は震えていた。

「パニックになったの」

「ならないやつがいるか?」オーウェンが言った。

「どんな感触だった?」

「どんなって、手よ、トレイ」

「そうじゃなくて、男の手とか女の手とか?」

「ああ。そうね……」ソニアはさらに水を喉に流しこんで考えた。「本当にクレオの手だと思ったの。クレオの手をつかもうとしていたから」

ソニアは目を閉じてあの瞬間に記憶を戻した。「女性か、女の子の手だった。ああ、彼女の手だったのかも。ヘスター・ドブスの」

「それはないわ」クレオがソニアの髪を撫でた。「あなたはその手が冷たかったとは言わなかったもの」

「気がつかなかった」

「気づいたはずよ、絶対に。トレイ、あの呼び鈴は冷たくなったでしょう」

「たしかにそうだ」

「あたしだと思って、その手を取ったと言ったわよね。ドアが閉まって明かりが消えたとき、空気がひんやりしたけど呼び鈴ほどではなかった。それはほかの誰かだと思う。あなたに自分の手を握らせて励まそうとしたのよ」

「そんなふうにはならなかったわね。悲鳴をあげたんだもの」

「繰り返しになるが」オーウェンが口をはさんだ。「あれで悲鳴をあげないやつがいるか？」

ソニアはオーウェンに弱々しい笑みを向けた。「そう言ってくれてありがとう」

「事実だ。地下に戻ってみよう」オーウェンがトレイに声をかけた。

「ええ？　行かなきゃいけないの？」

「ちょっと待っててくれ」トレイが腰をかがめてソニアの頭のてっぺんにキスをした。

「わたしはもう行かないわよ、クレオ」

「行く必要がある？　あのふたりに確認してもらえばいいわ。それで満足するでしょう。どのみちドブスがあの悪ふざけをこんなに早く繰り返せるとは思えない」

ソニアの携帯電話からイーグルスの《気楽にいこう《テイク・イット・イージー》》が流れた。

「そうしようとがんばってるわ」

「クローバーか、もしかするとモリーだったのかも」クレオがゆっくりと歩きながら言った。「だって、あなたに手を取らせようとするくらい気にかけてくれている人よ。ドブスにとっての対抗勢力だわ。あなたが震えあがったのはわかってる。あたしだって死ぬほど怖がったはずよ。でも怖がらせるのが目的だったとは思えない」

「そうね。あなたの言うとおりだわ。前にドブスに触れたとき、軽い凍傷になったもの。今回はそんなことはなかった。まったくね。でももう地下には行かない」

男性たちが戻ると、トレイがソニアのそばに座って両手を取った。「いま地下にはあるべきものしかない」

「よかった。あそこはわたしの〝二度と行かない場所〟リストに載せておくわ」

「こうしないか？　あのデスクとほかにもほしいものがあれば、それをどうやってここに運ぶかを考えて、それで終わりにする。それから外へ夕食を買いに行く」

「反対する理由がある？」


すべてが日常に戻った。ソニアが静けさを求めているのをわかっているかのように、クローバーでさえ合間に曲を流すのを控えていた。月曜の朝から何にも邪魔されることなく仕事を続けていると、クレオが戸口で足をとめた。

「ごめん、買い物に行ってくるって伝えたくて。一緒に行けるようになるまで待ってほしいなら別だけど」

「やだ、そんなのばかばかしい。行ってきて。わたしは平気よ」

「それほど遅くならないから。今夜はロック・ハードがあるし」

「忘れていないわ。ブリーに相談してみたの。そうしたらセクシーなクラブ用の服を着てくるようにって」

「ほかに選択肢がある？　じゃあ、またあとでね」

「外まで一緒に行くわ。ヨーダのお散歩の時間だし」

静かな日常は散歩のあいだも仕事に戻ってからも続いた。これこそ求めていたものだとソニアは思った。わたしを包んでくれる大きくて美しい家。外には満ち引きを繰り返す海、暖炉のそばで昼寝をする犬。

そして仕事。

〈ライダー・スポーツ〉の案件を獲得できなければすぐにスケジュールが真っ白になることは、あえて考えないようにした。

何かしら仕事は入ってくる。自分に言い聞かせた。いい仕事をすれば次につながる。

ヨーダが吠えてクレオを迎えに階下へおりていったので、あれから三時間仕事をしていたことに気づいた。クレオの〝それほど遅くならない〟とはこんなものだ。

コンピューターの電源を切ってキッチンへ向かった。クレオが食料品を片づけていた。

「プールズ・ベイって大好き！　必要ならあなたからメッセージが届くと思って、街でいろいろのぞいちゃった。小さなお店がいっぱいあって、どこもかわいいの！」

ソニアは買い物袋に目をやった。「楽しんだみたいね」

「ええ。〈ジジ・オブ・ジジ〉で――地元で作った服とか石鹸とかローションとかを売ってる小さなお店のことだけど――あたしがあなたの友だちだとわかったら、お店の人に言われたの、ちょうどあなたに連絡しようと思ってたって。アンナのウェブサイトを見たみたい」

「本当に？」

「もちろんあなたは史上最高だと話しておいたわ。その才能とあの店のすてきな商品を使って何かすごいものを作ってあげて。ジジから今週中に連絡が入ると思う」

「電話をくれるといいな」

「ジジの娘さんは昔、あなたのいとことつきあっていたそうよ」

「オーウェンと？」

「そうじゃなくてほかのいとこ。コールと」

「コールはロンドンに住んでいると思ったけど」

「ジジの娘さんはご主人とふたりのお嬢さんと一緒にバンガーに住んでいるんですっ

て。セントバーナードの名前はミリー」

「また噂話を仕入れてきたのね」

「そうよ。とにかく楽しかった。どうしても避けられないことが起きない限り、この夏は二、三週間休みをとるわ。絵を描いてヨットに乗って、またヨットに乗って絵を描く。ただぶらぶらするの」

クレオが布製の買い物袋を片づけた。「セクシーなクラブ用の服に着替える前に、グリルチキンのサラダはどう？」

「いいわね」

着替えをしに階上へ向かったソニアは、ベッドに赤いドレスがのっているのを見ても驚かなかった。

「ねえ、聞いて。今夜はそれを着られるかも。ただし」

ソニアは廊下に出て声をあげた。「クレオ、あなたは赤い服を着る？」

「いいえ、シルバーが入った黒いドレスよ」

「ああ、あれはいいわね。わかった」

すると、クレオが部屋から出てきた。「あのとびきりの赤を着るのね」

「モリーが出しておいてくれたの。これで三度目か四度目よ」

「あたしには黒い服を選んでくれたわ。だから彼女を喜ばせてあげましょう」

世界のほとんどの場所では当たり前のことではないかもしれないけれど、この屋敷では充分に普通のことだ。

引っ越してきてから初めてソニアはヘアアイロンを出した。これを使ってみるつもりだ。

髪のセットにはたっぷり一時間かかったが、鏡の前に立ったときに思った。そう。その一分一分に価値はあった。

何カ月も履いていなかったハイヒールで廊下を歩き、クレオの部屋に入った。

友人は髪をワイルドに仕上げていた。黒いドレスと、ドレスの細くて立体的なきらめくストライプに合わせたシルバーのハイヒールを履いている。

クレオが振り返り、鮮やかな赤い唇が弧を描いた。

「あたしたちって火傷しそうなほどセクシーね。階下《した》におりましょう」

「トレイはムーキーをおろしてからわたしたちを拾って、ヨーダをおろして、オーウエンを拾うことになってる。大変だわ」

「ジョーンズは?」

「ジョーンズは自分の犬小屋にＷｉ‐Ｆｉがあるから」

「そうだ、忘れてた」

トレイがドアベルを鳴らす前にヨーダが彼の到着を知らせた。

扉を開けるとトレイがふたりを見て、とてもゆっくりと、とても満足させてくれるまばたきをした。「これはすごい。ほかに言葉が出てこない」

「ありがたく受け取るわ」クレオが外に出た。

「本当にすごい」

ソニアはドアを閉めた。

ヨーダは街でムーキーと再会し、その数分後にトレイは湾にほど近いケープコッドに面した巨大なガレージのある家で車をとめた。

クラクションを一度鳴らすとオーウェンが出てきた。

「すてきな家ね」クレオが言った。

「手を加えないといけないが、よくなってきている」

「ガレージに四人家族が住めそう」

「あれはガレージじゃない。店だ。今日はずいぶん決まってるな、ふたりとも」オーウェンが言った。「おれたちが行くことはブリーから聞いたとマニーが言っていた。テーブルを用意してくれたらしい。昔のよしみだな」

誰も亡霊や呼び鈴の話は持ちださなかったので、オガンキットへ向かうあいだは何気ない会話が続いた。つかの間の静けさだとしても、〝すごい〟という賞賛に対するクレオの反応と同じように、ソニアもその静けさをありがたく受け取った。

クラブに足を踏み入れたソニアは自分がこれを望んでいたのだと気づいた。

この動き、踊る人々が発する熱気、混みあうバーカウンター、躍動感のある音楽。

ソニアは高くなったステージに目をやった。ブリーとマニーが一緒にいるところを期待していたわけではなかったが、そこにはバディ・ホリーのような黒縁眼鏡に間の抜けた笑みを浮かべ、茶色い髪を垂らしたドラマーがいた。

料理長はテーブルの脇に立ち、ビートに合わせて腰を動かしている。ドラマーの間の抜けた笑みはまっすぐ彼女に向けられていた。

「ブリーがテーブルを押さえてくれている」オーウェンが声を張りあげた。「最初の一杯を取ってくる。最初で最後のわびしい一杯はビールでいいか？」

「ああ。運転はおれだ。最初で最後のわびしい一杯はビールでいいか？」

「ここのワインはどう？」ソニアはきいた。

「知るはずないだろ」

「あたしも一緒に行ってくる。あなたの分も持ってくるわ」

クレオがオーウェンと歩いていくと、トレイはソニアをテーブルへ案内した。

「わあ、決めてきたわね。今夜の彼らは最高よ」

料理長はぴったりしたレザーパンツに、ピアスをしたおへそとおなかがのぞくノースリーブのトップスを合わせている。とんぼのタトゥーが肘から肩に向かって飛んでいた。

「すてきよ、ソニア」

「その言葉をそっくりお返しするわ」

「あなたたちふたりだけ？」

「オーウェンはバーカウンターに行った」トレイが答えた。「クレオも一緒だ。オーウェンにワインの注文はまかせられないからな」

「それは確かね。踊ってくるわ」

ブリーは小走りでダンスフロアへ向かい、四人組に加わった。彼らが気にしている様子はない。

「踊りたい？」

「まずは観察して、ダンスはそのあとね」腰をおろしたソニアはトレイに向き直った。「彼らの演奏がすごくうまいのか、わたしが本当に長いあいだライブ音楽を聴いていなかったかのどちらかね」

「どっちもかも」トレイがソニアの髪を撫でた。「これは新鮮だな」

「手間がかかるの、本当に」

トレイが身をかがめてキスをした。「その手間に感謝だ」

クレオがソニアの前にグラスを置いた。「なかなかのワインリストだったわよ」

「一杯のわびしいビールだ」

オーウェンがビールを置くと、クレオがその手をつかんだ。「踊りましょう」

ソニアは笑ってワインをひと口飲むと、トレイの手をつかんだ。「踊りましょう」

ソニアはトレイとオーウェンとクレオとブリーと、それから数人のまったく知らない相手と踊った。そして動きと音楽以外のすべてを頭から閉めだした。

バンドが休憩に入ったところでマニーに挨拶したソニアは、彼が音楽オタクの優しい人だとわかった。オタクがブリーの椅子に無理やり腰かけると、彼とタトゥー入りの料理長は申し分のないカップルに見えた。

ロック・ハードの次のステージが始まってから、ソニアはブリーに顔を向けた。

「たしかにマニーは愛らしいわ」

「そうなのよ。でもベッドではモンスターなの」

「ブリー、やめてくれよ」

ブリーがトレイにそっけなく手を振った。「もう、何言ってるの。あなたは上手だったわね。この人、上手なの」ブリーがソニアに言って、クレオはたがが外れたように笑った。

「ええ、彼は上手よ」ソニアは認めた。

話を断ちきるためにトレイがソニアの手をつかんだ。「踊ろう」

真夜中過ぎにトレイが屋敷まで送ってくれた。ムーキーとヨーダはクレオと一緒に後部座席で体を丸めている。

「今夜は最高だった。ロック・ハードの熱烈なファンになっちゃうかも。泊まっていく、トレイ？」

トレイが後ろのクレオに目をやってからソニアを見た。「八時に約束があるんだ。でも――」

「今日はうちに帰って」ソニアがそう言ってからキスをする前に、クレオが自分の手にキスしてからトレイの頰に触れた。

「ヨーダとあたしはここでおやすみとお礼を言わせてもらうわ。本当に楽しかった」

「おやすみ、クレオ」

「わたしも楽しかった」ようやくソニアは体を寄せてキスをした。「あなたのお友だちも気に入ったわ」

「ぼくはきみの友だちが気に入ってる」

「思いがけないおまけよね？　さあ、うちに帰って少し眠って」

「本当に今夜は大丈夫か？」

「みんな大丈夫よ。すてきな中休みを満喫しているの」ソニアはもう一度長々とキスをした。「まだおりないで」

「睡眠はそれほど重要じゃない、本当だ」

ソニアは笑いながらトレイを小突いた。「さあ、帰って寝てちょうだい」ドアを開ける。「あなたもね、ムーキー」

トレイはソニアがドアを開けてなかに入るまで待っていた。

クレオが廊下を歩いてきた。「キッチンと配膳室の戸棚の扉が全部開いていたわ。それに今回は、ダイニングルームの食器棚と給仕用具の扉も。ヨーダを長時間連れだしたから誰かさんは不満だったみたい」さらに言い添えた。「ヨーダがまわってから後ろ脚で立って、踊って歓迎する誰かさん。だから全部許してあげていいと思う」

「そうね。わたしも踊り疲れてベッドが恋しいから」

「同感。あたしも自分のベッドが恋しい。とびっきり楽しかったわね」クレオがそうつけ加え、ふたりで腕を組んで階段をのぼった。

「心がおもむくままに踊るってどういうことか忘れかけていたわ」ソニアはクレオの部屋の前で足をとめた。「あなたはこれ以上望めないくらいの友だちよ」

「あなたよりいい友だちっている？」

「本気で言ってるの。あなたはブランドンのことがこれっぽっちも好きじゃなかったでしょう」ソニアは身を引いてクレオと目を合わせた。「わかるの。だってトレイのことはすごく気に入っているから」

「トレイは大好きよ」

「わたしも。おやすみ、クレオ」

ソニアは部屋に入り、どうにかメイクを落として乳液をつけた。赤いドレスをドライクリーニングの袋に詰めこみ、パジャマのズボンとTシャツを身につけた。

ヨーダはすでに自分のベッドで小さくいびきをかいている。

ソニアもベッドに入った。

「お願い、みんな。あと一日だけ。あと二十四時間はこのまま静かにしてて。ただ眠りたいの。何かあるなら明日まで取っておいて」

ソニアは目を閉じた瞬間に眠りに落ちて、そのまま覚醒しなかった。

何かが部屋を通り抜けたとしても、廊下をさまよったとしても、その何かは足音を忍ばせてくれた。これほどの歳月が流れたのだ。ひと晩くらい待てないこともない。

28

静けさは長くは続かないと思っていたが、次の日も、その次の日も静かなままだった。ソニアは仕事をこなし、外では春の雪が小さなかけらとなって舞い落ちて地面に触れた瞬間に溶けていった。

午前の半ばに本の表紙デザインの新たな仕事が入った。ソニアはお祝いにコーラとプレッツェルを取りに行った。

〈ドイル法律事務所〉のウェブサイトの最終テストを行いながら、〈バイ・デザイン〉で働いていたころのことを思った。プロジェクトのこの段階では、作成したサイトにほかの人のチェックが入ったものだが、いまは自分しかいない。

当時はアイデアを交換し、問題があれば解決策を話しあう同僚や上司がいた。

この点でもいまは自分しかいない。

オフィスでの仲間意識を懐かしく思う部分もあるけれど、その代償は？　自分自身、自分の目、自分の直感を犠牲にせざるをえなかったのでは？

そういうバランスを取りながらうまくやってきたのだ。

「これからこれを三人のオリヴァーに送るわ、ヨーダ。そうしたら散歩に行って、戻ったら花屋の案件をもう一度見直すの」

ソニアはメールを作成し、ファイルを添付して送信した。

そして椅子に深々と座った。

「驚きだわ、同僚からも亡霊からも気を散らされなければ、こんなに仕事がはかどるなんて」

音楽をとめながら――クローバーの選んだ曲にかぶせて別の曲をかけていた――腰をあげた。

ヨーダは暖炉のそばでうたた寝をしていなかった。デスクの下で丸まってもいない。

音楽が消えると階下でボールが弾む音と、ヨーダが板張りの床を大急ぎで走る音が聞こえた。

ソニアは静かに部屋を出て、階段を忍び足でおり始めた。

ヨーダがボールを追いかけ、正面玄関の前で追いついてそれをくわえた。円を二周描いてから小走りで廊下を戻っていく。

ソニアの耳がかすかながらもはっきりと声をとらえた。笑い声だ。少年の笑い声。

階段の下まであと少しというところで、ソニアのほうにボールが跳ねてきた。

足元の踏み板がきしんだ。

声に出さずに悪態をついてから、ソニアは残りの段を駆けおりた。人影がちらりと目に入る。男の子だ！　そう、少年が全速力で、かなりの速さで別の廊下を走っていく。

ヨーダはボールをくわえたまま、ゲームで目を生き生きさせて少年を追いかけていった。ソニアも続いた。

「待って！　お願い。痛い目に遭わせたりしないわ。そんなことするわけないでしょう？」

ソニアは犬の足音を頼りに居間を通り過ぎ、サンルームへ、その先のモーニング・ルームへと向かった。正餐《せいさん》用のダイニングルームの近くまで来たとき、戸棚の扉がばたんと叩きつけられる音がして足をゆるめた。

「わかった、わかったわよ」

ソニアはやや息を切らしてキッチンに入った。そこには首を傾けてボールを足元に置いたヨーダが座っていた。

「怒らないで」ソニアは穏やかな声を保ちながら、足早に戸棚に近づいて扉を閉めていく。「この子と遊んでくれてうれしいの。とってもいい子でしょう？」

亡霊に話しかけているのは自覚していたが、いまではしょっちゅうクローバーに話しかけているのでそれほどおかしなことども思えなかった。

「ときどき仕事に没頭しちゃって、この子には遊ぶ時間が必要だということを忘れてしまうの。ヨーダがあなたと一緒にいるのを楽しんでいるのはわかってる。本当にお礼が言いたかっただけなの」

「誰に話しかけてるの？」クレオがきいた。

あまりに驚いたソニアは、危うく後ろによろめいて尻もちをつくところだった。

「ちょっと！　足音を忍ばせないで！　わたし、彼を見たの」

「見たって誰を？」

「男の子よ。男の子だとは思っていたけど。ヨーダと遊んでくれて、戸棚を開ける子。あの子を見たの、クレオ」

「ここで？」クレオがあたりを見まわした。「いまも見える？」

「いいえ、それにここで見たわけじゃない。廊下にいたの。ボールが弾む音とヨーダが走ってる音が聞こえたから、こっそり階段をおりようとしたのよ。だけど、わたしがおりてくるのに気づいて逃げだしちゃったの。でもちらっと姿が見えたわ」

ソニアはペーパータオルと鉛筆をつかんでスケッチを始めた。

「そうね、八歳か九歳、もしかすると十歳かも。そこにいたの。短めの茶色い髪。わたしの髪色に近いかな。顔は実物を見たというより、横顔のスナップ写真が一瞬目に入ったみたいな感じだった。着ていたのは——あれはなんと言うの——ニッカーズ？　膝下までの茶色いズボンと白いシャツ」

ソニアは鉛筆を置いた。「見えたのはそれだけ」

「でも実際にその子を見たんでしょう、ソニア。しっかり目が覚めているときに。これは進歩だわ」

「そうかしら？　彼は逃げたのよ。追いかけたけど、追いついたらどうする気だったのか、自分でもわからないわ」

「話をするのよ。あたしが来たときにやっていたみたいに」

「ヨーダにすごく優しくしてくれるから、わたしはただ……。まあいいわ。それでどうしてここに来たの？」

「お昼のエネルギー補給に」クレオが冷蔵庫のほうを向いてヨーグルトのパックを取りだした。

「ヨーグルトでエネルギー補給ができるとは思えないけど。あの子は誰だったのかしら」ソニアはつぶやいた。「何があったんだろう。ほんの子どもなのに」

「子どもがニッカーズをはいていたのはいつの時代か知らないけど、だいたいどれくらいの時期にここで暮らしていたかを知る手がかりになるかもね」

「絶対にここで亡くなったのよ。これからヨーダを散歩に連れていくけど、よかったら一緒にどう？」

「あたしを誘ってる？　それとも亡霊の男の子？」

「どちらか片方でも、ふたりとも来てくれてもいいわ」

「あたしはエネルギー補給にここへ来ただけで、振り出しに戻る《バック・トゥ・ザ・ドローイング・ボード》の。文字どおり、制作中の絵《ドローイング・ボード》に。夕食で会いましょう」

少年が一緒に来たかどうかはソニアにはわからなかったが、彼は自分の存在を知らせるようなことはしなかった。にわか雪が降っていたものの、散歩をすることで四月は仕事に没頭すると心が決まった。生命力にあふれた球根はぐんぐん芽を伸ばしている。陽光は少しだけあたたかく降り注いでいる。

目に見えて日が延びてきた。

そしてトライアル期間と見なす三カ月の半分以上が過ぎた。

「わたしはどこにも行かない」ソニアはそう言って三階を見あげた。「てこでも動かないから」

マッドルームから家に入ると、ヨーダのおやつの箱がキッチンのアイランドカウンターにのっていた。

「あなたがあげるべきよ。わたしは上階《うえ》へ戻って仕事をするから、ヨーダにあげてちょうだい」

ヨーダがついてこなかったので、少なくとも少年は自分の存在を知らせたのだと思った。仕事をしようと座り直したとき、ボールが弾む音がした。

「彼はなんという名前なの、クローバー？　あの子の名前を知ってる？」

《ジャンピン・ジャック・フラッシュ》がタブレットから勢いよく流れた。

「ジャックね。ねえ、もし機会があったら、一緒にヨーダをかわいがることができてうれしいとジャックに知らせてほしいの。それから、クレオとわたしはあなたとこの家で暮らせてうれしいって」

選択の余地はないとはいえ、可能な限り仲良くやっていくのはいいことだ。

ソニアは五時まで働いた。仕事中のどこかのタイミングでヨーダが上階に戻り、明らかに遊び疲れた様子で暖炉の脇でうたた寝を始めた。

ソニアが立ちあがってヨーダのほうを見ると、プール家の家族史がテーブルに開いた状態で置かれていた。

そばに近づくとヨーダが目をしばたたき、しっぽで床を叩いた。

見開きにオーウェン・プール――アガサの夫のオーウェン――と再婚相手のモイラとの子どもが一覧になって載っていた。

マイケルとコナーは双子。

チャールズがその一年後に誕生。

リスベスが翌年に誕生。結婚式当日に十八歳で死去。

アリスはリスベスの三年後に誕生。結婚してヴァージニア州へ移り、六十九歳で死去。

そしてジョン（ジャック）はアリスの一年半後に誕生し、九歳で死去。死因は猩《しょう》紅熱《こうねつ》。

かわいそうに。

ドアベルが重々しく響いた瞬間、ヨーダが駆けだした。

ソニアは階段をおりながら少年のことを思った。苦しくて、おそらく意識が混濁していたことだろう。絶望に打ちひしがれた両親、怯えるきょうだい。彼は百年以上もこんなふうに……なんというか……半分生きていて半分死んでいるような人生を送ってきたのだろうか？

そしていま、ヨーダと遊んでいる。

ドアを開けると別の犬とトレイがいた。

「ほら、ムーキーよ。お友だちが来たわ、ヨーダ。あなたも鍵を持ってるのに」ソニアはトレイに言った。

「あれは緊急用で、ちょっと立ち寄ったときに使っていいものじゃない」

まったく違う、とソニアは思った。ブランドンとは何もかも違う。ソニアはトレイに腕をまわしてきつく抱きしめた。

「大丈夫かい？」

「ええ、ちょっと気持ちが沈んでいただけ。ジャック・プールについて読んでいたの――ヨーダと遊んで戸棚を開ける少年よ。今日の午後、彼を見たの」

「彼を見た？」トレイが体を離してソニアの目をのぞきこんだ。

「ちらっとだけど。入って。ビールでも飲みながら話を聞いて」

　クレオはすでにキッチンにいて、トレイに笑いかけた。「すてき、もうひとりの犠牲者ね。いまこの豚肉を使って薄切りポテト《スキャロップド・ポテト》グラタンに挑戦しているところなの。そろそろワインの時間、ソニア？」

「そうかも。今日、図書室にプール家の家族史を持ってきた？」

「いいえ」

「やっぱり誰かが持ちこんだのね。あの子の名前はジャック。猩紅熱で亡くなったの、九歳のときに」

「まあ」クレオの目がうるんだ。「かわいそうな子」

「トレイに話さなきゃ」

　ソニアが話を終えるとトレイが歴史を整理した。「マイケル・プールの結婚相手はパトリシアで間違いないと思う――きみの血のつながった曾祖母だ。パトリシアはここに住むのを拒んだ。マイケルは双子の兄のほうだ。彼女は基本的にここを閉鎖していた」

「そして彼女の息子のチャールズがふたたびここを開けて、クローバーと友人と一緒に移ってきたの？」

「そう聞いている」トレイが同意した。「チャールズはこの場所を自分のものにしたかった。両親は望まなかったから、この屋敷は父親からチャールズに譲られた。ぼくの記憶が正しければ、信託財産として十八歳になれば受け取れるようになっていた。マイケル・プールは長男だから、いずれにしても相続しただろうけどね。それにマイケル・プールはチャールズが十八歳になる前に亡くなったんじゃなかったかな。あるいは十八歳を迎えてすぐに。家族史に載っているだろう」

「つまりジャックはわたしの祖父のおじってこと？ややこしいわね。歴史や家系について目を通すのはあとまわしにしていたんだけど、そうするべきじゃなかったわ。改めて読まなくちゃ」

ソニアはクレオのほうを見た。「ここで何か手伝えることはある？」

「これからみんなでこの料理がおいしくなるよう祈りましょう」

「ものすごくいいタイミングで来たみたいだな。きみに伝えたかったんだ、みんなでウェブサイトのファイルを見直して、完璧だったって」

「あれでよかった？」

「よかったどころじゃない。セイディーは実際に二度もうなっていた。手放しで賞賛しているということだ」

「明日の朝一番でサイトをリニューアルするわね。すごいわ。大勢で働くオフィスの雰囲気が恋しくなるたびに、ひとりで働くほうがもっと好きだと気づくの」

ボールが弾みながらキッチンに入ってきた。二匹の犬が夢中になって追いかける。

「大変なこともあるけど、ひとりで働くのが性に合っているわ。もうひとつボールを買っておくべきね」

夕食がすむとソニアはクレオを指さした。「おいしくできていたわよ」

「そうね。なんだか料理に夢中になってる。あたしが犬を外に連れていくから、ふたりは片づけをするっていうのはどう？」

「公平な取引だ」トレイが賛成した。

「そのあとは映画観賞をしようかと思っているの。もしふたりは興味がないなら、あたしは書斎を使う。もし興味があるならホームシアターに入ってみるいい機会だと思うんだけど」

「ああ」ソニアは胃が締めつけられる気がした。条件反射だ。そこから先へ進まなければ。「そうね、あなたの言うとおりだわ。一度も使わないのならホームシアターがある意味がないもの」ソニアはトレイを見た。「映画を観たい気分？」

「暴力とか、もしかしてヌードや暴言が含まれていたりするのかな？」

「わたしたちはそういう映画でも大丈夫よ」ソニアはテーブルを片づけるために立ちあがった。「洗練されたコメディやドラマ、ほろ苦いロマンスはやめておきましょう。観るのはアクション。強くてしたたかな女性が主人公の映画がいいわ。さあ、どれを観るか決めましょう。昔の映画がいい？　それとも二年以内に公開されたもの？」

「昔の映画が好きだな」クレオが言った。「あたしが観たことない作品を知ってる？　デスクトップコンピューターのモニターよりも大きい画面で、コマーシャルなしで観たことないもの。それはオリジナルの『ターミネーター』よ」

「すべての条件を満たす作品ね」ソニアは皿を片づけながらトレイにお尻をぶつけた。

「決定権はあなたにあるわ」

「次回は続編を観るのに一票だな。コリンはＤＶＤをフルセット持ってる」

「行くわよ、ボーイズ」クレオがマッドルームからジャケットをつかみ、もう一度キッチンに顔をのぞかせて精一杯シュワルツェネッガーをまねた。「また戻ってくる《アイル・ビー・バック》」

これは楽しいわ。ソニアは思った。クッションのきいた大きな椅子でくつろぎながらのポップコーン。そう、呼び鈴は鳴る――もっと正確に言うと大音量で鳴る――いまみたいに。不吉なオープニング曲が部屋を満たすなかで呼び鈴を無視するのは、へスター・ドブスに向かって中指を突きたてることだと考えると気分がよかった。

カイル・リースがサラ・コナーに、死にたくなければ一緒に来るんだと言ったところで、明かりがストロボのように点滅した。

「彼女はあたしたちが楽しんでいるのが気に入らないみたい」クレオが言った。

そのとおりね、とソニアは同意した。本当に癪に障るらしい。点滅がとまると、呼び鈴が鳴りだした。その音が部屋に反響して壁が振動し、ソニアの心臓は喉元までせりあがった。

「いらだっているんだな」トレイがつぶやいてソニアの手を握った。「こうしてぼくたちがここに座っていることに」

二匹の犬は落ち着かない様子で椅子のそばで身を寄せあった。

ドアが勢いよく開くと、犬は毛を逆立てて警告の吠え声をあげた。ドアが今度は銃声のような音をたてて閉まった。

「ちょっと待って」立ちあがろうとするソニアに、トレイが静かに声をかけた。「力を使い果たすのを待とう」

額入りのポスターが壁から落ちた。ソニアは足の下で床板が揺れているのを感じた。ぶーんという低音がしだいに大きくなり、両手で耳をふさいでやめてと叫びたくなった。いいかげんにして。

我慢の限界に達しかけたとき、願ったとおりぴたりととまった。

ソニアは自分が片方の手でトレイの手を、反対の手でクレオの手を握っていることに気づいた。クレオの手は震えている。トレイの手は微動だにしていない。どういうわけかその両方がソニアを落ち着かせてくれた。

巨大モニターではヒーローたちが殺人だけが目的の機械から逃げていた。

クレオの声は手と同じく震えていた。「今夜はあれがドブスの持てる力のすべてだったみたいね」

そうかもしれない、とソニアは思った。そうかもしれないが、ターミネーターのようにドブスは戻ってくる。

いまのは映画は終わりというサインだとソニアは思うことにした。そしてポスターをかけ直し、ポップコーンのボウルを片づけ、犬を外に出した。どれも人々が日常生活で普通に行う、なんの変哲もないことだ。

クレオが先に上階へ行った。ソニアとトレイは犬が寝られるようになかに入れてから、寝室へ向かった。

「前にもあそこで映画を観たことがあると言ったわよね」

「ああ。だが、まったくあんなふうじゃなかった。ドブスがコリンをわずらわさなかったことが信じられない。ときどきはあったにせよ、それについてコリンはほとんど口にしなかった」

「ターゲットがわたしだからだと思う。コリンは用済みだったんじゃない？　ジョアンナを殺す方法を見つけて彼女の指輪を手に入れたら、コリンのことはどうでもよかった。順番としては次はわたしだもの。あるいはオーウェンか。コリンがプール家のいとこのひとりにこの家を遺していたら、標的はその誰かだった」

「きみは花嫁じゃない」

「ええ、たぶんドブスにしてみれば、それなのにわたしがここにいるのが気にくわないのよ」ソニアは長い廊下を歩きながらつけ加えた。「一方で、わたしたちは少なくとも、同じような状況の人をあとふたり知っている――モリーとジャックよ。いいえ、三人だわ。煙草《たばこ》を吸う男を含めれば。みんな花嫁ではないのにここにいる。たぶん、ほかにもいるのよ」

「こんなに古い家だからね。この屋敷はたくさんの生と死を見てきた。ぼくがかなりの時間をここで過ごすあいだ、たしかにちょっとしたことは起きた――いくつか話しただろう――だが、今夜みたいに力を見せつけるようなものはなかった。地下室や〈黄金の間〉で起きたようなことも」

「前と違うことといえば」寝室に入ったソニアはトレイに向き直った。「わたしがここにいて、ここで暮らして、仕事をして、ここにとどまる決意をしていること。わたしはドブスが望まない相手なの」

「そうかもしれない。だが、ぼくはもっとほかに理由があると思っている。きみがほかの人たちに望まれ、必要とされているからだ」

「指輪を探すために」

「その結論に何度となく行きつく。指輪を見つけ、呪いを解いて、ドブスを追い払う。そうすればこれ以上、失われる花嫁はいない」

「でも、わたしが彼女を見たとき――鏡の向こう側でのことだけど――彼女は指輪をつけていた」

「七つの指輪全部を?」

「いいえ」ソニアは口をつぐんで記憶をたどった。「これまで花嫁を順番に見てきたわ。アストリッド、キャサリン、マリアン、アガサ。指輪は全部で四つ。いまのところはね。ドブスが七つすべての指輪をしているのを見たら、何かが変わると思う?」

「それがわかればいいんだが」トレイがソニアの腕を撫でおろし、両手を肩に戻した。

「この件を理解する手助けがもっとできたらいいのに」

「すごく力になってくれているわ」ソニアはトレイに体を預けた。「こんなふうにできることも助けになるの。本当に必要なときに頼れる人がいるとわかっているのはすてきだわ」

「いつでも頼ってくれ」

「映画のときも、飛びあがって叫ばずにいられたのはあなたのおかげ」

「ドブスを満足させなくてもいいだろう？」

「まったくそのとおりね。でも、あと少しでたっぷり満足させるところだった」ソニアは頭を引いて爪先立ちになり、トレイと唇を合わせた。「さあ、むしろあなたをたっぷり満足させてあげる」

「満足を与えあうのはどうだい？」

トレイの手が彼女のセーターの下にもぐりこんで背中を撫であげると、ソニアは彼の腰に脚をからめた。「最高のアイデアね」

今夜は愛しあってぬくもりを味わいたい。満足を与えあうことを楽しみたい。彼の手を体に感じ、唇を肌に感じてじらされたい。すべてがうずいて燃えあがるまで。

もっと。まだもう少し。

ソニアは我慢できないほどの渇望に突き動かされ、ベッドの上で反転して自ら動きながら、もっと、もっととトレイを駆りたてた。

ソニアはまるで山火事のようだった。トレイの下で、上で、まわりで燃えている。熱くてすばやくて危険な存在だ。トレイは雰囲気やペースは彼女に合わせるよう自分に言い聞かせたが、そもそも選択の余地があるのかどうかわからなかった。今夜は彼女に翻弄されている。

はやる気持ちが、さらにはやる気持ちを引き起こす。組み敷かれ、わななきながら息を切らすソニアの両手を、トレイはつかんだ。彼女のなかに身を沈め、その顔に悦びの衝撃が走るのを見つめた。息をのみ、瞳をぼんやりさせて声をもらすさまを。

ソニアは身を震わせながらも、トレイとともにリズムを刻み、すばやいひと突きごとに容赦なくのぼりつめていく。ふたりは絶頂に達すると、からめた指に力をこめてしっかりと握りしめた。

時計が三回鳴った。ソニアは眠り続けた。トレイは彼女の横で目を開けたまま、階段の下から流れてくる音楽に耳を澄ました。

家のどこか奥のほうから女性のすすり泣きが聞こえた。

翌朝、九時前にクレオが図書室の前に姿を見せたので、ソニアは驚いた。

「クレオにしては早起きじゃない」

「今日は絵にちょっと時間をかけたくて、そのためには早く始めないと。トレイはもう帰ったの？」

「もうすぐ今日の最初の予約の時間だから。こうしているあいだにも〈ドイル法律事務所〉のウェブサイトが更新されるわ。五、四、三、二、一」

「そして歓声があがる」クレオがそう言ってあくびを嚙み殺した。「コーヒーを飲まなきゃ」

　十分後にクレオがマグカップを手に戻ってきた。

「さっき、撮影の件でコリーン・ドイルにテキストメッセージを送ったわ。彼女はきちんと準備してから取りかかる《ラインズ・アップ・ハー・ダックス》女性って印象を受けたから」

「ええ、それは的確な表現だと思う」

「あなたの愛する友《ダック》は明日、〈ライダー・スポーツ〉のヨガウェアを着てポーズを取ることになるらしいわ」

「明日とは仕事が速いわね。あなたの予定は大丈夫なの？」

「お互いに都合がよかったの。コリーンが街の小さなヨガスタジオを手配してくれたから、そのあとで用事をすませることもできるし」

「わたしも行ったほうがいい？　一緒のほうがいいわよね」

「来なくていいわ。だって、なんでも仕切ろうとするでしょう。こうしたほうがいい、ああしたほうがいい、こっちを見て、あっちを見てって」

「たしかに。自分でもどうしようもないの。でも――」

「よく撮れた写真をコリーンが送ってくれるから。仕事に戻って」

「髪型をどうするか話しあったほうがいいわ」

「いいえ、話しあわなくて大丈夫よ」クレオが叫び返してそのまま歩いていった。

ソニアはクレオの気持ちを変える別の文句を思案した。いちかばちか説得してみようとも考えて——その案は早々に没にした。

それでもあれこれ思い悩んでいたが、昼の散歩を終えた直後にコリーン・ドイルからメールでファイルがいくつか届いた。

最初のファイルには自転車に乗ったエディの写真が十枚以上まとめられていた。スーツにネクタイ姿でバックパックを背負っている。背景をぼかしてあるのでどこのどの通りを走っていてもおかしくない。

若者が自転車で仕事に向かうところね、とソニアは思った。

ふたつ目のファイルにも十枚以上の写真があり、こちらにはオーウェンが写っていた。汗をにじませたセクシーなノースリーブの黒いTシャツを着て、重いダンベルを肩のほうへ引きあげているところで、上腕二頭筋が盛りあがり、引きしまった表情で集中した目をしている。

立っている写真もじっくり見たが、やはりこの二頭筋カールのクローズアップがすべてを物語っていると思った。

「これは使えるわ」

ソニアはすぐにふたつの選択肢とレイアウトの検討を始めた。

最終的に急ぎ足でキッチンへ向かった。

「サラダを作ってるの」クレオが言った。「この豚肉とポテトの量なら、ふたりでもう一食分にはなりそうね。サラダもあるから」

「いいわね。これを見て」

ソニアはクレオにタブレットで制作中のレイアウトを見せた。

「へえー、自転車に乗っている人はすごくハンサムね——スーツにネクタイ姿というアイデアがいいわ。それに腕の筋肉。うーん」

「わかるわ、セクシーよね」

「あなたにはもう相手がいるじゃない」

「〝うーん〟と思いつつ見るだけなら許されるでしょ」

「たしかに。それすら許されないなんてかわいそうだもん」

「想像してみて。ヨガのポーズを取っているあなた、バスケットボールをしている子ども、球に手を伸ばしている、あるいは内野ゴロをさばいているトレイ。ほかにもあるの。全員分が手に入ったらポスターにするつもり。〝スポーツに、日常に、〈ライダー〉はあなたのそばに〟みたいな」

「もう動きだしているじゃない、ソニア」

「夕食後にあと一、二時間かけて方向性を練ってから進めてみるつもり」

「いいわよ。今夜はわたしの人魚に――じゃなくて、オーウェンの人魚に――もう少し時間をかけようと思っているから」クレオが言葉を切ってため息をついた。「ああ、まったく。ソニア、あたしたちっていつからこんなに退屈な人間になったの？」

「退屈？　まさか。わたしたちはモチベーションが高くて、創造力があって、仕事ができる女性よ。わたしたちは自分で道を切り開くの」

「そのとおりだわ」

「それに、クラブに行ったばかりだし」

「行ったわ。行ったけど、ねえ、パーティーでもしてみない？　みんなで集まって交流するの」

「大人数で？」

「大人数で。ほら、食べて飲んで会話するの。知り合いはいるわ。ドイル家とかオーウェンとか――ほかのいとこも呼べばいいじゃない。ブリーとマニーも」

「ジョン・ディーと、たぶんロック・ハードの残りのメンバーも」

「そこにプールズ・ベイのあなたのクライアントを加えるの。花屋の女性たち、ジジ」

アイデアが浮かんだソニアは、サラダボウルからクルトンをつかんで口に入れた。

「ただ大人数を呼ぶだけじゃなくてオープンハウスにするの。大通りのお店の人とか村長とかを招いて」

「堅苦しくないものにしましょう。好きな時間に来て、好きな時間に帰れるの。そうね、三時間くらいの設定で」

「いいわね。みんな来るわよ。興味津々だもの。長年ドイル家以外にこの屋敷に入ったことがある人はほとんどいないから。もし、いたとしてもよ」

「計画を立てないと」

「わたしたちの得意分野ね」

「あたしたちよりうまい人はいないわ」クレオが言った。「屋敷のイラストはまかせて」

「わたしはそれを使って招待状を作る」

「明日、コリーンに会うでしょう。彼女なら招待者リストに誰を載せるべきかわかると思う」

料理を盛りつけたあと、ふたりはキッチンカウンターに座って詳細を相談した。

「五月の下旬か六月の上旬」ソニアは決めた。「緑があって花も咲いているでしょう。プランターにも花を植えるの。みんながテラスや庭園で楽しめるように」

「こんなふうにアイデアがうまくまとまったとしても、あたしたちの乏しい実力ではどう考えても料理は無理ね」

「だから街の全部のレストランを使うの――少しずつね。〈ロブスター・ケージ〉、ピッツェリア、ホテルのレストラン、ベーカリー、〈チャイナ・キッチン〉、〈ヴィレッジ・パブ〉に何か頼むの。すべての店から少しずつ」

「ビュッフェ形式ね。地元の人たちとのすばらしいつながりもできる。名案だわ。給仕が必要になるわね」

「ブリーとアンナのご主人に話して、この問題を解決する力を借りましょう」

「大人数のパーティーどころじゃないわね、ソニア。一大イベントよ」

ソニアはわくわくして椅子の上で跳ねた。「わたしたちが退屈なんて誰が言ったの？」

「あたしじゃないわ」

ふたりともあふれんばかりのアイデアとやる気を抱え、仕事をするために部屋に戻った。

ソニアは仕事を始める前にトレイにテキストメッセージを送った。

〈ニュースよ！　クレオとイベントを開くことにしたわ。五月下旬か六月上旬に。オープンハウス形式にして、屋敷に友だちや親戚、地元の名士、政治家、店主を招

くの。招待客リスト作成の手伝いを募集中〉

〈大仕事だな。こんなに早くそんな催しをして大丈夫か？　答えはイエスだろうが。手伝いはできるが、ぼくより母やセスのほうがこういうことには向いている。警告しておくが、断る人はほとんどいないし、がっかりする人もいないだろう〉

〈計画する時間が何週間もあるから準備はできる。クレオが明日、あなたのお母様と会うから、お母様には彼女から協力をお願いすることになると思う。今夜はふたりとももう少し仕事をするの。あなたは？〉

〈同じだ。ムーキーはぼくのことをつまらないやつだと思って、ヨーダに会いたがっている。ぼくもきみに会いたい〉

〈クレオはわたしたちが退屈な人間じゃないかって心配してる。わたしもあなたたちに会いたいわ〉

〈明日、仕事を抜けられたら、クレオも一緒に夕食へ出かけないか？　ホテルの

〈タバーン〉に行ってみるのはどうかな〉

〈クレオにきいてみるけど、行くと言うと思うわ。わたしは間違いなくイエスよ。もしあなたが朝食まで一緒にいてくれるなら〉

〈七時に迎えに行く。翌朝はおそらく八時半まではゆっくりしていられるから、ベーグルを分けあおう。仕事はそこそこに〉

〈あなたもね。ここはしばらく静かだからこの機を逃す手はないわ。また明日ね〉

トレイが最後に送ってきたハートの絵文字の意味を解明しようと、ソニアは数分考えた。

「やだ、やめなさい。こんなの高校生みたい」

それはひとまず置いておき、花屋のファイルを開いた。

アトリエではクレオがキャンバスの前に立っていた。いまでは人魚が両手で持っているものが何かわかっている。宝石ではない。貝殻でもない。彼女の手にあるのは透明なガラス玉だ。その玉のなかにはもうひとりの人魚がいて、岩に座って海を見ながらクジラの声に耳を傾け、ガラス玉を手にしている。

そして、そのなかにもまたもうひとりの人魚がいる。

まず技術が求められるのは鱗《うろこ》のごくごく細かい部分で、それから光がガラス玉に当たり、そのガラス玉のなかのガラス玉に当たるさまをどう見せるかだ。

フルートと弦楽器の心地よい音楽を流しながら主となる球体を描いた。きらめく夕日を受けてガラス玉がやわらかく輝き、次に内側の球体の光がその内側を照らすようにしたかった。

少量の金、わずかな赤、ピンクがかった紫。

クレオは絵の具を混ぜて、ごくごく軽いタッチでゆっくりと光を描いていった。

指が痙攣《けいれん》を起こしたところで絵筆を置いて後ろにさがった。指をほぐしながら成果を観察する。

いいわ。かなりいい。

指をほぐしながらアトリエを出て、廊下の奥のバスルームへ向かった。戻ったらもう一度新鮮な目で見てみよう。もう少し時間をかけてもいいかもしれない。請け負った仕事はスケジュールどおりに進んでいるので、あと一時間かそこらを絵にかけても朝は少し寝坊ができる。

世の中が夜型の人間を中心にまわっていないのが残念だ。クレオはそう思いながら用を足した。

ハミングをしながら手を洗い、洗面台の上の鏡に目をやった。

ヘスター・ドブスが背後に立っていた。

クレオは身を守ろうと両手をあげて振り返った。空気は冷えきっていたが、そこには誰も立っていなかった。早鐘を打つ胸に片手を当ててクレオは背中を壁に押しつけた。

「あなたには見覚えがある」ソニアのスケッチは乱れた黒髪、獰猛な黒っぽい目、鋭い顎、大きな口といった特徴をとらえていた。「あなたを見たことがあるわ」

声がほんの少し震えていたかもしれないが、クレオは肩をいからせた。「さあ、とっとと消えてちょうだい」

浴槽の蛇口から湯が噴きだした。洗面台のつまみがまわり、シンクに湯がたまっていく。つまみをひねってとめようとしたが金属は燃えるように熱く、あわてて手を離した。

今度はタオルで手を保護してつかんだが、つまみはびくともしない。蒸気が部屋を満たし、何かがドアを激しく叩く音がした。

武器を求めて必死にあたりを見まわしたとき、曇ったガラスに何やら文字が見えた。

〝出ていけ、さもなくば死ぬ〟

蒸気で湿った部屋の空気が凍えるほど冷えていった。

デスクに座っていたソニアは、物音ひとつしない部屋でその夜の仕事を終えてコンピューターの電源を落とす準備をしていた。夜に行った作業を保存していると、ヨーダがデスクの下で身じろぎした。

そして、うなりだした。

ソニアは椅子を引いてヨーダに手を差し伸べた。「どうしたの？」

暖炉で小さくちろちろと揺れていた火がごうっと燃えあがった。壁掛け式のモニターが破裂し、上階から女性の悲鳴が聞こえた。

図書室の戸袋に収納されていたドアが勢いよく閉まり、明かりが消えた。

暖炉の炎が赤く不気味に部屋を照らし、影を焼きつけ、窓ガラスに映っている。愛する部屋は地獄のようなありさまとなった。

悲鳴と激しく吠える犬の声にまぎれて何かを打ちつける音が聞こえ、シャンデリアが振り子のように揺れた。

三階だ。クレオ。

ソニアはドアに駆け寄り、開けようと引っ張った。わずかにこじ開けてもばたんと閉まってしまう。「どうしたのよ、開きなさいよ！」

さらに力むと先ほどよりは隙間ができた。また閉まる前にヨーダがドアをすり抜けていった。

「だめ、だめよ！　ヨーダ、待って！　ちょっと、わたしの犬を傷つけたらただじゃおかないわよ！」

すべての力と恐れと怒りをかき集め、ソニアはなんとか通り抜けられる程度にドアを開けた。クレオの名前を呼びながら三階へ急ぐ。

クレオがヨーダを抱えて廊下を駆けてくる。

「出られなかったの。出られなかったのよ」震えながらクレオがソニアに抱きつき、犬がふたりの顔をなめた。「バスルームに。あそこにドブスと一緒にいたの。あたし、見たのよ」

「ドブスを？」

「彼女がいると思ったら、次の瞬間にはいなくなっていて。でも、たしかにいたわ。彼女が全部のお湯のつまみをまわして、あたしはドアを開けられなかった。それでパニックになって。怯えてしまって。完全に取り乱してた」

「触られたの？　傷つけられたの？」

「いいえ、それはない。ああ、彼女は鏡にあたし宛のメッセージを残した。出ていかないと死ぬって。そんなのくそくらえよ、ヘスター・ドブス！　ごめん、ソニア」体を離してクレオが目をぬぐった。「われを失っちゃって。こんな状況に遭遇することがあっても、あたしは立ち向かえると思ってた。本当に自分が腹立たしい」

「立ち向かえたじゃない。立ち向かえてたわ、最初から。だからドブスに攻撃されたのよ」

「そう思う？　そうかもしれない。まったく、今回は彼女の勝ちだけど、これで最後よ」

「図書室も攻撃されたの。暖炉の炎が燃えあがって、モニターが壊れて、明かりが消えて、ドアがばたんと閉まった。そのあと階上《うえ》から何かを叩く音が聞こえたの。階下《した》へ行きましょう。ヨーダを外に連れていかないといけないし、わたしたちにも新鮮な空気が必要よ」

「絵筆を洗わないと。戻って、もうしばらく続けるつもりだったから。今夜はやめにするけど片づけなきゃ」クレオは息を大きく三回吐いてから顔をあげた。「ドブスにアトリエから追いだされたりはしない。これ以上、彼女の思いどおりにはさせない」

「一緒に片づけて、それから犬を散歩に連れていきましょう」ソニアがもう一度クレオを抱きしめて耳元でささやいた。「話は外でね」

クレオがうなずいて、先に立ってアトリエへ向かった。

「わあ、クレオ！　この人魚は目を見張るほどすてきだわ」

「まだ完成にはほど遠いのよ」

「でも、本当に見事よ。ああ、その球体。あなたが何をしているのかわかったわ。魔法を使っているのよ」

「だといいんだけど。オーウェンには彼女を飾る最高の場所を用意してほしいわ。それくらい価値があるものに仕上げるつもり」

アトリエが片づくと、ふたりはバスルームに向かった。

「何もなかったみたい。でも、たしかに起きたことなの」

「そうね」ソニアはクレオの手をつかんだ。「それでもわたしたちはここにいる」

そろって歩くときも屋敷は静けさを保っていた。図書室の暖炉の火は小さくなっている。

夜気のなかに足を踏みだすと、ソニアはジャケットをさらに引き寄せた。「ドブスは力をためこんでいたんじゃないかしら。ここ数日、ずっと静かだったじゃない。そうする必要があったのよ。蓄えてから今夜みたいに一気に放出するために」

「バッテリーを充電するみたいなことね。そうやってある種のエネルギーをためこんでいたというのは、うん、たしかに筋が通ってる。獰猛で勇敢なヨーダが救ってくれたの。あの子が吠えているのが聞こえて、無意識にもう一度ドアに手を伸ばした。その前には開けることができなかったドアに。そうしたら開いたの。そこにヨーダがいた。あたしはあの子を抱きあげて逃げた」

「ドアをどうにか数センチこじ開けたところで、ヨーダがすり抜けていったの。さらに怖くなったわ。あなたとヨーダの両方が心配で。こんなことを口にするなんて自分が信じられないけど、あなたのおばあちゃんが助けてくれたとか？　ドブスの力を鎮めてくれたりした？」

「必ず確認するわ。ところでお泊まり会をしない？」

「お泊まり会か、いいわね。わたしの部屋でどう？　ヨーダのベッドがすでにあるし」

「そうしましょう」

「ねえ、クレオ？　もしわたしが起きて歩きだしたら引きとめないで。ついてきて」

「本気なの？　こんなことがあったのに？」

「本気よ。こんなことがあったからこそ。ついてきて。トレイに電話して。そうすれば、なんらかの答えを得られるはず。いまあるのは疑問だけだもの」

「ひとりにはしない」クレオがソニアの手を取った。「約束する」

29

一九一六年

人生でもっとも幸せなこの日に、わたしはリスベス・アン・プール・ウィットモアになる。今日、愛しいエドワードと結婚する。ああ、村の小さな教会に入りきれないほどの人たちが、わたしたちが結婚の誓約をして夫婦になるところを見に来ている。親友のダイナは——わたしの主たる花嫁付添人のダイナは——ドレスがとっても似合っている。薄い青緑色は彼女にぴったりだ。彼女がいとこのヒューと結婚してくれればいいのに！　エドワードの幼い姪がピンクのオーガンジーのドレスでバージンロードに薔薇の花びらをまいてくれるのも楽しい。

胸を高鳴らせて大好きな父の腕を取る。この瞬間をずっと夢見てきたわたしが、いまこうして実際にここにいる。頭のなかで天使の歌声を聞きながら、未婚女性として最後の道となる薔薇の花びらが散ったバージンロードを歩きだす。

わたしは美しい花嫁でいたい。ドレスがすばらしいのはわかっている。白いシルクのシャルムーズ生地で、胴着《ボディス》と袖にレースが織りこまれ、いくつものワックスパールがついている。ダイナや母や仕立て屋が請けあってくれたように、サテンの編みこみベルトがアクセントのほっそりとしたアウトラインがスタイルを引きたててくれているはずだ。

髪はヴェールの下の高い位置でまとめ、右肩のあたりにカールを垂らしてある。完璧に仕上げるには相当時間がかかったけれど、愛しいエドワードのためにどうしてもおしゃれでいたかった。

魅力的な彼がわたしを待っているのを見ると胸がどきどきする。母が涙を浮かべているのが見えたものの、あれは幸せの涙だと知っている。あとはもうエドワードしか目に入らない。

父がわたしのヴェールをあげた。頬にキスをして優しく声をかけてくれる。「愛しているよ、リシー」それから父はわたしの手をエドワードの手にのせる。

エドワードがわたしを見つめる様子から、自分が美しい花嫁なのだとわかる。ずっと温めてきた夢がこの村の小さな教会で現実になる。

夫と妻としてバージンロードを戻るとき、幸せの涙で視界がぼやけてほとんど見えなかった。ああ、参列者たちがこのうえなく上機嫌でライスシャワーを行っている。

村人たちの祝福を浴びながら、わたしたちは父のT型フォードで屋敷に向かう。道を曲がってマナー通りに入ると、エドワードが抱きしめてキスをしてくれる。このあとの初夜のことを思ってまた胸がどきどきしてきた。

母とはふたりきりでざっくばらんに話をした。もちろん夫婦のベッドで何をするのかは知っていた。なんといっても十八なのだ。それでも不安はあるので、エドワードがわたしを名実ともに妻にしてくれるときは優しく辛抱強くあってほしい。

でも、いまはお祝いのときだ。かなり暑いけれど気にしてはいられない。料理はたっぷり用意されている。シャンパンは輝いている。

エドワードとわたし、ふたりの両親、そして結婚披露宴——このすべてが堅苦しい写真におさめられる。じっと座っていられないほど鼓動が速まり、足は踊りだしたくてうずうずしている。とはいえ、これは花嫁の務めで、母が言うようにこれから何年もこの写真を大切にするだろう。

楽団が舞踏室で演奏している。ワルツはもちろんのこと、フォックストロット、ターキートロット、グリズリーベアといったにぎやかなダンスの曲も用意してある。

何もかも活気があって華やかだ。気がつくと、この日がずっと終わらないことを祈っている。

胸のあたりに一瞬、針で刺されたような痛みを感じる。また不安がぶり返してきたのだと思い、落ち着こうと胸を押さえる。けれども二度、三度と痛みに襲われ、何かが肌の上でうごめくのを感じると、自分が悲鳴をあげていることに気づいた。

いきなり耐えがたい熱に襲われる。炎に包まれているかのようだ。胃が痙攣し、胸が締めつけられる。何かが這いまわって、全身を浅く深く刺している！

どうやら気を失ったらしい。自分の体から抜けだして、舞踏室の床に倒れて痙攣を起こしている自身の姿を眺めているのだから。

彼女が、黒い服を着て冷笑を浮かべた女が歩いてくる。わたしを見おろして立っている。どういうわけか、わたしをかき抱くエドワード以外、まわりには誰もいない。

誰も、誰ひとりとして、わたしを見おろす女の姿が見えていない。

彼女が言う。「すぐに終わるわ」そしてわたしの指から結婚指輪を抜き取ったと同時に、わたしの肉体も魂も死を迎える。

朝が来てソニアが起きあがると、クレオが寝返りを打った。

「あなたが死んだみたいに眠ることをすっかり忘れていたわ。でも、この家でそんなことを言うのは間違っているわね」クレオが枕を引き寄せた。「あなたが早起きすぎることは忘れていなかったけど。あたしはあと一時間寝るわ」

「どうぞお好きなように。わたしが起きだしていたとしても、あなたはずっと寝ていたかもしれないわね」

「起きださなかった。午前三時の時計の音は聞いたもの。あなたは目を覚まさなかった」

「鏡の一件はあれきりだったのかもしれないわ。そのことをどう感じたらいいのかわからない。ああ、いろいろあって忘れていたけど、トレイが七時ごろに迎えに来て、わたしたちを夕食に連れていってくれるって」

クレオがまた寝返りを打った。「あたしも相手を見つけてあなたのデートに割りこむのをやめないと」

「割りこんでなんかいないわよ。それにデートの最後はふたりきりで過ごすつもり」

「それなら喜んでついていく。おやすみ」

ソニアは階下におりてコーヒーを飲み、犬を外に出した。

どうして日の光は夜のすべてを――あのどたばたした夜を――どこか遠い世界の出来事のように感じさせてくれるのだろう。

そんなふうに考えるのは本当にばかげている。屋敷のどたばたの多くは白日のもとで起きているのだから。それでも遠い世界の出来事だというばかげた感覚をしばらくは味わいたい。

ソニアは花屋の案件に戻り、いまやそのままずばり〝イベント〟と名づけた催しにどの店のフラワーアレンジメントを使いたいか個人的なメモを残した。

クレオがドア枠をノックする音で顔をあげた。

「撮影に出かけてくるわ」

「わあ、その格好、すてきね」

「そう?」クレオは大胆な赤のスポーツブラと黒と赤の模様をぼかしたヨガパンツの上に、襟の開いたシャツをはおっていた。髪は太めの三つ編みにして、耳にはきらきらしたスタッドピアスをつけている。

「やっぱり一緒に行かなきゃ」

「来なくていい。じゃあ、あとでね」

「写真の仕上がりを見たいから、送ってくれるようにコリーンに伝えて」ソニアは部屋を飛びだして、階段をおりていくクレオに呼びかけた。「カメラを直視しないでね。ヨガのポーズを取るだけで、写真のポーズを取る必要はないんだから」

クレオが黙って手を振り、クローゼットからジャケットを取りだした。そのまま歩いていく。

「忘れないで――」

クレオが後ろ手にばたんとドアを閉めた。

ソニアがぶつぶつ悪態をつくと、クローバーがイーグルスの《気楽にいこう《テイク・イット・イージー》》で応えた。

「わかってる。わかってるわよ。何も問題ないわ」いらいらしたままデスクに戻り、勢いよく腰をおろした。すると正面のドアが開く音がしたので、ソニアはまた部屋を飛びした。

「ねえ！　ちょっと伝えておきたいんだけど――」

ソニアは口をつぐんだ。ドアは開いている。けれども、誰も立っていない。そしてクレオの車が走り去る音がはっきりと聞こえた。

ソニアの視線の先でドアがふたたび閉まった。ドアベルが鳴った。ヨーダがおりて吠える声が反響した。

「誰もいないわ。階上《うえ》へ戻るわよ」

廊下のあちこちでドアが音をたてて閉まっていく。鋭い銃声のような音だ。使用人用のドアが振動してきしんだ。ソニアの心臓は早鐘を打っていたが、大股で階下へおりて犬を抱きあげた。

「ドブスのことは無視するの、わかった？」

通り過ぎるときに使用人用のドアが開き、遠くで呼び鈴の音が聞こえた。かっとなってドアを閉め、図書室に入った。

タブレットから《邪悪な女《イーヴィル・ウーマン》》が流れた。

「わかってる」

ドアベルがまた鳴ったので、図書室のドアを閉めようかと思ったが、それでは隠れているようだと考え直した。

代わりに座ったままヨーダを膝にのせてなだめた。

「勝手にやっていればいいわ！」ソニアは叫んだ。「それで時間とエネルギーを無駄にすればいいのよ。わたしはどこにも行かない。ここはわたしの家よ。あなたなんて根絶させなきゃいけないただのペストじゃない」

部屋のなかを氷のように冷たい風が猛烈な勢いで吹き抜けた。ソニアのムード・ボードがぐらつき、スケッチブックが舞いあがる。頭上ではつりさげ式の照明が荒れた海上のボートのように揺れている。椅子が床から持ちあがりそうになった瞬間、ソニアは片腕でヨーダを抱きしめ、もう片方の腕でデスクの縁をつかんだ。

椅子が震えながら数センチ浮き、ソニアはその場にとどまろうと筋肉が悲鳴をあげるほど腕に力を入れた。

すると椅子がどすんと下に落ち、風がおさまった。

犬をさらに引き寄せ、一緒に落ち着こうと体を揺らした。「怒らせたみたいね。それでもかまわないわ」

息があがっていたかもしれないし、肌を包む冷気は骨身に染みるようだったが、それでも大丈夫なはずだ。

ソニアは犬を撫でながら、背もたれに体を預けて目を閉じた。

「わたしは頭がおかしいのかしら？　こんなにいろんな目に遭っても居座っているなんておかしい？　正気の人ならしっぽを巻いてボストンに帰ってる？」

クローバーがヘレン・レディの《わたしは女《アイ・アム・ウーマン》》でその問いに答えた。

ソニアの笑い声は少し震えていたが、それでも笑いには違いなかった。

「さてと、この散らかった部屋を片づけて仕事に戻りましょう」

この出来事で写真撮影のことはすっかり忘れていた。最初のファイルが届いたときには、とりわけそれを開いたときには驚いた。

クレオがネイビーブルーのヨガマットの上でプレッツェルのように体をひねり、目を閉じて間の抜けた笑みを浮かべている。

「笑えるわね。これを採用したらあなたは笑えないと思うけど」

けれどもその写真は、コリーンとクレオが問題なく協力関係を築けたことを物語っていた。

それから一時間後には、花屋の案件の最初のテストを始めた。ヨーダがデスクの下からもぞもぞと出てきて階下に走っていった。

「いま？　あと十分待って。十分で外に行くから」

すると、廊下の奥からボールが弾む音が聞こえてきた。そのほうがいいわ、とソニアは思った。この家には住みこみのドッグシッターがいる。

十分ではなく五十分を仕事に費やしてから、前回は少年にどんなふうに逃げられたかを思いだして声をあげた。

「これからヨーダを散歩に連れていくわ」

ヨーダはソニアを待っていたかのようにおすわりをしていた。そして後ろ脚で立ちあがり、何歩か前進した。

「すごいじゃない！　見事なチームワークね。ありがとう、ジャック」

いいえ、わたしはおかしくなんかない。ソニアは犬と一緒に外を歩きながら思った。頑《かたく》なに、断固として、進んでこの状況を受け入れる。こうして春が冬を押しのけているのを肌で感じると、その決意がいっそう強くなった。ラッパズイセンは開花のときを待っている。屋敷の脇の魔女のようにも見えるカリステモンのつぼみはまだかたいけれど、まもなく開くだろう。

日陰には雪がまだ静かに居座っていようとも。

背後で窓が開く音がして、〈黄金の間〉から何か恐ろしいものが飛びだしてくるのではないかと思いながら振り向いた。

ところが予想に反し、クレオの部屋の窓が開き、ソニアの寝室の窓も開いていた。風を通しているのだ。ソニアは気づいた。初めての春の息吹を部屋に通している。いいえ、わたしはおかしくなんかない。ソニアはふたたび思った。そしてクジラが鳴く様子を見て心が晴れるのを感じた。世の中の仕組み全体に対する見方を少し変える必要はあったけれど、だからといってわたしの頭がおかしいわけではない。

車が走ってくる音がした。ヨーダが歩道を駆けていき、クレオの車が曲がってくるのを見ると、くるくると二回まわった。

クレオはシャツのボタンはとめていたが、ジャケットは腕にかけていた。

「なんていい天気なの！　街はもっとあたたかかったわ。ラッパズイセンが咲いていた。それからヒヤシンスも」

「撮影はどうだった？」

「最高、ほんとに最高だった」クレオがかがんでヨーダを撫でた。「一時間近く前に終わって、それからコリーンとランチを食べたの。そうすればあたしたちが招待客リストに取りかかれるだろうからって」

「一時間前？」

「彼女は仕事ができるから。あたしも同じ。ヨガスタジオにはすばらしい自然光が入っていた。あそこでいくつかクラスを受けてみようかな。あなたのほうはどうだった？」

「いろいろあったわ。まずはあなたが走り去る前に居候の女が暴れだしたの。ドアをばたばた閉めて、ドアベルを鳴らして。目新しい脅しではなかったけど、そのあと図書室に疾風を吹かせた。実際に椅子が床から持ちあがったわ。わたしをのせたままで」

「ああ、ソニア」

「わたしにペストと言われて反撃してきたのよ。そのあとはドブスも静かにしてる。クローバーが一緒にいてくれて、ジャックはヨーダと遊んでくれた。全体的に見ると屋敷での典型的な一日ってところね。ああ、それからモリーがわたしたちの寝室の空気を入れ替えてくれている」

クレオが視線をあげた。「いいアイデアだわ。今日は空気の入れ替えにぴったりだもの」

「さてと、どうして撮影した写真が届いていないのか教えて」

「写真を送るのはあたしが家に着いてからにしようとふたりで決めたからよ。そうすれば一緒に見られるでしょう。家に着いたとコリーンにメッセージを送るから、ふたりで見ましょう」

「本当に充分な枚数が取れたと思う？　撮影時間は一時間もなかったんでしょう？」

「一時間半近くあったわ」クレオが言い直した。「それに枚数はある。スタジオで見返したもの。あなたがどんな写真がほしいかわかっているし、コリーンもそう。洗練されていてプロっぽい写真だけど、さりげなくて好きなことをしているって感じさせるもの」

「まあ、そうね」

「あたしたちがそれをうまく表現できたか見てみましょう」

「コーラを持ってくるわ」家のなかに入ったところでソニアが言った。

「いいわね。あたしも」

キッチンのカウンターにはおやつの箱がのっていた。今回はメモが添えられている。とても形式ばったきちんとした筆記体で書かれていた。

〝投げてみて〟

「クレオ」ソニアはメモを指で叩いた。

「へえ、すごいとしか言えない。あの世からのメッセージ？　ひとつ投げてみましょう」

ヨーダは座ってお尻を振っている。クレオが小さなビスケットを取りだして放り投げた。ヨーダが飛びあがってとらえると、見事に着地した。

「わあ、よくやったわ、ヨーダ」クレオが拍手した。「よくやったわね、ジャック。

もうひとつ投げさせて。あなたはチャンピオン犬よ」

「メモを残してくれた」ソニアはつぶやいた。「怖がらせちゃったかと心配したけど、メモを残してくれたのね」

クレオがソニアの肩に腕をまわした。「この屋敷にはいいエネルギーがたくさん存在するわ。さあ、階上《うえ》に行きましょう」

ヨーダは暖炉のそばに落ち着き、クレオはデスクに座るソニアのそばに椅子を引き寄せた。

ソニアはファイルを開いた。

「たしかにたくさん撮ったのね。自然光の話もそのとおりだってこの時点でわかる。完璧だわ」

クリックしながら気になる写真を拡大していく。

「想像がつくかもしれないけど、まずは基本的なヴィンヤサヨガから始めたの。お互いのウォーミングアップの意味で」

「そこに木のポーズを加えたのね。このポーズは完璧、本当に美しいわ。でも、思うに典型的すぎるかな」

ソニアは先に進めた。

「ああ、これ。逆転の戦士のポーズ。この曲線、光。採用候補だわ」

ソニアは次に行く前にフラグを立てた。もうひとつにもフラグを立てる。戦士のポーズ3だ。それから床でのポーズに移った。

「やってくれるわね」ソニアはクレオが開脚し、上体を前に倒して床につけている写真を見ながら言った。「でもこっちの写真、このブリッジのポーズ、この曲線もいいわ。光は当たったままだし。さっきのはやめてこっちにしましょう。片脚ブリッジで脚を上に伸ばした写真。この曲線と角度。こんな体勢でどうしてリラックスしているように見えるの？」

「だってリラックスできるんだもの」

ソニアは残りに目を通し、クレオが脚を組んで祈るように手を合わせ、目を閉じた最後の写真に行きついた。

ナマステだ。

「どれもあらゆる点で完全に的を射ている。もう一回、いいえ、あと五回は見直すけど、最終的には逆転の戦士のポーズ、戦士のポーズ3、片脚ブリッジに落ち着きそう。どれに決めてもそれぞれのポーズの写真が複数枚あることだし。ありがとう、クレオ。ほんとに、心から感謝してる」

「あたしも楽しかった。それに、コリーンのことも好き。堅苦しくないのに品がいいの。さあ、これからがんばって仕事をするわ。メイクも髪のセットもしてあるから、たぶん六時までは働く。もしあなたがそれより早く終わったら、上階《うえ》に来てあたしを仕事から引き離して」

ソニアはコリーンにお礼のメッセージと厳選したこの時点の候補の写真を三枚送ってから仕事を始めた。ヨーダはうたた寝し、クローバーは静かな往年のロックにポップスを織り交ぜた曲を流している。

〈屋外で撮影しないのはもったいないほどいい天気だった。粘り強さが必要だったけれど——深い井戸が埋まるほど豊富に持ちあわせているから——あなたが求めているものを撮れたと思う。オーウェンが何度か球を打ってくれたおかげで、トレイの競争心がかきたてられ、望みどおりの写真になったわ。あなたの意見を聞かせて〉

ソニアはファイルを開いた。「わあ、わあ、わあ!」声をあげ、実際に椅子から飛びあがって小躍りした。

はき古したジーンズとブルーのTシャツにフィールダーキャップをかぶったトレイが低めの直球をとらえようと腕を伸ばしている。打球は〈ライダー・スポーツ〉のグローブの真ん中まであと数センチのところにある。

ソニアは爪先立ってくるくるまわり、さらにもう一回転してから椅子に戻った。

トレイがゴロを取ろうとしている写真は、流れるような一連の動きと一心にボールを見つめる目をとらえ、もう一枚では——おそらく——ホームベースに送球する瞬間をとらえている。

おまけに思いがけず、腹ばいになってグローブでボールをはさんでいる写真もあった。

ソニアはすべてに目を通し、お気に入りの写真にフラグをつけた。それからコリーンに返信した。

〈興奮しています。言葉が出ません。これに見あう報酬をお支払いしていませんね。いまの言葉は忘れてください。いただいた写真は完璧の域を超えています。あなたの粘り強さと才能と信じられないほどハンサムな息子さんに感謝します〉

ソニアは電源を落としてタブレットを持ち、まっすぐにクレオのアトリエへ向かった。

「仕事から引き離しに来たわ。手をとめられる？　これを見てほしいの」

「もうちょっと」クレオは作業台に卓上用のイーゼルを置いて座り、アクリル絵の具でイラストを仕上げていた。

　工程を把握しているソニアはソファに座り、タブレットにコピーしたファイルにもう一度目を通した。

　クレオがゆったりと椅子に背を預けると、ソニアは勢いよく立ちあがった。

「どう思う？」クレオが尋ねた。

　ソニアはクレオのもとに戻って絵を観察した。「海のなかでの恋人たちの出会い」

「人魚には人魚の恋人が必要だから」

「すごくいい。ふたりが近づいて、手を伸ばして、指が触れそうになっている。切なる想い」

「それを描きたかったの。セックスだけじゃない、感情なの。切望なのよ。人間がみな持っているもの。さてと、何を見ればいいの？」

「躍動感があって詩のように美しい、もうひとつの作品よ」

「ああ、コリーンは連絡してみると話していたの。でも、もちろんトレイの都合が合わないこともあると思ったし。それで、もう一度うーんと言ってもいいかしら？」

「いいわよ」

「あなたが求めていたのは、まさにこういうものだったのよね。でもこれは――実際に宙に浮いているの？　見事だわ」

「トレイのために額に入れることにする。思うに、あなたの開脚の前屈姿勢もそうだけど、これはすごすぎる。普通の人が怖じ気づいちゃうくらい。第一にグローブの〈ライダー・スポーツ〉のロゴがはっきり見える。クライアントが喜ぶわ」

「そこよね。そろそろ着替えないとミスター・ベースボールが迎えに来ちゃうわ」

「急いでシャワーを浴びなきゃ」ソニアは時計を確認した。「時間が経つのって、どうしていつも信じられないくらい早いの？」

ソニアは急いで階下に戻ってシャワーに飛びこんだ。体にタオルを巻き、髪はひねってポニーテールにすることにして、クリップでとめてセット完了とした。ミスター・ベースボールとの夜を思って心を躍らせながら、いつもの〝十五分で夜のお出かけメイク〟を施しつつ、何を着ていこうかと考えた。

バスルームから出ると、服はすでに用意されていた。

ソニアは流れるような白いシャツ、細身のグレーのパンツ、肩先が隠れる程度の袖がついたざっくりとした赤いセーターを見つめた。

「モリーは赤が好きみたいね、ヨーダ。でもこれはいいわ」

服を着てアクセサリーを選んでいると、携帯電話が鳴った。トレイの名前が表示されている。

いろいろあったことを電話で話すのはやめよう。クレオと一緒に食事をしながら話せばいい。

そのほうが生き生きと伝わるはずだ。

「もしもし、スター選手さん？」

トレイが力なく笑った。「ああ。聞いてくれ、ソニア。ちょっとした問題が起きて、今夜は夕食に行けそうにないんだ」

「あら、残念。大丈夫？　動揺しているみたい、声に出ているわ」

「大丈夫だ。連絡が遅くなってすまない」

背後で人の声がする。呼びだしの放送のようだ。ソニアは心臓が飛び跳ねた気がした。

「病院なの？　けがをしているの？　いったい――」

「ぼくじゃない。ぼくはなんともない」

「それなら、ご家族ね」

「いや、違うんだ。家族は問題ない。依頼人なんだ。彼女を……くそっ、あいつがめちゃくちゃに殴ったんだ。離婚訴訟を、ほんの二週間ほど前に離婚訴訟を担当した。相手が酔っ払って、それ自体は珍しいことじゃないが、家に押し入って依頼人を襲った。接近禁止命令が出ていたっていうのに」

動揺しているだけではない、とソニアは気づいた。激怒して精神的に参っている。

「かわいそうに。本当にお気の毒だわ。そっちに行きましょうか？　わたしならかまわない。何か力になれる？」

「いや、その必要はない。ありがとう……いま彼女は治療を受けていて、命に別状はないだろうということだが。子どもが隣家に駆けこんだおかげで、隣人が通報してから家まで駆けつけ、状況がさらに悪くなる前に男をとめた。くそっ、彼らとは十年来のつき合いだったのに」

この瞬間にソニアが願うのは、トレイを抱きしめることだけだった。

「子どもたちは大丈夫？　警察が保護しているの？」

「かなりショックを受けているが、大丈夫だ。立ち直れるだろう。いまは近所の人と一緒だ。それからそう、男は拘束されている。ぼくは依頼人についていなければならない。目を覚ましたときにひとりでいてほしくないんだ。彼女の母親と姉が飛行機でこっちに向かっているが、到着するのは十時か十一時になる」

「もしわたしたちにできることがあれば――子どもの様子を見てくるとか、ムーキーを迎えに行くとか――電話して」

「ありがとう。オーウェンが立ち寄って犬を預かってくれた。ぼくはただ、依頼人の家族が来るまでここに張りついていればいい。ハルともう一度話したいし」

警察署長だ、とソニアは思いだした。

「明日また連絡する」

「わかったわ。そのときに話しましょう」

電話を切ると、クレオが戸口から声をかけてきた。「聞こえた範囲で判断すると、何か悪いことが起きたのね」

「トレイの依頼人のひとりが病院に運ばれたの。別れた夫が押し入って彼女を襲ったそうよ。男は彼女を殴ったの、クレオ。聞いただけで恐ろしいわ」

「実際、恐ろしいことよ。けがの程度は？」

「正確にはわからない。ご家族が病院に着くまでトレイがつき添うって」胃が締めつけられるようでソニアは手を当てた。「数時間のことだけど、彼女はひとりきりにならずにすむ」

「トレイ・ドイルは顔がいいだけじゃない。本当にいい人ね」

「彼はすごく動揺してた。彼が心底動揺している声なんてなかなか聞けないわ。そう簡単には」

「わかるわ」

「そのトレイが動揺して、心配して、いらだっていた。おまけに相当怒っていた。本気で怒っている声を初めて聞いたわ」

「さあ、階下《した》で残り物を集めて何か食べるものを用意しましょう。彼女のためにキャンドルを灯すの」

「ええ。自分の無力さを嘆いてここに突っ立っているよりそのほうがいい。依頼人の女性のこと、わかる気がする――名前は知らないけど」ソニアは階段をおりながら言った。「担当していた離婚手続きで、夫が法廷でどんなふうに暴れて裁判官にとめられたか、トレイから聞いたことがあるの。彼が週末の朝にミーティングに出かけたのを覚えてる？　戻ってきたとき、心配そうにしていた。さっき電話で接近禁止命令がどうとか言ってたから、同じ人のことだと思うわ」

「プールズ・ベイはのどかに見えるし、たいていはそうだと思う。でも、すてきな場所にも悪い人はいる」

クレオが天井を見あげて話を続けた。「あたしたちはもちろんそれが事実だと知っている。彼女にそんなことが起きたなんて気の毒だわ。別れた夫が見さげた凶暴男だというのも気の毒ね。それでもトレイみたいに気を配ってくれる人が、彼女がもっとも必要とするときに寄り添ってくれる人がいることは幸運ね」

角を曲がってキッチンに向かいながら、ソニアはうなずいた。「それについてはあなたの言うとおりね」けれどもソニアは激怒して精神的に参っている彼の声を頭から閉めだすことはできなかった。

「トレイがもし明日、時間があるようなら、外出はやめましょう。ふたりで夕食を作るの。ポットローストなら作れるわ。彼はあれを本当に気に入っていたから。すごく落ちこんでいる声をしていたの」

「トレイのためにポットローストを作ったの？」

「前に一度ね。今回はもっと簡単なはず。たぶん。その笑みは何？」

「ワインを持ってこなきゃ、親友が真剣交際を始めて次の段階に進もうとしているのを目撃したんだから、という意味の笑みよ」

「たぶんね」ソニアは繰り返した。「ああもう、どうしようもないの。トレイはなんていうか……ああいう人なの。でも落ち着いて。一年前まで、わたしはどうしようもない男と婚約していたんだから」

「一年前なんてひと昔前よ。そのワインを注いでちょうだい、あたしはキャンドルをつけるから。どんな食材があるか見て、簡単に作れそうなものを考えましょう」

「母は父と魔法の絆で結ばれていたと話してくれた」

クレオが見つめ返した。「あなたはそれを望んでいるの？」

「ええ。あなたは違うの？」

「もちろんあたしだって望んでる。世界中の誰もが魔法の存在を、魔法が現実になることを望んでいるんじゃないかしら。だって魔法は偶然に出会うものじゃないの、ソニア、起こすものよ」

「魔法は起こすもの。その考え方、気に入ったわ」

「考え方じゃなくて事実なの」

クレオがキャンドルをつけてアイランドカウンターの中央に置いた。「小さな光を、彼女があらゆる意味で回復しますように、そして傷が癒えるあいだもひとりじゃないと思えますように」

ソニアの胃を締めつけていた緊張が一気に解けていく気がした。

「あなたは魔法を起こしてる、クレオ。ただあなたらしくいるだけで」

「光はいつも勝つの。ずいぶん時間がかかることもあるけれど、それでも常に勝つ」

「わたしもそう信じることにする。ここ数日に起こったことをトレイには何も話していないの。今夜の夕食で話そうと思っていたから」

「いい決断だったわね。彼はいま手いっぱいだから。それに自分たちでなんとかしたじゃない。まあ、あたしはわれを失ったけど、一時的にね。でもそのあとはふたりで立ち向かった。彼にはあとで話せばいいわ」

「そう思ったの。わたしたちのことで心配させたくない。特にいまは」

クレオがまたわかっているという笑みを浮かべた。「なるほど、もう彼のことを心配できるようになったんだ」指を立ててソニアを黙らせてから、別のキャンドルを手に取る。「これはトレイに」そう言いながら火を灯した。

「キャンドルの火は効果があるわ。どうしてなのかはわからないけど、効果がある」

「グリルハムとチーズのサンドイッチはどう？　冷凍のポテトをオーブンに放りこんで、今夜は野菜は省略」

「そうしましょう」心が楽になっていたソニアはポテトを用意しようと立ちあがった。

「ヨーダに餌をやって、そのあとテレビの前で食べましょうよ」

「それで涙を誘う胸が張り裂けそうな、でもハッピーエンドのロマンスを観ましょう」

「わたしの頭のなかを読んだわね。それってパジャマでってことよね」

「パジャマは必須よ。じゃあ、あの子に餌をやって、急いでドレスコードを変更する？」

「こうしましょう。ヨーダが外で用を足しているあいだにわたしたちは夕食を仕上げて、それからくつろぐの」

「チームワークね」クレオがそう言ってふたりで拳を合わせた。

30

締めくくりにはロマンティックで心あたたまる感動が必要だったので、ソニアとクレオは映画を二本観た。そのあいだに、大きなボウル入りのポップコーンを食べながらティッシュを半箱以上消費した。二本目の映画のクレジットが流れるころには、ふたりとも完全に満足してため息をついた。

「すばらしかったわ。それだけじゃなく」クレオがふたたび涙をぬぐった。「正直なところ、思いきり泣くとどれほど心が浄化されるかって、実際に涙を流すまで忘れているのよね」

「愛がすべてに打ち勝ったあとに流す最後の涙は特にそう。それにこんな映画を観て心から楽しめるのは、女友だちと一緒のときだけよ」

「男にはわからないわ」クレオがもう一度満足げにため息をもらした。「ほら、最後に彼女が湖に向かって歩いていくと、そこに彼がいてデイジーを一本手にしているところとか」

「あれにはやられたわ！」ソニアがふたり分のティッシュをつかんだ。「ああ、あれは本当に完璧だった。それにあのキス。長いキスシーンのあいだ、湖の向こうに夕日が沈んでいくの」

「また最初から観たくなったじゃない。ねえ、こうしない？　月に一度はここで女子だけの映画観賞会をするの。男子禁制。ヨーダは別だけど」

「賛成よ。さあ、ヨーダ。最後にもう一度走ってきましょう」

「あなたはヨーダの面倒を見て。あたしはお皿を片づけるわ」クレオがキッチンから持ってきたキャンドルを吹き消した。

「いまごろトレイの依頼人の容体が落ち着いていて、家族と一緒にいるならいいけど」

「ひどい出来事だけど、ソニア、これが彼女にとってのハッピーエンドの始まりかもしれない。彼女と子どもたちは、今後はその男と離れて安全でいられる」

「そう願うわ」

ふたりは皿を洗い、犬を走らせて、階上へあがりながら明かりを消していった。

「今夜はひとりで眠れる？」

ソニアはうなずいた。「あなたは？」

「照明のスイッチを切るみたいに、一瞬で眠りに落ちたい。ドブスがゆうべと、今日あたしがいないあいだにしたことを考えると、充電期間が必要なんじゃないかしら」

「そう願うわ。だってもう少しロマンス映画の余韻に浸っていたいもの。でも何かあったら来て」

「あなたもね。おやすみなさい」クレオが背を向けて自分の部屋に歩いていった。

「おやすみなさい」

クレオとほとんど差がないほど、ソニアも一瞬で眠りに落ちた。

真夜中を少しまわったころ、トレイはオーウェンの家の前で車をとめた。

これ以上ないほどの疲労に襲われ、座ったまま両手で顔をこすった。まわりに広がるプールズ・ベイは静かで、穏やかで、なんの問題もないかのようだった。しかしこんな場所でさえ、耐えがたいほど卑劣な事件が発生する。

マーロがこれ以上望めないほどの人たちに見守られているのはわかっている。彼女の母親と姉が交代で、夜通しつき添ってくれるだろう。それでも彼女の殴られたあざだらけの顔を頭から追いだすことはできそうにない。

何か違うやり方があったのだろうか？　こういうことを回避するために、もっと何かをしたり、しなかったりできたのか？　苦痛を与える狂暴な行為が始まる前に、それをとめる手立てを何かひとつでも講じられたのでは？

いま依頼人は病院のベッドで横たわっている。男は鉄格子の向こうに座っている。そして子どもたちは……傷を抱えて生きていくだろう。

この数時間、トレイは数えきれないほど同じ問いを繰り返している。何かしらの答えを探している。それなのにまだ見つかっていない。いまのところは。

トラックからおりてポーチへ向かい、オーウェンの家に入った。

テレビには昔のモノクロ映画が映っていて、フェドーラ帽をかぶった男に女がぴしゃりと切り返している。オーウェンはこの映画を少なくとも二十回以上は観ているはずだ。

あるじはソファに寝そべってはいなかった。おそらく一言一句暗唱できるであろう台詞《せりふ》を流しっぱなしにして、BGM代わりにしているのだろう。

オーウェンはソファではなく、しばしば製図板として使うキッチンテーブルに座っていた。トレイも手伝って壁を取りのぞいたので、キッチンは残りの空間とつながっている。

オーウェンはこのゆったり作業ができる空間を好んでいた。

トレイが入っていくと、暖炉のそばで丸くなっていた二匹の犬がかろうじて視線をあげた。

「起きている必要はなかったのに」

「ちょっと作業をしていた」そう言いつつもオーウェンは製図を巻いて、冷蔵庫の隙間の専用スペースにしまった。

それからリモコンを押してテレビを消した。

「マーロの具合は？」

「ああ、オーウェン」トレイは荒々しくジャケットを脱いでソファの背に放り投げた。

友人の顔をちらりと見てオーウェンが立ちあがった。

「待ってろ。ビールを持ってくると言うつもりだったが、今夜はウイスキーと寝床が必要な顔をしているな。座ってくれ」

「ありがとう。何もかも」

「さてと、おれは母親役を務めるぞ。何か食べたのか？」

「自動販売機で買った、胸が悪くなるものを」

「冷凍スナック《ホット・ポケッツ》ならあるぞ」

「いや、ぼこぼこに殴られた女性を見たあとで食欲がない。ウイスキーでいい」

オーウェンがふたり分の背の低いグラスを持ってきて、ボトルをテーブルに置いた。

「それで？」

「彼女は警察に事情を話した。ハルがすべてを要約してくれたから、彼女にもう一度説明を求めずにすんだ。やつは家に押し入ったんだ。ドアを開けた長男を――八歳の少年を突き飛ばして。そして駆けつけたマーロの顔面を殴った。彼女は倒れたが、子どもたちに逃げるよう叫んだんだ。やつは彼女を殴り続けた」

「さらに悪いことに、子どもたちがそこにいたとは。ゼーンはけがをしたのか？」

「あざがいくつかできている」トレイはなんとか冷静になろうとウイスキーを口に運んだ。「八歳で弟を連れて逃げなければならなかった。父親が母親をあばずれと呼んで、殴りつけているあいだに」

「くそったれ。彼女のけがはどれくらいひどいんだ？」

「三本の肋骨にひびが入っていて、肩を脱臼し、脳震盪《のうしんとう》を起こしていた。目のまわりには両方とも黒いあざができている。左目の網膜剥離の心配があったが、それは大丈夫だった。鼻はつぶれて頰骨は骨折している。腹もめちゃくちゃに殴られたが、内臓の損傷はなさそうだ」

トレイは少し落ち着きを取り戻し、先ほどよりもゆっくりとウイスキーを口に含んだ。

「やつはマーロの服を引き裂き、胸と陰部をつかんだ。もし子どもたちが家から飛びだしてボブ・ベイリーに助けを求めなかったら、間違いなく彼女をレイプしていただろう。殺していたかもしれないとぼくは思っている、オーウェン。間違いない。状況は悪いとわかっていた。だから一時的接近禁止命令の申し立てをするよう彼女を説得したんだ。だが、やつにこんな一面があることを見抜けなかった。見抜けなかったんだ」

「説得していなかったら、いったいどうなっていたと？」

「わからない。だが、やつの本性を見抜けなかったことには違いない」

「誰にも見抜けないさ。おれは明日、彼女の見舞いに行く。おまえがそうしても問題ないと思うなら。面会が許されるなら」

「ああ」トレイはウイスキーを飲み干した。「マーロにはできる限りの支援が必要だ」

「ウェスは、しらふのときはいい仕事をしていた」オーウェンは言葉を選んだ。「陽気なタイプとは言えないが、いい仕事をした。いつもくもくと作業をこなして報酬を受け取っていた。とはいえ、最後の数年は、しらふでいられたことがなかったが。おざなりの仕事をして、けんかを吹っかけて、気が向いたときに会社に顔を出す始末だった」

オーウェンが首を振ってグラスに入ったウイスキーを見つめた。「おれが話をしようとしたらけんか腰になった。クビにするしかなかった」

その声の調子に気づいて、トレイはオーウェンと目を合わせた。「おまえのせいじゃない。何ひとつとして」

「そう、おれのせいじゃない。おまえのせいでもない。彼自身の責任だ。だが、解雇されたことでますます悪循環に陥ったんだろう。刑はどれくらいになりそうだ？」

トレイは目を閉じた。ウェス・ムーニーとは〈ヴィレッジ・パブ〉で何度も一緒にビールを飲み、彼らの裏庭で持ち寄り料理のパーティーを楽しみ、彼の長男のリトルリーグの試合を一度か二度観たこともある。

それがいまは？

「重暴行罪に家庭内暴行罪が追加される。住居侵入罪もだ。性的暴行未遂に問われなかったとしても、少なくとも強制わいせつ罪には問われるだろう。それにマーロのけがの程度が加味される。子どもの目の前で起きたこと、押し開けたドアが子どもの顔を強打したことも。あの子は鼻血を流してたんだ。接近禁止命令が出ていたのは、やつが酔っ払って子どもたちを迎えに来て、子どもを渡さない彼女を脅したからだ。ボブにも何発か殴りかかったから、その罪にも問われる」

「酔っ払いのばか野郎だ。ボブはやつの倍くらい体がでかいのに」

「殴ってから気づいたのさ。器物損壊罪、逮捕時の抵抗。全部合わせると十年から二十年というところだろう」

「当然の報いだな」

「ああ、それだけのことをした。落ち着いたらマーロにニューハンプシャーに戻ってきてほしいと家族は願っている。彼女もそうするんじゃないかと思う」トレイは残りのウイスキーを飲み干して、両方のグラスにもう一杯注いだ。

「マーロは単独親権を求めている。ぼくがその手配をする。申請は通るだろう」

「当たり前だ」

「いつもそう簡単に通るわけではないけどな」

「簡単に通るべきだ」

「〝通るべき〟と〝通る〟は違う。だがやつは子どもに鼻血を出させ、マーロを病院送りにした。ぼくは確実に彼女が単独親権を獲得して、州から移動する許可がおりるようにする。ところでおまえは何に取り組んでいるんだ？」

「クレオパトラの帆船さ。小型ヨットだよ」オーウェンが肩をすくめた。「ちょっとした時間とアイデアがあったんでね」

「アイデア？」

「彼女は人魚が好きだろう？」オーウェンが立ちあがり、冷蔵庫の隙間から製図を抜いて開いた。「だから左舷と右舷にひとりずつ人魚がいて、船首に向かって泳いでいるっていうのはどうだ？　あとから彫りこむんだ。作業が楽しくなるぞ」

トレイは見やすい角度へ椅子を移動した。「冗談抜きでかっこいいな。これを絵と交換するんだろう？」

「あの絵を見たか？」

「あそこへ収納箱を運んだときにちらっとな。美しかった。画家と同じで」

「ああ、ふたりとも見栄えがいい。だから公平な取引だ。とにかく、彼女はしゃれた細工を望まないかもしれないが、だとしたら愚かだ」オーウェンが思案した。「愚かって感じはしなかったが、いずれわかるだろう。ちょっとあれこれ考えていたんだ、空き時間に」

「こっちは空き時間に友人宅に押しかけてる。ウイスキーをありがとう。それに寝る場所も」

「いつでもどうぞ」

その空き部屋はもともとオーウェンがオフィスとして使い始めたものの、息苦しすぎる、余裕がないと見なした部屋だった。

オーウェンはキッチンテーブルや仕事場の作業台のほうを好んだ。

というわけで、現在はベッド、自作のナイトテーブル、誰も使わないので自分で表面を再仕上げした化粧台が置かれている。

壁はなんの変哲もないベージュで、オーウェンが試しに塗ったペンキの線が何本か走っているが、本人はまだ何色にするか決めかねている。

トレイは服を脱ぎ、ボクサーショーツ姿でベッドに倒れこんだ。そして毛布を引きあげる前に眠りに落ちた。

屋敷では時計が時を告げ、クレオはわずかに身じろぎした。寝返りを打って心地よい枕に頭をうずめ、寝ているとも起きているとも区別のつかない世界をさまよっていた。

ピアノの音が聞こえてきた。それにも慣れていたので、クレオはふたたび眠りに落ちていった。

屋敷の奥のどこかで、女性が泣いている。どこか、やはり屋敷の奥で、女性が痛みに悲鳴をあげている。

「みんな静かにして」クレオはつぶやいた。

肩に手を置かれたのを感じて、クレオは跳ね起きた。するとささやき声が、切羽詰まった声がした。

ソニア。

鼓動が激しくなるのを感じながら、クレオは明かりのスイッチを探った。部屋にはひとりきりだ。心臓が飛びださないように片手で胸の谷間をさすった。パニックになってはだめ。自分に言い聞かせた。今度は絶対に。

たぶん夢を見たのよ。たぶん夢だと思う。でも……。

すっかり目が覚めたクレオはドアへと急いだ。ちょうどソニアが部屋を出て、長い廊下を歩き始めるのが見えた。クレオは走って追いかけようとする本能を抑え、携帯電話を取りに戻った。

「どうかこれが正しいことでありますように」

電話の音がトレイを深い眠りから引きずりだした。マーロの容体が悪化したとしか考えられず、一瞬ぞっとした。

「もしもし」

「クレオよ。ソニアが無意識のまま歩いてる。もし歩きだしたら彼女のあとをついていって、あなたに電話するように言われていて。いま彼女の後ろを歩きながら電話しているの」

「すぐにそっちに向かう」

「彼女のすぐ後ろにいるんだけど、でも……。急いだほうがいいかも」

トレイはあわててズボンをはき、オーウェンの寝室のドアを叩いた。

「なんだよ、何ごとだ？」

「ソニアが寝たまま歩いている。それが正しい表現かはわからないが。クレオがあとを追っている。これから屋敷に行ってくる」

「おれもズボンをはいているところだ」

ふたりは犬を連れて二分以内に家を出た。

屋敷ではソニアが階段に近づいていた。そこで決めかねるように足をとめ、わずかに体を揺らした。ピアノの音は静まり、家は時を刻む音のほかは落ち着いている。するとソニアが向きを変え、図書室の前を通り過ぎて三階に続く階段へと進んでいった。

「あたしがついてるわ」クレオはつぶやいた。「ここにいるから」

ふと女性の泣き声が耳に届いた。かつての子ども部屋の前でソニアが足をとめたので、クレオもとまった。

ソニアがドアを開けると泣き声が先ほどよりもはっきりと聞こえ、彼女の目に涙が浮かんだ。

あたしには見えない何を見ているの？　クレオは思った。暗闇のなかに何が見えているの？

クレオは明かりがほしくて携帯電話をかかげた。見えるのは彼女の記憶にあるアンティークのベビーベッド、ゆりかご、化粧台、揺り椅子の影だけだ。

そのとき、嘆き悲しむ声に重なり、揺り椅子が一定の間隔できしる音が聞こえた。

視線を向けると揺り椅子がゆっくりと前へ後ろへ、前へ後ろへ揺れている。

「幾晩も、幾年も、カーロッタは息子の死を嘆いている」ソニアがつぶやいた。「あまりに小さく、あまりに早くこの世に生まれ、ほんの数時間で逝ってしまった」

ソニアが静かにドアを閉めてまた進み始めた。

階段のそばまで来たところでクレオは、トレイにメッセージを送った。

〈三階に向かってる〉

短い返信がすぐに来た。

〈あと五分〉

「思ったより早いわ。トレイがこっちに向かっているわよ、ソニア。それに、あたしはここ」

壁が揺らぎ、床が小刻みに震えると、クレオは心の準備をした。三階の踊り場でソニアはふたたび足をとめた。廊下の奥の右手側で〈黄金の間〉のドアの縁で赤い光が点滅している。それは脈打つ心臓を思わせた。ドアの下から煙が渦を巻きながら立ちのぼり、廊下にゆっくりと広がっていく。

そのにおいが、悪臭が、空気に運ばれてあたりを穢《けが》していく。

「そっちに行かないで、ソニア。あたしたちはそっちに行く準備ができていないの」

脈動は音を伴うようになっていた。心臓がどくんどくんと脈を打つ音だ。

「彼女は糧を得るために存在する」ソニアが言った。「彼女の糧は恐れと嘆き。幾晩も、幾年も、彼女は嘆きの声をむさぼり、涙をのむ。生者の死者に対する身震いと戦慄をことごとく味わう」

「起きているの？」クレオは手を伸ばしかけたが、ソニアは左に折れて使用人用の部屋へ向かった。

またあの苦痛の叫びが聞こえ、うめき声とすすり泣きが続いた。ここはかなり暗いもののソニアはそのまま進み、クレオは少しでも様子がわかるように携帯電話の懐中電灯をつけた。

ふたりは短い階段をのぼり、使用人用の翼棟との仕切りドアを抜けた。空気が冷えてクレオの肌はちくちくしたが、ソニアは何も感じていないかのように素足でもうひとつのドアへ向かった。

ソニアがそのドアを開けたとき、病気のにおいがクレオの鼻をついた。熱と汗と吐《と》瀉物《しゃぶつ》のにおいだ。誰かがしきりに寝返りを打つような、ベッドがきしむ音がした。

「助けてあげられないの」ソニアがため息をついた。「起きてしまったことも、いま起こっていることも変えられない。かわいそうなモリー・オブライアンを助けることはできない。彼女はコーブから、家族や家から離れてやってきて、ここで自分の居場所を見つけた。家具やグラスを磨くことに誇りを持っていた。助けが来たときにはもう手遅れだった」

ドアを閉めるソニアの頬に涙がこぼれた。

「若いモリーを救うことはできない。ただ目にしたことを証言するだけ」

ソニアが向きを変えて来た道を引き返すと、クレオの心は沈んだ。けれどもソニアは舞踏室へと歩いていった。

クレオはついていきながら、再度メッセージを送った。

〈舞踏室に向かっているみたい〉

〈マナー通りまで来た。もうすぐ着く〉

闇があまりに深く、携帯電話は助けにならなかった。クレオはいちかばちか照明のスイッチを入れようと壁を探った。

ソニアが目を覚ましたら、そのときはそのときだ。だが暗がりでどちらかが、あるいはふたりともが転ぶ危険は冒せない。

クレオは待合室の外側に照明のスイッチを見つけた。明かりをつけても、ソニアはそのまま舞踏室の大きな扉に向かっていった。

ソニアが扉を開けて暗闇へと足を踏みだしたので、クレオは一番手前のシャンデリアをつけた。

あの鏡に光が降り注いだ。鏡はみんなで覆いを外して移動させた家具のあいだに立っていた。ガラス面に光が反射して、鏡の縁の獣がその中央にあるものを守ろうとうなったかに見えた。

「どうすればいいの？　どうするべきかわからない。あなたには何が見えているの？　あたしに見えるのはあたしたちだけよ。でも……ああ、もし鏡がある種の入り口なら、ひとりで行かせたりしないわ」

冷気が骨身に染みる。〈黄金の間〉からあの脈動が聞こえる。鏡の向こうで影が躍っている。クレオは恐ろしくなり、もっと明かりをつけようと後退した。

そのときヨーダが激しく吠える声がした。もう一匹の犬が低い声でそれに応える。トレイだ、やっと来た。クレオが大声をあげようとしたところで、追いたてられるような足音が聞こえた。

「お願い、待って、ソニア。いいから待ってて」

騒々しく階段をのぼる音はクレオの気持ちを落ち着かせた。あえてちらりと視線を向けると、トレイが連れてきたのは犬だけではないとわかった。

「ああ、よかった。ここにあるの。あの鏡が。前はなかったのにいまはある。ソニアは途中で何度か寄り道をしたわ。長い道のりだった」クレオは身震いして両手で自分を抱きしめた。

「ここは冷凍庫並みだな」オーウェンがジャケットを脱いでクレオに渡すと同時に、トレイも自分のジャケットを脱いだ。

「ありがとう。ソニアを起こしたほうがいいのかしら、トレイ？　そうするべきなのかわからない。彼女は何かを見て、何か言ってたの」

トレイがソニアの肩にジャケットをかけようとすると、ソニアが口を開いた。「わたしは起きているわ」

ジャケットの代わりにトレイは腕をまわしてソニアを抱きしめた。「凍えているじゃないか」

「寒くはなかった。寒いとは思わなかった」

「これまでずっと起きていたの？」クレオが迫った。

「たったいま目が覚めたの。ここに立っているときに。夢を見ていた。それから……わからない。思いだせない。なんだか頭がぼうっとして。鏡は見える？　本物なの？」

「本物よ」

トレイの手に自分の片手を置いたまま、ソニアは腕を伸ばして鏡の枠に触れた。

「夢を見ているわけじゃない。それに、みんなにも見えている」

クレオがソニアの背中をさすった。「もしかすると、あたしたちが起こしてしまったのかもしれないわね」

「鏡のなかは見える？」

「反射するガラス」トレイが答えた。「それからここにいる全員の姿」

「違うの、そうじゃなくて、わたしには……」

「色、動き。光、人影」

絶望から救われたとばかりに、ソニアはオーウェンに向き直った。「そうよ。あなたには見えるの？」

「ああ」オーウェンがトレイに、そしてクレオに目を向けた。「見えないのか？」

「あなたたちはどちらもプール家の人だからよ。あたしたちは違う」クレオが両手をあげた。「きっとそのせいよ」

「わたしの父は見た。コリンも見た。たぶんほかにも見えた人がいるはずよ。人々が踊っている。音楽が聞こえる」

「かなり昔懐かしい曲だ」オーウェンが認めた。

「ひどい音響だな」そしてつけ加える。「トンネルのなかみたいな音だ。だんだん明るくなっていく。それに音楽も大きくなっていく」

「あれはこの舞踏室よ。でも、花と人があふれている。何もかもがきらめいて光を放っている」魅了されたようにソニアがガラスに手を触れた。彼女の指はするりとガラスを通り抜けた。「ああ、向こう側はあたたかいわ」

「ソニア」トレイが彼女の手首をつかんで引き戻した。

「行かないと。鏡がわたしを引き寄せるの。見なければ。それがわたしの受け継いだ宿命だから。あなたは感じる、オーウェン？　引き寄せる力を？」

「いいや。だが見える、それに聞こえる。ということは……」オーウェンが鏡に触ると手首まで通り抜けた。「こりゃ、たまげたな」

オーウェンは手を抜くと、手のひらを返してじっと見つめた。「なんともない。それに、たしかに向こうはあたたかかった」

ソニアはトレイの手を、そしてもう片方の手でクレオの手を握った。「わたしは目が覚めてる。起きているの。行かなくちゃ。説明はできないけど行きたいの。行くのなら自分がしていることがわかった状態で、自分の意志で、あなたたちがここにいるときに行く」

　トレイが鏡に手を置いたが、かたいガラスを感じるだけだった。ソニアの頭越しにオーウェンを見る。

「ああ、わかってる」

　その意味を理解して、ソニアはオーウェンに体を向けた。「あなたはそうする必要はないのよ。鏡に引き寄せられていないいんだから」

「ばかを言うな」オーウェンはソニアがクレオとつないでいたほうの手を握り、指をからめた。「おれが先に行く」

　トレイがオーウェンの肩に手を置き、身をかがめてソニアにキスをした。「あまり待たせないでくれ」

「待って、待って。あたしの魔除けのお守りを持っていって」クレオがパジャマのポケットからお守りを取りだしてソニアの手に押しつけた。「待って！」オーウェンが行こうとするとまた呼びとめた。

「今度はなんだ？　特効薬か？　木製の杭か？」

　クレオがオーウェンの顔を両手で包んでキスをした。「ふたりで帰ってきて」

「それ以外はありえない」オーウェンがソニアの手を強く握り、彼女がうなずくのを待った。

　オーウェンが鏡に足を踏み入れ、ソニアも振り返ってからあとに続いた。

鏡がふたりをのみこんだ。

「ああ、どうしよう。どうすればいいの」

クレオが鏡を両手で押し、ヨーダはくんくん鳴いて鏡をひっかいた。

「行ってしまった。あたしたち、これからどうするの？」

トレイは向こう側が見えることを祈りながら鏡を見つめた。

「待つしかない」

〈黄金の間〉の脈動はとまり、屋敷は静寂に包まれた。

訳者あとがき

グラフィックデザイナーのソニア・マクタヴィッシュは、結婚式を二カ月後に控え、準備に追われていた。だが、そんな最中、婚約者と自分のいとこの浮気現場を目撃してしまう。きっぱり別れを告げ、仕事に専念しようとしたが、同僚でもある元婚約者のいやがらせはエスカレートする一方で、ついにソニアは退職の決断をくだす。それを機にフリーランスになり、ようやく仕事が軌道に乗り始めたころ、ボストンの自宅にひとりの弁護士が訪ねてきた。

弁護士の口から語られたのは、驚愕の事実だった。ひとりっ子だったはずの亡き父に、双子の兄がいることが判明したのだ。そのうえ、先日他界した双子の兄は、自宅の屋敷を含む莫大《ばくだい》な資産をソニアに遺していた。ただし、屋敷で三年以上暮らすことが遺産相続の条件だった。彼女は思い悩んだ末、愛する父のルーツを探るべくメイン州沿岸部の小さな村プールズ・ベイへと旅立つ。

地元住民たちから失われた花嫁の館《ロスト・ブライド・マナー》と呼ばれるその屋敷に、ソニアはひと目で心を奪われた。だが、そこには呪いをかけられた歴代の花嫁たちの悲痛な思いが渦巻いていた……。

　ノーラ・ロバーツの〈失われた花嫁トリロジー〉シリーズ第一弾『愛と精霊の館』をお届けします。今回、舞台となるのは約二百年のあいだに七人の花嫁に呪いがかけられたヴィクトリア朝風のお屋敷です。幽霊屋敷とくればゴシック・ロマンスを連想しますが、本作では妙に気が利く幽霊や、ＤＪのように絶妙な選曲をする幽霊が登場し、ちょっぴりコミカルなシーンが織り交ぜられています。著者のブログによれば、毎年恒例の女子旅でたまたま幽霊屋敷に滞在したことから、この作品のインスピレーションを得たのだとか。ほかにも個人的なエピソードが紹介されているので、興味のある方はぜひブログ記事をチェックしてみてください（https://fallintothestory.com/fall-into-the-story-behind-inheritance/）。

　最後に、ノーラ・ロバーツの次回作ですが、二〇二四年五月に単発作品の『Mind Games』が本国で刊行される予定です。あらすじを読むと、幻視《ヴィジョン》の能力を持つ女性が主人公のロマンティック・サスペンスで、こちらも非常に興味をそそられる内容となっています。

扶桑社ロマンスのノーラ・ロバーツ作品リスト

『モンタナ・スカイ』（上下）Montana Sky（井上梨花訳、新装改訂版）
『サンクチュアリ』（上下）Sanctuary（中原裕子訳、新装改訂版）
『愛ある裏切り』（上下）True Betrayals（中谷ハルナ訳）
『マーゴの新しい夢』Daring to Dream ※（1）
『ケイトが見つけた真実』Holding the Dream ※（2）
『ローラが選んだ生き方』Finding the Dream ※（3）
『リバーズ・エンド』（上下）River's End（富永和子訳、新装改訂版）
『珊瑚礁の伝説』（上下）The Reef（中谷ハルナ訳）
『海辺の誓い』Sea Swept ☆（1）（新装改訂版）
『愛きらめく渚』Rising Tides ☆（2）（新装改訂版）
『明日への船出』Inner Harbor ☆（3）（新装改訂版）
『恋人たちの航路』Chesapeake Blue ☆（番外編）
『この夜を永遠に』Tonight and Always ★
『誘いかける瞳』A Matter of Choice ★

『情熱をもう一度』Endings and Beginnings★（小林令子訳）
『心ひらく故郷』（上下）Carnal Innocence（中原裕子訳）
『森のなかの儀式』（上下）Divine Evil（岡田葉子訳）
『少女トリーの記憶』（上下）Carolina Moon（岡田葉子訳）
『ダイヤモンドは太陽の宝石』Jewels of the Sun◎（1）
『真珠は月の涙』Tears of the Moon◎（2）
『サファイアは海の心』Heart of the Sea◎（3）
『新緑の風に誘われて』Dance upon the Air＊（1）
『母なる大地に抱かれて』Heaven and Earth＊（2）
『情熱の炎に包まれて』Face the Fire＊（3）
『ぶどう畑の秘密』（上下）The Villa（中谷ハルナ訳）
『愛は時をこえて』（上下）Midnight Bayou（小林令子訳）
『愛と哀しみのメモワール』（上下）Genuine Lies（岡田葉子訳）
『盗まれた恋心』（上下）Homeport（芹澤恵訳）
『魔法のペンダント』Ever After＃（1）
『神秘の森の恋人』In Dreams＃（2）
『千年の愛の誓い』Spellbound＃（3）

『運命の女神像』(上下) Three fates (清水寛子訳)
『情熱の赤いガラス』Born in Fire ◇ (1) (新装改訂版)
『心やすらぐ緑の宿』Born in Ice ◇ (2) (新装改訂版)
『夢描く青いキャンバス』Born in Shame ◇ (3) (新装改訂版)
『優しい絆をもう一度』(上下) Birthright (岡田葉子訳)
『オーロラの奇跡』The Witching Hour ‡ (1)
『春を呼ぶ魔法』Winter Rose ‡ (2)
『二つの世界を結ぶ愛』A World Apart ‡ (3)
『十七年後の真実』(上下) Northern Lights (清水寛子訳)
『光の鍵を探して』Key of Light † (1)
『真実の鍵をもとめて』Key of Knowledge † (2)
『愛する人をまもる鍵』Key of Valor † (3)
『魔女と魔術師』Morrigan's Cross∞ (1)
『女狩人と竜の戦士』Dance of the God∞ (2)
『王女と闇の王子』Valley of Silence∞ (3)
『炎の壁の彼方から』(上下) Blue Smoke (野川聡子訳)
『禁断のブルー・ダリア』Blue Dahlia ◆ (1)

『ブラック・ローズの誇り』Black Rose◆（2）
『輝きのレッド・リリー』Red Lily◆（3）
『羽根をなくした天使』（上下）Angels Fall（佐藤知津子訳）
『愛と裏切りのスキャンダル』（上下）Private Scandals（加藤しをり訳）
『真昼の復讐者』（上下）High Noon（長嶋水際訳）
『遥か栄華をはなれて』（上下）Tribute（野川聡子訳）
『過去を呼ぶ愛の秘石』Blood Brothers▽（1）
『今甦る運命の熱い絆』The Hollow▽（2）
『未来に羽ばたく三つの愛』The Pagan Stone▽（3）
『聖夜の殺人者』（上下）Hidden Riches（中谷ハルナ訳）
『再会のブラックヒルズ』（上下）Black Hills（安藤由紀子訳）
『聖なる森の捜索者』（上下）The Search（野川聡子訳）
『まごころの魔法』（上下）Honest Illusions（加藤しをり訳）
『純白の誓い』Vision in White○（1）（村上真帆訳）
『香《かぐわ》しい薔薇のベッド』Bed of Roses○（2）（野川聡子訳）
『ひとときの甘い想い』Savor the Moment○（3）（村上真帆訳）
『幸せは永遠《とわ》に』Happy Ever After○（4）（野川聡子訳）

『迫る炎に挑んで』（上下）Chasing Fire（越本和花訳）
『恋めばえる忍冬《すいかずら》の宿』The Next Always❖（1）（香山栞訳）
『最初で最後の恋人』The Last Boyfriend❖（2）（木咲なな訳）
『恋人たちの輪舞《ロンド》』The Perfect Hope❖（3）（香山栞訳）
『孤独な瞳の目撃者』（上下）The Witness（越本和花訳）
『愛と再生の浜辺』（上下）Whiskey Beach（香山栞訳）
『魔女の眠る森』Dark Wich▲（1）（鮎川由美訳）
『心惑わせる影』Shadow Spell▲（2）（鮎川由美訳）
『光と闇の魔法』Blood Magick▲（3）（香山栞訳）
『姿なき蒐集家《しゅうしゅうか》』（上下）The Collector（香山栞訳）
『裏切りのダイヤモンド』（上下）The Liar（香山栞訳）
『幸運の星の守り人』Stars of Fortune ∮（香山栞訳）
『ささやく海に抱かれて』Bay of Sighs ∮（佐藤麗子訳）
『光の戦士にくちづけを』Island of Glass ∮（香山栞訳）
『ひそやかな悪夢』（上下）The Obsession（香山栞訳）
『夕陽に染まるキス』（上下）Come Sundown（鮎川由美訳）
『世界の果てに生まれる光』（上下）Year One ∞（香山栞訳）

『闇に香るキス』（上下）Of Blood And Bone ☆（香山栞訳）
『愛と魔法に導かれし世界』（上下）The Rise of Magicks ☆（香山栞訳）
『月明かりの海辺で』（上下）Shelter in Place（香山栞訳）
『愛の深層で抱きしめて』（上下）Under Currents（香山栞訳）
『永遠の住処《すみか》を求めて』（上下）Hideaway（香山栞訳）
『目覚めの朝に花束を』（上下）The Awakening ◎（香山栞訳）
『リッツォ家の愛の遺産』（上下）Legacy（香山栞訳）
『星まとう君に約束を』（上下）The Becoming ◎（香山栞訳）
『夜に心を奪われて』（上下）Nightwork（古賀紅美訳）
『光の夜に祝福を』（上下）The Choice ◎（香山栞訳）
『カクテルグラスに愛を添えて』（上下）Identity（香山栞訳）
『愛と精霊の館』（上下）Inheritance ⦿（香山栞訳）

※印〈ドリーム・トリロジー〉、☆印〈シーサイド・トリロジー〉、◎印〈妖精の丘トリロジー〉はいずれも竹生淑子訳です。
＊印〈魔女の島トリロジー〉は、いずれも清水寛子訳です。
★印は、いずれも清水はるか訳により、著者自選傑作集 From the Heart 収録の三作

品を一作品一冊に分冊して刊行したものです。
#印も、清水はるか訳により、短編集 A Little Magic 収録の三作品を一作品一冊に分冊して刊行したものです。
◇印〈海辺の街トリロジー〉も、同じく清水はるか訳です。
‡印は、いずれも石原まどか訳により、短編集 A Little Fate 収録の三作品を一作品一冊に分冊して刊行したものです。

†印〈失われた鍵トリロジー〉は、いずれも岡聖子訳です。

§印〈光の輪トリロジー〉は、いずれも柿沼瑛子訳です。
◆印〈ガーデン・トリロジー〉は、いずれも安藤由紀子訳です。
▽印〈セブンデイズ・トリロジー〉は、いずれも柿沼瑛子訳です。
○印は〈ブライド・カルテット〉です。
❖印は〈イン・ブーンズボロ・トリロジー〉です。
▲印は〈オドワイヤー家トリロジー〉です。
∮印は〈星の守り人トリロジー〉です。

∞印は〈光の魔法トリロジー〉です。

◈印は〈ドラゴンハート・トリロジー〉です。

⦿印は〈失われた花嫁トリロジー〉です。

扶桑社ロマンスでは、これからもノーラ・ロバーツの作品を、日本の読者にお届けすることを計画しています。

さらに、扶桑社ではデニス・リトルほか編による『完全ガイド ノーラ・ロバーツ愛の世界』を刊行しております。あわせて、ご覧いただければ幸いです。

（二〇一三年十二月）

◉訳者紹介　香山 栞（かやま　しおり）
英米文学翻訳家。サンフランシスコ州立大学スピーチ・コミュニケーション学科修士課程修了。2002年より翻訳業に携わる。訳書にワイン『猛き戦士のベッドで』、ロバーツ『姿なき蒐集家』『光と闇の魔法』『裏切りのダイヤモンド』（以上、扶桑社ロマンス）等がある。

愛と精霊の館（下）

発行日　2023年12月30日　初版第1刷発行

著　者　ノーラ・ロバーツ
訳　者　香山 栞

発行者　小池英彦
発行所　株式会社 扶桑社
〒105-8070
東京都港区芝浦1-1-1　浜松町ビルディング
電話　03-6368-8870（編集）
03-6368-8891（郵便室）
www.fusosha.co.jp

印刷・製本　図書印刷株式会社

ISBN978-4-594-09654-0 C0197